서점을 살려라!

시작하며

    이 책은 침몰 직전인 동네 서점에서 근무하고 있는 '벼랑 끝 직원들'의 '기업 재건' 도전기입니다. 서점이 취급하는 상품의 가격과 품질은 다른 경쟁 업체와 똑같습니다. 동일한 제품으로 승부를 봐야 한다는 서점의 특징을 살린 기업 재건이야말로 여러 업종에 참고가 되는 내용일 것입니다. 당신이 재무제표를 보는 것이 아무리 서툴더라도 이 책을 읽다 보면 그 기본적인 구조를 자연스럽게 배울 수 있습니다.

    다양한 등장인물이 등장합니다. 남편을 잃고 전업주부에서 사장이 된, 재무제표도 볼 줄 몰라 빈말로라도 사업 수완이 있다고 말할 수 없는 사장. 마케팅과는 연이 없고 현장 감각에만 의존해 근무하는 열정적인 본점 점장. 의욕을 잃고 할증 퇴직금만을 바라보는 점장. 부하 직원과의 관계를 고민하는 점장. 책을 좋아하지만 툭하면 다른 사람과 싸우는 점장. 그리고 수상한 거동을 보이는 경리부장 등이 있습니다. 그 외에도 개성 넘치는 다채로운 인물들이 등장합니다.

    주인공은 열정 넘치지만 감정 표현에는 둔한 은행원이며, 그가 서점에 파견 나와 겪게 되는 다양한 이야기를 담았습니다. "기업은 사람이다."라는 말처럼 구성원들의 성장 없이는 기업 재건도 있을 수 없습니다.

    기업 재건에는 크게 두 방법이 있습니다. 하나는 대규모 구조 조정을 통해 대량으로 직원을 해고하는 방법입니다. 최근 IT 업계에서 흔히 볼 수 있는 방법으로, 이를 통해 벼랑 끝에서 되살아난 기업도 있지만 그대로 낭떠러지로 떨어진 기업도 있습니다.

다른 하나는 직원을 소중하게 대하며 기업 재건을 이뤄내는 방법입니다. 전형적인 사례를 들자면 민사재생民事再生 신청 기업인 스카이마크에 출자한 사야마 노부오 대표가 이끄는 기업 재건 펀드 인테그랄이 그 대표적인 예입니다. 이 서점이 어떤 방법으로 기업 재건에 도전했는지 이 책을 통해 확인해 주시기 바랍니다.

어떤 방법이든 기업 재건에는 세 가지 관점이 필요합니다. 돈의 관점과 업무 자체를 재검토하는 관점, 그리고 직원의 마음을 사로잡는 관점입니다. 이는 여러 업종에서 중요하게 작용하고 있습니다.

조직을 마지막에 구해내는 것은 결국 매일 현장에서 성실하게 근무하고 일하는 직원들입니다. 누군가를 뒷받침하고, 일에 진심을 담고, 같이 일하는 동료를 격려하고 힘이 되어 주는 것은 자신의 일과 동료에 대한 애정인지도 모릅니다. 과연 사장 구로키 사나에를 비롯한 서점 사람들과 열혈 은행원 가부라키 켄이치가 만나 어떤 일이 벌어질까요?

이 책에서 소개하는 지식

① 기본적인 재무제표(손익계산서·재무상태표) 해석법

재무제표를 보는 것이 서툰 사람이라도 덧셈, 뺄셈, 나눗셈을 할 줄 안다면 반드시 이해할 수 있습니다. 판매원가를 산출하는 방법이나 '손익분기점이나 감가상각이란 무엇인가?'에 대해서도 알게 됩니다.

② 마케팅의 핵심 원리

구체적인 사례를 바탕으로 '마케팅이란 무엇인가? 판매란 무엇인가?'에 대해 깊이 이해할 수 있습니다. 그 외에 AIDMA, 4P, SWOT 분석 등도 이해하게 됩니다.

③ 피터 드러커의 매니지먼트 조언

'당신은 무엇으로 기억되고 싶은가?', '기업의 목적은 고객 창조에 있다', '매니저에게 요구되는 자질은 진지함이다' 등을 설명합니다.

④ 코칭 마인드와 마법의 질문

코칭은 스킬보다 마인드가 중요합니다. '경청, 수용, 인정 그리고 침묵을 두려워하지 않고 상대를 신뢰하는 자세', '마법의 질문', '샴페인 타워의 법칙', '고객은 누구?', '직원의 의욕을 이끌어 내는 여덟 개의 질문 모음'은 예시 그대로 사용할 수 있습니다. '사랑의 선택'과 '공포의 선택' 등도 소개합니다.

⑤ 사회생활에서 유용한 비즈니스 개념

'세렌디피티란?', '매슬로의 욕구 5단계설', '블루오션 전략', '조하리의 창', '프레젠테이션과 설명의 차이', '에어컨을 트는 방식으로 매장의 전기 요금을 낮추는 방법', '약속 시간 10분 전에 방문하는 건 정말 괜찮을까요?'도 함께 이야기합니다.

목차

그러므로 담대함을 버리지 말라.
이것이 큰 상을 가져다줄 것이다.

《히브리인들에게 보낸 편지》 10장 35절

파견

가나자와 은행 | 가부라키 켄이치 과장

봄이 되자 이곳 가나자와도 근처 역에서 회사까지 이어지는 길에 예쁜 벚꽃이 피어, 보는 것만으로 편안함이 느껴진다. 역에서 도보 5분 정도 되는 이 길을 매일 아침 걷고 있다. 지금은 3월, 벚나무에 몽우리가 영글었다. 아직 눈이 다 녹지 않은 산비탈에서 불어오는 바람이 차다.

"가부라키, 잠깐만."

업무 시간에 맞춰 아슬아슬하게 출근해 자리에 앉자마자 상사가 호출을 한다. 아침 댓바람부터 상사에게 불려 가서 좋은 소리를 들었던 적이 없다.

"부장님, 부르셨습니까?"

경제 신문을 읽고 있던 가타야마 부장의 책상 앞으로 다가갔다.

"어어, 이따 10시 되면 8층 B회의실로 와."

부장은 읽던 신문을 접지도 않은 채 안경 너머로 나를 한번 흘깃 보고는 그렇게 전했다.

"예, 알겠습니다." 이렇게 각오를 다진다.

내가 마지막으로 지점장을 맡았던 가나자와 은행 사쿠라마치 지점은 계속되는 실적 부진으로 인해 올해 1월 폐점했다. 눈물의 지점 해산식과 송별회가 떠오른다. 행원들은 타 지점으로 이동했지만, 나는 그때까지 지점장을 맡고 있었기에 책임을 지는 형태로 본사 인재개발부로 이동해 파견 발령을 기다리던 중이었다. 동기인 동료들도 벌써 몇 명은 가나자와 은행의 거래처로 파견을 나갔다. 일부 엘리트들은 임원이 돼 은행에 남고, 몇몇 말고는 모두 외부로 파견을 나가게 된다. 그것이 은행의 이치인지도 모른다.

나는 식당 옆 자판기에서 따뜻한 캔 커피를 뽑아 자리로 돌아오며 생각했다. 어디지? 그 건설회사인가? 아니면 지난달에 떠들썩하게 신규 점포를 낸 식료품 슈퍼마켓인가? 요즘 급성장하고 있는 가나자와시의 의류 메이커도 경리부장을 구하는 모양인데…….

10시를 조금 앞둔 시각이 되었다. 회의실로 가기 전에 화장실부터 들렀다.

"안녕하세요. 아직 날씨가 쌀쌀하네요."

항상 붙임성이 좋은 청소부가 마침 남자 화장실 청소를 끝내고 나오는 차였다. 세면대 거울에 비치는 모습을 다시금 바라본다. 마흔여덟 나이에 걸맞은 체형이다. 젊었을 적 럭비로 단련했던 몸도 배 언저리는 제법 푸근해졌고, 아래턱도 접히기 직전이다. 머리도 백발이 섞이기 시작했다. 넥타이를 재차 매만진 뒤 지정된 B회의실로 향한다.

회의실 문을 열면 깔끔하게 닦인 흑단 책상과 가죽으로 된 소파가 보인다. 아직 난방이 덜 된 탓인지 자리에 앉으니 가죽의 차가운 감촉이 전해졌다. 거품경제가 한창일 무렵에 샀던 것이겠지. 경비 절감을 강조하는 요즘 시대에 이렇게 호화로운 응접세트 같은 건 꿈도 못 꾼다.

잠시 후, 가타야마 부장이 인사부의 나카노 차장과 함께 회의실로 들어와 창가 쪽 소파에 자리를 잡고 앉는다.

"많이 기다렸나?"

가타야마 부장이 입을 열더니 바로 묻는다.

"가부라키는 입행한 지 몇 년 됐지?"

"예, 오는 봄에 25년 됩니다."

"그래, 애들은?"

"고등학교 2학년인 딸과 중학교 2학년인 아들이 있습니다."

"그럼 내년엔 수험생이 둘이나 되겠네. 고생 좀 하겠어."

당신이랑 이런 잡담 따위는 나눌 생각 없으니 빨리 용건을 꺼내라며 마음속으로 중얼거린다. 동석한 나카노 차장이 설명을 시작한다.

"이번 달 말에 결산하게 될 우리 은행의 실적이 알다시피 아주 저조할 거란 전망입니다. 원인은 여러 가지가 있겠지만, 그중 하나로 과잉 대출의 회수 부진이 있습니다. 은행의 실적 개선 달성을 위해 각 부서의 경험이 풍부한 가부라키 과장을 가나자와시의 주식회사 퀸즈북스로 파견하게 됐습니다. 정식 발령은 오늘 오후에 나게 될 겁니다. 다음 주 월요일자 발령입니다."

"······퀸즈북스라면, 그 서점 말인가요?"

그동안 차로 몇 번이나 지나치기만 했을 뿐, 들른 적은 없던 그 서점?

"무슨 소리야. 퀸즈북스면 당연히 서점이지. 직함은 전무이사야. 사장님은 구로키 사나에 씨. 아마 나이는 쉰일 거야. 파티에서 몇 번 봤는데, 눈매가 시원스러워. 아주 매력적인 미인이라고."

가타야마 부장의 말투 하나하나가 거슬린다.

"월요일부터 출근한다는 건 내가 전해두지. 퀸즈북스는 창업자인 남편이 지병으로 급서해, 그때까지 전업주부였던 사모님이 사장직을 물려받은 지는 2년 됐어. 여러모로 고생이 많으실 테니 자네가 힘을 보태도록 해."

"알겠습니다." 거의 자포자기의 심정으로 답했다.

"마지막으로 이것만 얘기해 두지. 퀸즈북스로 발령된 자네가 가나자와 은행의 실적 개선에 기여할 수 있는 방법은 두 가지가 있어."

"그게 뭐죠?"

"하나는 나카노 차장이 말한 과잉 대출을 철저하게 회수하는 거야. 점포를 폐쇄하고, 인원을 대폭 감축시켜 자산을 남김없이 처분해 가나자와 은행에 우선 변제하도록 하는 거야. 그리고 다른 하나는 경영을 근본적으로 개혁하는 거야."

의아한 표정을 짓는 내게 가타야마 부장은 계속 말했다.

"가나자와 은행은 퀸즈북스를 '파산우려거래처'로 분류하고 있어. 즉 지금으로선 대출금이 회수되지 않을 가능성이 높다는 거지. 그렇기 때문에 우리 은행은 파산우려거래처의 대출금을 금융청의 조치에 따라 '대손충당금'으로 이미 경비로 계상했어.”

“부장님, 무슨 말씀을 하고 싶으신 겁니까?”

“다시 말해 퀸즈북스의 경영 상태가 대폭 개선돼 현 5분기 연속 적자에서 벗어나 매출과 수익을 늘릴 수 있게 된다면, 퀸즈북스는 파산우려거래처에서 정상거래처로 구분이 바뀌게 될 거야. 가나자와 은행은 대손충당금의 경비 계상이 불필요하게 될 거고, 나아가 은행의 이익이 될 테니 기여할 수 있다는 소리야.”

아주 쉽게도 말한다. 5분기 연속 적자인 서점의 경영 재건이라니.

“어떤 길을 택할지는 현장에 나가 확인한 후 자네가 판단하기 나름이야. 말할 것도 없이 강제적으로 실시하는 자산 처분이 여러모로 간단할 거야. 적자인 회사의 경영 재건은 가시밭길일 테니까.”

마지막까지 지독한 상사였다. 오랜 시간 근무했던 가나자와 은행을 떠나는 건 씁쓸하지만, 이 자식의 얼굴을 두 번 다시 보지 않아도 된다는 것 만큼은 반가웠다.

두 사람이 먼저 회의실을 나섰다. 홀로 남겨진 나는 호화로운 가죽 소파에 몸을 파묻었다. 뭐, 편도 티켓으로 영영 보내버린다는 거겠지. 여러 기억들이 주마등처럼 뇌리를 스쳐갔다. 가장 먼저 떠오른 건 지금까지의 은행원 인생이다. 메이지대학을 졸업하고, 고향 가나자와로 돌아와 희망에 부풀어 입행했던 젊은 시절. 참 혈기 왕성했지. 상사와도 많이 싸웠다.

‘우리 지역을 위해서’라는 마음으로 은행원의 자존심을 걸고 30대를 보냈다. 거품경제와 헤이세이 불황을 겪으며 사회의 겉과 속을 마주하고 지점장

자리를 얻어낸 40대. 그리고 오늘, 적자가 이어지고 있는 서점으로의 파견 발령……. 그런데 왜 하필 내가 서점으로 가는 걸까? 출판업계의 상황은 경제지뿐 아니라 잡지와 텔레비전 등에서도 보도되고 있었다. 계속되는 출판 불황으로 서점의 앞날이 밝다고 말하기는 어려워 보였다. 인터넷 서점과 전자책 시장이 커지면서 출판업계는 벌써 20년 가까이 매출이 감소했고, 활황기 매출의 60퍼센트까지 떨어졌다고 한다. 게다가 매년 600개에서 800개의 크고 작은 서점들이 폐업에 이른다고 한다.

회의실을 나와 본사 옆에 자리한 큰 공원으로 향했다. 조금 걸어야겠다. 봄인데도, 오늘은 유난히 가나자와의 매서운 추위가 몸속으로 파고든다.

오후가 되자 정식으로 파견 발령이 나왔다. 발령 후 은행 내 퀸즈북스 데이터에 대한 접근이 허용됐다. 곧바로 확인을 시작했다. 재무제표를 살펴보자 참담한 결산 내용이 나왔다. 5분기 연속 적자로 경비도 통제되지 않고 있다. 차입금도 많아 채무초과 직전이다. 매출 증가를 위한 새로운 조치조차 없어 보였다. 이렇게 보니 파산우려거래처로 분류되는 게 당연한 상태다.

퀸즈북스는 창업자인 구로키 유타로 씨가 약 40년 전에 열다섯 평으로 시작한 작은 동네 책방이었다. 그 후 1970년대 후반에 이르러 간선 도로변에 자리한 교외형 서점을 가나자와 근교로 입점시켰다. 그 무렵에 가나자와 은행과의 거래가 급격히 확대되었고 지금에 이르렀다.

이 교외형 서점은 일본에서 가장 초창기에 운영된 서점 중 하나였던 것 같다. 제법 나이 차이가 나는 부인 사나에와는 이 무렵 결혼한 듯하다. 자녀는 없고,

후계자도 없다. 창업 당시부터 '고객 제일주의'를 표방하여 문구와 잡화, CD 등의 서비스도 앞서 시행했다. 신규 출점이 잇따르던 무렵, 서점 업계에서 특히 주목 받던 활황기에는 점포가 열 개나 됐음을 알 수 있었다. 지금은 가나자와 시내를 중심으로 여섯 점포가 남아 있고, 연 매출은 18억대 안팎이었다. 여섯 점포 모두 150평에서 250평 정도의 규모이다. 어디서나 볼 법한 규모로 별다른 특징은 없다.

고객 우선을 내세우며 선진적인 도전을 통해 사랑받던 서점이 왜 은행의 파견 인력을 받아들이는 상황에 이르게 됐을까? 사업을 급격하게 확대해 차입 과다였던 것은 확실했다. 퀸즈북스의 상징이기도 한 교외형 서점을 누구보다 먼저 출점했지만 그만큼 누구보다 먼저 노후화되었다. 덕분에 추후에 생긴 최신형 서점에 대한 경쟁력을 잃었다. 그 후에도 근방에 경쟁 업체가 잇따라 입점하며 매출이 떨어졌고 경영에 어려움을 겪게 된 것이다. 즉 '경영의 부재'가 눈에 띄었다. 현재는 매입처에 대금 지급도 곤란한 상황이다.

부장이 말한 것처럼 수완 좋기로 알려진 창업 경영자가 2년 전에 세상을 떠났고, 그의 부인이 갑작스럽게 사장이 되었다. 경영 부진의 진짜 원인은 도대체 무엇일까? 과연 내가 이 서점을 재건할 수 있을까? 이런 출판 불황이라면 퀸즈북스는 침몰 직전이다. 온갖 생각이 머리를 스쳤다.

'나는 이 서점 일에 어떻게 임하면 되는 거지?'

1장

초대받지 못한 손님

본사 | 구로키 사나에 사장

월요일 아침이다. 5층짜리 맨션 501호실, 3LDK[1] 구조인 집은 아직 갚아야 할 대출이 잔뜩 남아 있다. 아침 식사를 하고 있으면 근처 공원에서 새소리가 들려온다. 이 공원의 벚나무도 이번 주말부터 다음 주 사이 한꺼번에 꽃이 피겠지. 예전에는 온가족이 함께 꽃구경을 갔지만, 이제 제법 머리가 큰 아이들은 학교 동아리 활동을 핑계로 같이 다녀주지 않는다.

퀸즈북스로 출근하는 첫날이다. 가나자와시 남단에 위치한 공과대학 앞에 본사가 있다. 통근은 차로 20분 정도 소요되는 거리로 꽤 가깝다. 차를 매장 주차장에 세운다. 집 근처에 있는 서점이지만 나도 가족들도 책을 살 때는 주로 퀸즈북스가 아닌 가나자와시 근교 대형 쇼핑센터로 향했다. 그 쇼핑센터에는 전국에 체인점이 있는 대형 서점이 입점해 있고, 뭐든 갖춰져 있다. 매대도 이

---

1 3은 방의 개수, L은 living room(거실), D는 dining(식탁을 놓는 곳), K는 kitchen(부엌)을 뜻하는 말로 일본의 일반적인 방 구조를 가리킨다.

곳보다 훨씬 넓고 쾌적하며 종류도 다양하게 구비돼 있다. 이건 비밀로 해두자.

1층이 본점이고 2층은 본사라고 은행의 파견 근무지 자료에 나와 있었다. 시간 맞춰 10시에 본사의 문을 두드렸다.

"오늘부터 근무하게 된 가나자와 은행의 가부라키 켄이치라고 합니다. 구로키 사징님 게신가요?"

사무실에 있는 모든 사람의 시선이 나를 향했다.

"기다리고 있었습니다. 제가 사장인 구로키입니다. 잘 부탁드릴게요. 살살 해주세요." 소문처럼 미인인 사장이 응대했다.

"처음 뵙겠습니다. 가부라키입니다. 잘 부탁드립니다."

"여러분, 오늘부터 우리 퀸즈북스에서 전무로 근무하시게 될 가부라기 전무님이세요."

"사장님, 죄송하지만 가부라키입니다. 기가 아니라 키요."

"어머, 죄송해요." 하고 사장이 미소 지었다.

"그럼 저희 직원들을 소개해 드릴게요."

전원이 자리에서 일어섰다.

"경리부장인 사카이데 씨예요. 경리 업무에 대해 아주 잘 알고 계시죠. 그리고 이쪽에 계신 여성 두 분은 사카모토 씨와 안도 씨예요. 경리와 총무 일을 맡고 있어요."

경계하듯 품평하는 눈치인 사카이데 부장과 무표정한 얼굴의 두 여직원이 보였다.

"안쪽에 사장실 겸 응접실이 있어요. 남편이 살아 있었을 때는 사용했지만, 지금은 손님이 올 때만 쓰고 있죠."

사무실 안에 아무렇게나 놓인 서버가 신경 쓰였다.

"저도 이 자리에서 직원들과 함께 업무를 봐요. 전무님 책상도 여기에 준비했어요. 괜찮을까요?"

"네, 물론이죠. 감사합니다."

모두가 자리에 앉아 다시 업무를 시작했다. 안내 받은 책상으로 가 짐을 두고 사카이데 부장에게 다시 인사했다.

"사카이데 부장님, 여러모로 많이 가르쳐주세요."

"예, 혹시 궁금한 게 있으면 물어보세요. 뭐, 은행원이니까 모르시는 건 없겠지만."

곧바로 잽을 날렸다.

"아뇨, 모르는 게 많습니다. 잘 부탁드릴게요."

"은행원이신데 모르는 게 많나요……."

여직원 두 사람이 귀를 기울이고 있다는 게 느껴진다.

약간의 긴장감이 흘렀다.

"가부라기 씨, 사카이데 부장님. 오늘 저녁에 점장님들도 불러서 새로 오신 전무님 환영회를 하죠."

긴장된 분위기를 지우듯 사장이 밝은 목소리로 말을 걸었다.

"사장님, 가부라키입니다. 기가 아니라 키요."

"맞아, 그랬죠. 죄송해요, 가부라키 전무님." 사장이 미소 지었다.

오전에는 컴퓨터 세팅이나 비품의 위치, 쓰레기 처리 방법 등을 배웠다. 점심시간이 되도록 말을 걸어주는 사람이 없어 혼자 회사 앞 카레집에서 점심을 먹었다. 오후가 되어 사카이데 부장에게 다가갔다.

"부장님, 죄송한데 직원들 프로필을 볼 수 있는 이력서나 매장 개요를 파악할 수 있는 자료가 있을까요?"

사카이데는 대놓고 귀찮다는 듯한 표정을 지으며 말없이 일어나 캐비닛에서 서류 뭉치를 하나 꺼내 들고 내 책상 앞쪽에 힘차게 내려놓았다.

"예, 여기요."

서류를 넘기기 시작했다. 점장들의 프로필을 보니 현장부터 시작한 경력직 점장, 니가타대나 도야마대, 도쿄여대 출신의 점장도 보였다. 이렇게 퀸즈북스에서 보낸 분주했던 출근 첫날이 지나갔다. 환영회는 가나자와시의 번화가인 고린보에 위치한 식당에서 진행될 예정이었다. 신선한 지역 식재료를 내놓기로 유명한 '노토'에서 8시부터였다. 차를 집에 두고 오기 위해 귀가 후 다시 버스를 타고 고린보로 향했다. 밤이 되자 환영회에 전체 여섯 점포의 점장들과 사장, 사카이데 부장이 모였다.

"오늘 밤은 가나자와 은행에서 새로 오신 가부라키 전무님의 환영회입니다. 모두 잘 지내봅시다. 자, 건배!"

사카이데 부장의 형식적인 인사로 함께 건배를 나눴다.

건배 후에 여섯 점장의 간단한 자기소개가 이어졌다. 목소리가 큰 본점의 니시다 점장. 이지적인 느낌이 드는 은테 안경을 쓴 고마츠점의 가라토 점장. 대머리인 가가점의 데츠카와 점장. 통통한 체격에 문구를 잘 안다는 하쿠산점의 다마루 점장. 긴 생머리를 한 하쿠이점의 다카하시 점장. 그리고 어딘지 의욕이 없는 듯한 사쿠라다점의 모리 점장. 이걸로 프로필의 이름과 얼굴이 일치하게 되었다. 이내 나는 지명을 받고 일어나 인사를 시작했다.

"안녕하세요, 가부라키 켄이치입니다. 오늘부터 여러분의 동료로 함께하게 되었습니다. 이시카와현 출신이고 48세입니다. 고등학교 때는 요트부였습니다. 대학에선 취미로 럭비를 했습니다. 책을 굉장히 좋아해서 서점에서 일하게 된 걸 아주 기쁘게 생각합니다. 모쪼록 잘 부탁드리겠습니다. 지금까지 은행에서 근무한 덕분에 약간이지만 경리와 마케팅 지식이 있습니다. 오늘은 선물을 가져왔어요. 제가 쓴 '비즈니스 기본 지식'이라는 소책자입니다. 여기 보시면 기업회계나 마케팅의 핵심 원리가 적혀 있습니다. 모두에게 선물로 드리고 싶습니다."

들고 있던 책자를 모두에게 한 권씩 나눠주었다.

"여러분도 알다시피 퀸즈북스의 경영 상태가 탄탄하다고는 할 수 없습니다. 그렇기에 점장님들과 사장님, 사카이데 부장님 여덟 분과 제가 함께 힘을 합쳐 나가야 합니다. 이제부터 퀸즈북스를 재건해 나가려고 합니다. 그러기 위해 가장 먼저 알아야 할 것은 뭐니 뭐니 해도 '재무제표 해석법'과 '마케팅의 기본'을 아는 일입니다. 함께 하나씩 공부해 보고 싶습니다. 이 지식은 경영 재건에 꼭 필요하다고 생각합니다."

갑자기 목소리가 큰 본점의 니시다 점장이 입을 열었다.

"이게 뭐죠? 우리한테 공부를 하라는 겁니까? 이런 서류를 읽고서 매출이 나아졌다면 다들 진작에 했겠죠. 전무님, 서점이 매일 얼마나 바쁘게 돌아가는지 알고 계십니까? 한번 현장에 와보세요. 이런 걸 읽으며 공부할 틈이 없으니까요."

내가 만든 소책자를 모두 가방에 집어넣기 시작했다. 좋았던 분위기가 깨진 듯했다.

"니시다 점장님, 전 '실천 없는 이론은 무의미하지만, 이론 없는 실천도 무력하다'라고 생각합니다. 기업이 발전하려면 경영의 기초 지식이 필요해요."

사장이 사이에 끼어들려는 듯 말했다.

"가부라키 전무님, 인사는 다 하셨나요? 여러분, 일 얘기는 이제 천천히 하죠. 오늘은 전무님 환영회니까 즐겁게 한잔해요."

또 저질러 버렸구만…… . 또 정면으로 상대방의 기분은 고려하지 않고 돌진하고 말았다. 이 나이가 되도록 성장이 없다. 당연한 이야기지만 아무래도 나는 사카이데 부장은 물론 점장들에게도 환영받지 못하는 모양이다. 가타야마 부장이 말한 것처럼 '경영 재건은 가시밭길'이다. 대규모 구조 조정으로 단번에 채권 회수를 해버리는 게 편할 수도 있겠다는 생각이 순간 머리를 스쳤다.

'천만에. 빌어먹을 가타야마 뜻대로 되게 할 순 없지!'

새삼스레 그런 생각을 하며 눈앞의 요리에 젓가락을 옮겼다. 모처럼의 자리다. 오늘 밤은 가나자와 생선과 토속주를 즐겨야지. 고향인 가나자와의 음식은 언제나 각별하다. 지부니[2]治部煮와 눈볼대……. 눈볼대는 회로 먹어도 맛있지만, 소금구이로 조리하면 비할 데가 없는 일품요리가 된다. 물론 함께 먹는 사람에 따라 다르지만. 아무도 말을 걸어오지 않는, 내 '환영회'의 밤이 깊어져 갔다.

이튿날인 화요일 아침, 업무 시간은 9시부터지만 8시 반에 사무실에 도착했다. 구로키 사장이 먼저 출근해 있었다. 곧바로 말을 건다.

"사장님, 회사 현황에 대해 재무제표를 토대로 설명해 주실 수 있을까요?"

그녀는 아무렇지 않게 이렇게 대답한다.

"재무제표요? 재무제표에 관한 건 경리부장인 사카이데 씨와 세무사에게 일임해서 저는 전혀 몰라요. 사카이데 부장에게 물어보세요."

"사장님, 실례되는 말씀이지만 재무제표에 대한 이해 없이 회사를 경영해선 안 됩니다."

아무렇지 않은 듯한 구로키 사장에게 정색하며 재무제표의 중요성을 설명하기 시작한다.

"사장님도 차를 운전하시죠? 회사 경영은 자동차 운전으로 비유할 수 있습니다."

무슨 말을 하는 건가 하고 의아한 표정을 보이는 사장을 흘끗 쳐다보곤 설명을 계속한다.

---

2   이시카와현 가나자와시의 대표적인 향토 요리로 육수에 저민 고기와 야채 등을 끓여 만든 음식.

"재무제표에는 세 종류가 있습니다. 먼저 손익계산서[3]입니다. 자동차로 치면 속도계인데 지금 어느 정도의 매출이 있고, 얼마큼 벌고 있는지를 알 수 있습니다. 다음으로 재무상태표[4]입니다. 운전 중에는 엔진 온도나 회전수 등으로 엔진 상태를 확인하죠. 이를 통해 회사 현황을 한눈에 파악할 수 있습니다. 그리고 현금흐름표[5]가 있습니다. 연료 잔량을 나타내는데, 회사에 돈이 얼마나 있는지 알 수 있습니다. 이 세 가지를 보지 않고 운전하기란 어렵습니다. 재무제표를 보지 않고 경영하고 있다는 건, 앞만 보며 운전하는 것이나 다름없으니 위험하기 그지없죠."

"가부라키 씨, 출판계에는 재판매제도와 위탁판매제도라는 게 있어요. 일반 상거래와는 다르죠. 보편적인 회계 지식을 말씀하시면 곤란해요."

"사장님, 그건 아니라고 봅니다. 퀸즈북스와 함께하게 되면서 출판계의 특징을 제 나름대로 조사해 봤습니다."

약간 단호한 어투로 말하기 시작했다.

"그럼 잘 아시겠네요. 판매 가격이 정해져 있는 재판매제도. 그리고 매입처인 중개업체(출판 도매회사)에 매입원가로 반품할 수 있는 위탁판매제도. 이런

---

3 일정 기간(통상 1년 단위)의 회사 경영성과, 매출에서 비용을 제하여 이익을 나타내는 문서. 영어로 'Profit & Loss Statement'(약칭 P/L)라고도 부른다.

4 결산기말 시점의 회사의 재정 상태를 나타내는 문서. 우측은 자금 조달, 좌측은 운용으로 나뉘어 표시되어 있다. 영어로 'Balance Sheet'(약칭 B/S)라고도 부른다.

5 기업의 제반 활동에 따른 현금흐름을 중시한 계산서. 영업활동의 판매나 매입경비 등의 '영업활동 현금흐름', 차입 및 변제 등의 '재무활동 현금흐름', 토지 및 주식 매매 등의 '투자활동 현금흐름' 이렇게 세 가지로 구성돼 있다. 영어로 'Cash Flow Statement'(약칭 C/S)라고도 부른다.

상관습이 존재하는 업계가 또 있나요? 없죠. 그러니까 보편적인 회계 지식은 통용되지 않는 거예요. 이해되셨을지 모르겠네요."

"사장님, 그건 아닙니다. 확실히 출판계 특유의 재판매제도나 위탁판매제도가 존재하긴 합니다. 하지만 그건 일반적인 상거래의 파생 형태 중 하나에 불과해요. 서점의 상거래는 통상적인 상거래 중 가장 단순한 상거래 형태라고 할 수 있습니다."

"그게 무슨 소리예요. 서점 일을 잘 모르시고 그냥 하시는 말씀이겠죠."

"제 말이 헛소리인지 아닌지는 지금부터 하나씩 설명하겠습니다. 한번 들어보시죠."

"……그럼 하나씩 설명해 주세요. 납득이 된다면 저도 배우겠습니다. 한번 솜씨를 볼까요?"

지금껏 지키고 있던 구로키 사장의 미소는 그 어디에도 없었다. 뒤이어 출근한 사카이데 부장과 여직원들이 격앙되어 있는 우리의 대화에 무관심한 척 귀를 기울이고 있었다.

"사장님, 안쪽 사장실로 자리를 옮기죠."

"네, 그렇게 하죠."

사장실로 이동하여 나는 냉정하게 설명을 이어갔다.

"사장님, 식료품 슈퍼마켓을 떠올려 보세요. 같은 상품이라도 판매 가격은 매일 달라집니다. 게다가 채소나 달걀의 매입 가격도 매일 달라지죠. 그에 비해 서점은 구성이 매우 단순한 편입니다. 판매 가격이 일정하고 변화가 없어요.

심지어 매입처인 중개업체의 매입도매가(판매 가격에 대한 매입률)도 매일 다르지 않습니다. 이렇게 단순한 소매점도 많진 않습니다. 줄곧 은행원이었던 제 경험으로 말하자면, 어떤 업계 종사자든 자기 업계가 특수하다고 생각합니다. 예외 없이 말이죠. 만약 서점이 특수하다면, 가장 단순한 구조의 재무제표 때문일 겁니다. 서점의 재무제표를 살펴보니 타 업계 재무제표 입문에 안성맞춤이라고 할 수 있을 정도였습니다."

"음, 그렇군요. 서점 관련 모임을 하고 있는데, 다른 서점 경영자들 중 재무제표를 제대로 읽을 수 있는 사람이 얼마나 될까 싶은데요?"

"서점 업계뿐만 아니라 중소기업 경영자 중에도 재무제표를 정확하게 이해하는 사람은 아마 소수일 겁니다. 하지만 경영 재건을 목표로 한다면 재무제표의 기초 지식이 꼭 필요합니다."

"그런가요?"

"사장님, 경영하시면서 가장 어려움을 느끼는 부분은 무엇인가요?"

"이익이 나지 않거나, 자금 조달 문제를 겪을 때죠."

"그렇죠. 그 이익의 정체를 알아내고 싶지 않으신가요?"

"이익이라면 돈을 말하는 거 아닌가요?"

"엄격하게 따지면 아닙니다. 현금과 이익은 별개거든요."

"참, 이래서 나는 재무제표가 싫다니까요."

"아니에요, 간단합니다. 반드시 이해되실 거예요. 자금 융통은 은행을 상대로 합니다. 그 은행은 재무제표를 봐요. 따라서 은행에게 자금 조달을 받으려고 하는데 재무제표를 잘 모른다면 자금 융통은 불가능하겠죠. 어떻습니까?

공부해 볼 생각이 좀 드시나요?"

"……알겠어요. 그럼 한번 배워볼게요."

"사장님, 그럼 이제부터 저와 함께 재무제표 보는 법을 배워보시죠. 간단한 문제지를 가져왔으니 다음 문제를 한번 풀어볼까요?"

Case 1 한 백화점의 셔츠 판매 가격에 대한 평균 매입률이 80%였다고 가정합니다.(쉽게 말해 이 백화점에서는 1,000엔에 판매하는 셔츠를 800엔에 매입하고 있습니다.) 이번 달 매출이 1,000만 엔이었습니다. 같은 달의 매입처에 대한 대금 지급도 1,000만 엔이었습니다. 이번 달 추정 판매원가는 얼마일까요? 아래 세 가지 중 하나를 고르세요.

      Ⓐ 1,000만 엔   Ⓑ 800만 엔   Ⓒ 추정 불가

"난 Ⓐ라고 생각해요. 왜냐하면 매입대금이 1,000만 엔이잖아요."

"사장님, 정답은 Ⓑ인 800만 엔입니다. 엄밀히 말하면 약간 다르지만, 지금은 이렇게 이해하시면 됩니다. 사장님이 재무제표를 보며 어려움을 느끼는 건 이 원칙을 이해하지 않았기 때문입니다. '현금과 이익은 별개'라는 것이죠." 설명을 계속 이어간다.

"1,000만 엔을 팔고 1,000만 엔을 지불하면 수중에 현금이 남지 않습니다. 수중에 현금은 제로가 됐지만 매출총이익은 200만 엔을 낸 것이죠. 먼저 이 원칙을 기억해 주세요. 자세한 내용은 차차 알려드리겠습니다."

"그래요? 현금과 이익이 별개인가요?"

"네, 그렇게 생각하면 재무제표를 더 쉽게 이해할 수 있을 겁니다."

"음, 아직 잘 모르겠네요."

"1,000엔짜리 셔츠를 1만 장 팔았으니, 매출은 1,000만 엔입니다. 여기까지는 이해되시죠?"

"네, 이해됐어요."

"매입은 말입니다. 대금 지급이 1,000만 엔이라는 건, 1장에 800엔짜리 셔츠를 1만 2,500장 매입했다는 거예요. 따라서 같은 달의 대금 지급은 800엔×1만 2,500장=1,000만 엔이 되는 겁니다."

"이래서 재무제표는 질색이에요. 전무님은 좋은 대학도 졸업하셨고, 은행원으로 일하며 관련 공부도 많이 하셨으니 잘 아실 테지만, 전 본가 근처에 있는 전문대에서 가정과를 나온 게 전부고 딱히 사회 경력이랄 게 없어요. 여태껏 은행 업무도 사카이데 부장 옆에 앉아 있는 게 전부였어요."

"괜찮습니다. 중학교 의무교육은 고사하고 초등학생 때 배운 덧셈, 뺄셈, 나눗셈만 할 줄 알면 쉽게 이해할 수 있을 거예요. 그저 익숙지 않아 꺼려질 뿐입니다. 눈볼대도 보기에는 징그러운데 먹어보면 아주 맛이 좋잖아요. 재무제표도 제대로 볼 줄만 알면 은행 협상의 큰 무기가 될 겁니다."

"초등학교 산수만 알아도 볼 수 있다니, 정말인가요?"

"그럼요. 제가 파견 나오면서 사장님과 점장님들께 보여드리려고 만든 자료가 어제 나눠드린 '비즈니스 기본 지식'입니다."

나는 아직 의심스러워하는 구로키 사장 앞에서 소책자의 10페이지를 펼쳐보이며 설명을 계속했다.

"사장님, 여기에 회사를 다시 일으키는 데 필요한 기본 지식이 나와 있습니다. 이걸 전부 이해하지 않으시면, 경영자로서 회사도 직원들의 고용도 지킬 수 없어요."

"왠지 어려워 보이는 말들이 줄줄이 나오네요……."

"괜찮을 겁니다. 전혀 걱정하실 필요 없어요. 제가 하나하나 자세히 설명해 드리겠습니다."

아직 내키지 않는 듯한 구로키 사장에게 나는 설명을 이어나갔다.

Case 2　한 백화점의 셔츠 판매 가격에 대한 평균 매입률이 80%였다고 가정합니다.(쉽게 말해 이 백화점에서는 1,000엔에 판매하는 셔츠를 800엔에 매입하고 있습니다.) Case 1과 같습니다. 여기서부터 다릅니다. 이번 달 매출이 0엔이었습니다. 매입처에 대한 대금 지급이 1,000만 엔이었습니다. 이번 달 추정 판매원가는 얼마일까요? 아래 세 가지 중 하나를 고르세요.

　　　Ⓐ 1,000만 엔　　　Ⓑ 800만 엔　　　Ⓒ 0엔

"음, 매입률이 80%니까 답은 Ⓑ겠네요. 정답이죠?"

"아뇨, 아쉽지만 정답이 아닙니다. 답은 Ⓒ인 0엔입니다."

"왜죠? 납득이 안 가는데요?"

"잘 보세요, 중요한 포인트입니다. 판매원가(매입원가라고도 합니다)는 판매된 제품에 발생합니다. 이번 Case2는 판매가 없기 때문에 판매원가가 들지 않았어요. 매장 재고가 1,000만 엔 늘어났을 뿐입니다. 자, 그럼 다음 문제입니다."

"혹시 ⓑ?"

"사장님, 정답입니다! 맞아요, 매입은 없으니 재고에서 판매됐다는 것이겠죠. 현금과 수익은 별개라는 게 이해되셨다면 지금은 이걸로 충분합니다. 이 내용은 중요하니 다시 한번 설명하겠습니다. 판매원가는 '재고액'과 '매입액'으로부터 산출됩니다. 이것만 알아두세요."

"뭔가 그동안 자욱했던 안개가 걷히는 느낌이에요."

"좋습니다. 이어서 해 볼까요? 회사에선 이익이 중요한 법인데 이번엔 그 이익에 대해 살펴보겠습니다. 여기서 이익이란 무엇일까요? 이익에는 다섯 종류가 있습니다. 이걸 기억해 주세요."

"이익이 다섯 종류나 되는군요?"

"그렇죠. 하지만 어려울 건 없습니다. 산수의 뺄셈만 알면 됩니다."

"산수의 뺄셈이요?"

"먼저 첫 번째로 매출에서 판매원가를 뺀 금액을 '매출총이익'이라고 합니다. 같은 말입니다. 앞선 예시에서 말한 200만 엔이 여기에 해당하겠죠. 두 번째, 이 매출총이익에서 경비를 뺀 금액이 '영업이익'입니다. 경비에는 인건비나 수도광열비, 월세 등이 포함됩니다. 세 번째, 그 영업이익에서 본업 외 수익과 경비를 합산해서 뺀 금액이 '경상이익'입니다. 이 경상이익이 바로 회사의 역량을 나타냅니다. 본업 외 수익이란 서점으로 치면 부동산 수입이나 주식 배당금 같은 것을 말합니다. 본업 외 경비에는 은행에 지불하는 이자 등이 있습니다. 은행에서는 이 경상이익을 그 기업의 역량으로 봅니다."

"무슨 이익에도 종류가 이렇게 많은지."라고 사장이 못마땅하다는 듯 한마디 내뱉는다.

"뭐, 아무래도 각각 의미가 다르니까요. 이건 외우는 수밖에 없습니다."

"어쩔 수 없는 거군요……."

"다음으로, 회사를 경영하다 보면 특정 해에 수익이나 손해가 발생하는 경우가 있습니다. 예를 들어 회사 소유의 사용하지 않던 토지가 팔려 돈을 벌었다고 생각해 보세요. 반대로 갑작스런 태풍으로 매장에 큰 손해가 발생할 수도 있습니다. 이런 것들은 특별수익, 특별손실이라고 합니다. '경상이익'에서 특별이익과 특별손실을 합산하여 공제한 금액이 네 번째에 해당하는 '세전당기순이익'입니다. 그리고 이 금액에는 세금이 부과되는데요. 마지막인 다섯 번째는 이 세전당기순이익에서 세금을 납부한 후 회사의 수중에 남은 최종 이익인 '세후당기순이익'입니다. 이 다섯 개의 이익은 '비즈니스 기본 지식 1'을 보면 잘 나와 있습니다."

구로키는 귀찮다는 듯 서류를 펼쳤다.

43기·42기 비교 : 손익계산서(P/L)

※ 결산 기간 1년간의 이익과 비용을 나타낸다.　　　　　　　　　　　(단위 : 천 엔)

과목	43기 2년 9월 1일부터 3년 8월 31일	매출 총이익률	42기 1년 9월 1일부터 2년 8월 31일	매출 총이익률	전기 대비	전기 차이
매출액	1,789,000		1,808,000		98.9%	▲19,000
매출원가	1,377,000	77.0%	1,392,000	77.0%	98.9%	▲15,000
【매출총이익】	412,000	23.0%	416,000	23.0%	99.0%	▲4,000
급여수당	188,400	10.5%	186,700	10.3%	100.9%	1,700
상여	8,000	0.4%	8,000	0.4%	100.0%	0
복리후생비외	19,000	1.1%	20,000	1.1%	95.0%	▲1,000
〈인건비계〉	215,400	12.0%	214,700	11.9%	100.3%	700
지대·집세	107,000	6.0%	108,000	6.0%	99.1%	▲1,000
〈임대료계〉	107,000	6.0%	108,000	6.0%	99.7%	▲300
수도광열비	31,000	1.7%	31,000	1.7%	100.0%	0
여비교통비	2,000	0.1%	2,000	0.1%	100.0%	0
통신비	4,000	0.2%	3,800	0.2%	105.3%	200
감가상각비	12,600	0.7%	14,000	0.8%	90.0%	▲1,400
기타	18,000	1.0%	18,000	1.0%	100.0%	0
〈관리비계〉	67,600	3.8%	68,800	3.8%	98.3%	▲1,200
〈판관비계〉	390,700	21.8%	391,500	21.7%	99.8%	▲800
【영업이익】	21,300	1.2%	24,500	1.4%	86.9%	▲3,200
수취이자	1	0.0%	1	0.0%	100.0%	0
잡수입	2,399	0.1%	2,499	0.1%	96.0%	▲100
〈영업외수입계〉	2,400	0.1%	2,500	0.1%	96.0%	▲100
지급이자	27,000	1.5%	29,000	1.6%	93.1%	▲2,000

과목						
잡손실	1,000	0.1%	1,000	0.1%	100.0%	0
〈영업외비용계〉	28,000	1.6%	30,000	1.7%	93.3%	▲2,000
【경상이익】	-4,300	-0.2%	-3,000	-0.2%	143.3%	▲1,300
특별이익	700	0.0%	3,500	0.2%	20.0%	▲2,800
특별손실	400	0.0%	500	0.0%	80.0%	▲100
【세전당기순이익】	-4,000	-0.2%	0	0.0%	-	▲4,000
법인세·주민세등	2,000	0.1%	2,000	0.1%	100.0%	0
【세후당기순이익】	-6,000	-0.3%	-2,000	-0.1%	300.0%	▲4,000

43기·42기 비교 : 재무상태표(B/S)

※ 결산기 말일(퀸즈북스의 경우, 8월 31일) 시점에 돈을 어디서 '조달'하여 무엇에 '운용'하고 있는지를 나타낸다.　　　(단위 : 천 엔)

【자산의 부】(운용)					【부채의 부】(조달)				
과목	43기	42기	전년대비	전년차이	과목	43기	42기	전년대비	전년차이
【유동자산】	379,000	389,000	97.4%	▲10,000	【유동부채】	379,000	443,000	85.6%	▲64,000
현금 및 예금	21,000	22,000	95.5%	▲1,000	외상매입대금	190,000	232,500	81.7%	▲45,200
외상매출금	3,000	3,000	100.0%	0	단기차입금	182,500	205,700	88.7%	▲23,200
상품	350,000	360,000	97.2%	▲10,000	미지급금	3,500	3,300	106.1%	200
저장품	3,000	2,500	120.0%	500	기타	3,000	1,500	200.0%	1,500
기타	2,000	1,500	133.3%	500					
【고정자산】	696,000	817,000	85.2%	▲121,000	【고정부채】	681,000	742,000	91.8%	▲61,000
유형고정자산	638,000	759,000	84.1%	▲121,000	장기차입금	681,000	742,000	91.8%	▲61,000
건물	385,000	402,000	95.8%	▲17,000					
구축물	126,000	152,000	82.9%	▲26,000	부채의 부 합계	1,060,000	1,185,000	89.5%	▲125,000
차량운반구	15,000	32,000	46.9%	▲17,000	【순자산의 부】				
기구비품	112,000	173,000	64.7%	▲61,000	【자기자본】				
					자본금	10,000	10,000	100.0%	0
					별도적립금	1,000	1,000	100.0%	0
〈투자 기타자산〉	58,000	58,000	100.0%	0	이월이익잉여금	4,000	10,000	40.0%	▲6,000
차입보증금	58,000	58,000	100.0%	0	순자산의 부 합계	15,000	21,000	71.4%	▲6,000
자산의 부 합계	1,075,000	1,206,000	89.1%	▲131,000	부채 및 순자산 합계	1,075,000	1,206,000	89.1%	▲131,000

"사장님, 어떠신가요?"

"뭔가 복잡하네요. 이익의 다섯 종류는 뺄셈만 나오니 외우면 금방 이해가 될 것 같은데, 판매원가 부분은 이해가 잘 안 돼요."

"판매원가는 중요한 부분입니다. 보통 결산기말에 재고 조사를 하는데요. 왜 비용과 수고를 들여 재고 조사를 하는 걸까요?"

"회사 자산인 상품의 재고금액을 정확하게 이해하고, 재무상태표 내 상품 항목에 기재하기 위함이죠."

"사장님, 훌륭합니다. 그 말씀도 맞지만, 또 하나의 큰 목적이 있습니다. 바로 판매원가를 확정하기 위해 실시하는 겁니다."

"어머, 정말요?"

"네, 그런데 한꺼번에 많은 내용을 배우면 혼란스러울 테니 오늘은 여기까지만 하겠습니다. 저는 이제 매장을 방문해 점장님들과 직접 이야기를 나누고 오겠습니다. 내일 다시 뒷부분을 이어서 배워보죠."

나는 책상으로 돌아와 서류 몇 개를 정리하며 오전 시간을 보냈다. 오후에는 본사가 위치한 2층에서 본점 매장인 1층으로 내려갔다. 본사에 비해 매장 내부는 환하고 밝았다. 매장 내 아동서 코너에서 점장인 니시다 유야를 발견하고 말을 걸었다.

"니시다 점장님, 내부가 환해서 둘러보기 좋은 멋진 매장이네요. 어제는 실례가 많았습니다. 빨리 현장에 와보고 싶었습니다."

"전무님, 자택이 근방이신 걸로 알고 있는데 직접 오신 건 처음인가요?"

순간 머뭇거리고 말았다.

"아, 그게…… 그런 의미가 아니라…… 퀸즈북스의 일원이 되고 보니, 새삼스럽게 그렇게 느껴져서 말이죠."

"퀸즈북스의 일원이 되고 보니 그러셨군요……."

분명히 수상해하고 있다.

이럴 땐 바로 반격에 나서야만 한다.

"어제 판매에도 이론이 필요하다고 말씀드렸죠? 오늘은 그걸 구체적으로 설명해 드리고 싶습니다."

"아…… 예, 그럼 짤막하게 부탁드리겠습니다. 바쁘거든요."

"알겠습니다. 보통 책을 판매할 땐 그 내용을 간략하게 소개하는 POP(상품과 함께 전시하는 작은 메모)에 메시지를 적는데요. 서점뿐만 아니라 많은 판매점에서 하고 있는 방법입니다. 왜 POP에 메시지를 적는지 알고 계시나요?"

"그야 고객이 한눈에 내용을 이해하고 흥미를 갖게 만들기 위해서죠."

"맞습니다. 여기에는 제대로 된 마케팅 이론이 뒷받침되고 있어요. 바로 AIDMA(아이드마)라고 합니다. 고객은 먼저 상품을 '주목Attention'하고, '흥미Interest'를 느껴, 사고 싶다는 '욕망Desire'이 생겨나고, '기억Memory'하여, '구매 행동Action'에 옮기게 됩니다. 자동차든 볼펜이든 책이든 어떤 물건이라도 사는 손님의 마음속에서 이 AIDMA가 일어나고 있죠. 가격이 저렴한 것이라면 이 일련의 과정이 순식간에 이루어지고, 비싸다면 일정 시간에 걸쳐 손님의 마음속에서 이 5단계가 이루어집니다."

"차와 볼펜을 구매하는 사람의 심리가 같다고요?"

미심쩍은 듯한 목소리로 니시다가 묻는다.

"예를 들어 렉서스 같은 고급 자동차를 구매하는 경우, 처음에는 광고와 실생활에서 접하는 렉서스를 '주목'합니다. 그리고 고객의 마음에 변화가 일어나면 이내 '흥미'로 바뀝니다. 그 '흥미'는 시간이 지남에 따라 가지고 싶고, 사고 싶다는 '욕망'이 되어 고객에게 '기억'되고, 렉서스 영업사원의 영업을 통해 '구매 행동'으로 옮겨지게 됩니다."

"음, 그렇군요?"

"서점 매장에 POP를 두는 건 고객의 구매 행동을 자극해 판매로 이어지게 하기 위해서죠. 즉 POP를 두면, 고객의 '주목'을 끄는 순간이 만들어집니다. POP 속 문구나 일러스트가 괜찮다면 '흥미'를 가질 수 있어요. 그런 식으로 사 볼까 하는 '욕망'을 일으킵니다. 이렇듯 고객의 마음속에서 일련의 변화를 촉진하고 자극하는 것이 바로 POP입니다."

"그렇군요. POP는 선대 사장님께서 '고객의 마음과 책의 특징이 연결되도록 만들라!'고 강조하시는 바람에 만들게 됐는데, 엄연히 이론이 있는 방법이었군요. 하나 배웠습니다."라고 말한 뒤 점장은 재빨리 자리를 벗어났다. 아직 하고 싶은 얘기가 남았지만, 어쩔 수 없다. 오늘은 본점을 천천히 둘러보는 것으로 시작하자고 생각한다.

전체 매장은 250평 규모로, 정면 입구 좌측에는 서적 코너가 150평, 우측에는 CD 코너와 문구 및 잡화 코너가 각각 50평씩 자리하고 있다. 서적 코너를 둘러보니 예전부터 신경 쓰이던 서가가 나왔다. 문고文庫 코너다. 출판사별로 상품이 진열되어 있는 곳이다. 좋아하는 작가를 찾으려면 어디서부터 찾아야 하는지 고민이 될 만큼 어렵다. 문고 서가 앞에서 근무 중인 여직원에게 말을 걸었다.

"안녕하세요? 전무인 가부라키입니다."

책을 정리하는 손을 쉬지 않으며 대답하는 여직원의 명찰엔 '미야타'라고 적혀 있다.

"아, 그 소문의 가부라키 전무님이군요?"

"소문이라니…… 어떤 소문이죠?"

"감히 그런 걸 파트타임 직원인 제가 말할 수 있나요. 부디 저를 해고하지 말아주세요."

"해고? 누가 그런 소문을 냈죠? '직원은 비용인가, 자산인가'라고 질문한 피터 드러커라는 사람이 있습니다. 저는 직원 모두를 소중한 자산이라고 생각해요."

"전무님, 무슨 말씀을 하시는지 하나도 모르겠어요. 어떤 용건이시죠?"

"이 문고 코너는 전부 출판사별로 진열돼 있는데, 왜 그런 건가요?"

"저한테 물어보시면 곤란하죠. 옛날부터 계속 이렇게 관리하고 있었어요. 어느 서점이나 다 그렇잖아요? 뭔가 잘못됐나요? 손님들도 익숙하고 저희도 이게 편하고 좋아요."

"잠깐만요. 손님이 소설을 구입할 땐 출판사가 아니라 작가로 찾지 않나요? 보통 좋아하는 작가의 작품을 찾아서 구매하잖아요. 인기 작가들은 여러 출판사에서 책을 내니 손님이 원하는 책을 찾지 못하는 일이 생길 텐데요?"

"……전무님 말씀은 잘 알겠지만, 아무튼 파트직인 저에게 이런 말씀하시면 곤란해요. 오래전부터 이렇게 관리하던 곳이고 서점은 적은 인원으로 매장을 운영하고 있어요. 더는 일을 늘리지 말아 주셨으면 좋겠네요. 어차피 얼마 뒤면 전무님은 은행으로 돌아가시잖아요. 현장 일은 현장에 맡겨주세요. 저는 그럼 일하러 가보겠습니다.”

하지만 이대로라면 원하는 책을 찾기 어려울 텐데……. 그런 생각을 하며 자리를 옮기려는데 멀리 매장 한편에서 니시다 점장이 이쪽을 보고 있던 걸 발견했다.

“……아무래도 서점의 상식은 세상의 상식에 벗어나는 모양이야.”

오후의 서류 업무를 마치고 가타마치로 차를 몰았다. 오늘은 간만에 단골 바에 들렀다 가자. 퇴근길 도로는 변함없이 혼잡했다. 늘 가는 건물의, 늘 가는 가게에 들른다.

“어머, 켄이치 씨 오랜만에 왔네. 잘 지냈어?”

이곳은 옛날부터 단골인 카운터 바 '시라카 바'. 상가건물 8층에 있다. 가게 내부는 브라운 계열의 인테리어로 은은한 조명을 더해 차분한 분위기를 자아낸다. 커다란 창을 통해 바깥 풍경이 보이는 곳이다. 인사를 걸어준 사람은 나오코라는 이름의 바텐더이다. 연령은 미상, 긴 머리를 뒤로 묶고 검은색 바지에 검은색 조끼, 흰색 와이셔츠에 짧은 넥타이를 기본 복장으로 하고 있다.

“켄이치 씨, 가나자와 은행에서 서점으로 발령 났다며? 손님으로 온 은행 사람한테 들었어. 입행 이래 인사부에 심사부, 본점 법인 영업부, 오사카 지점에 가나자와 주요 지점 지점장까지 지낸 엘리트 은행원마저 파견 발령이라니.

무슨 일이라도 저지른 거야? 옛날부터 툭하면 싸우고 괜히 한마디씩 거들긴 했잖아."

"나오코는 여전히 거침없네."

"새삼스럽긴. 그게 내 장점인걸."

매력적인 외모를 가지고 있는 그녀에게 구애하는 남자들은 많았다. 하지만 그녀의 수비는 만리장성처럼 견고하고 벽이 높다. 퇴짜를 맞은 남자는 셀수 없이 많았다. 나도 그중 한 명이긴 했다. 노토반도 출신의 여자는 일편단심이라 고생한다고 한다. 사실은 퇴짜를 맞아 다행인지도 모른다. 좋아하는 책이 삼국지라는 사람이니, 엄청난 독서가 아닌가. 고전도 많이 읽는 터라 언제나 대화를 나눌 때면 그 교양의 깊이가 느껴지는 사람이다.

"익숙지 않은 서점 일은 좀 어때? 매장에 있는 거야? 한번 구경 가볼까?"

"그건 좀 참아줘. 그리고 사무실 근무라 매장엔 없어. 아니지, 청소를 하고 있을지도 모르겠다. 오늘 아침에 사장님께 강의할 때 다른 직원들 모두 청소를 하더라고. 나만 안 하기도 그렇지."

"음, 켄이치 씨가 청소를? 하긴 중소기업이니까 어쩔 수 없겠다. 근데 서점은 서비스업이기도 하잖아. 내가 팁 하나 알려줄까?"

"뭔데? 알려줘."

"술은 항상 마시던 걸로?"

평소 마시는 아이리시 위스키인 '제임슨'의 미즈와리를 따라준다.

"저녁 물장사에 필수인 '아저씨를 사로잡는 리액션 5종 세트'야."

"리액션 5종 세트? 그게 뭔데?"

"대단하다! 전 몰랐어요! 멋져요! 센스 있다! 그렇구나!"

"재밌네. 누가 생각해낸 말이야? 설마 본인이 만들었어? 근데 서점에서 쓰긴 어려울 것 같은데."

"물론 내가 민든 건 아니지. 꽤 유명한 거야. 서점에서 그대로 사용할 순 없겠지만 이 리액션의 본질이 뭐라고 생각해?"

미즈와리를 입에 대던 손이 멈춘다.

"본질? 칭찬인가? 음, 아니야. 아부? 이것도 아니고…… . 알았다! 누구나 지닌, 사람에게 인정받고 싶은 마음인 '인정 욕구'야."

"맞아, 정답이야. 바로 인정 욕구지. 방금 얘기한 것처럼 사람이라면 누구나 지닌 감정. 코칭에서도 매슬로의 욕구 5단계설에서도 나오잖아. 사람들은 누구나 인정받고 싶어 해. 누구든 자신을 소중히 여겨주길 바라지. 서점에선 이걸 고객 응대나 상품 구성으로 만족시키고 있는지 모르겠네?"

"갑자기 술이 확 깨는데."

"보통 서점에 가서 관련 도서가 있냐고 물어보면 대부분 '○○코너에 있습니다. 재고 있습니다.' 이걸로 끝이거든. 나머진 직접 검색해야 해. 우리는 재고 유무를 묻는 게 아니야. 얻는 방법을 물어보는 거야. 실생활의 문제를 해결하고 싶거든. 만족스러운 시간을 보내고 싶고. 지적 욕구를 충족시키고 싶은 거야. 이걸 서점에서 이해하고 있으려나?"

침묵만 하고 있는 나에게 나오코는 이어서 말을 덧붙였다.

"인터넷 시대잖아. 클릭 한 번이면 다음 날 아침에 집 앞으로 책이 도착하는데, 굳이 사람들은 왜 서점을 찾아갈까? 아, 더 마실래?"

"응, 이번엔 온더록스로." 제임슨의 온더록스가 체이서와 함께 나온다.

"사람들이 서점을 찾는 이유? 그야 실물로 내용을 확인하고 싶거나, 낯선 책과의 만남을 기대해서…… 아닐까?"

"그걸 고민하는 게 고객 응대의 본질이지. 그 본질을 지켜가는 거. 계속 살아남는 기업은 어떤 기업이라고 생각해?"

"그야 고객의 사고나 시대의 변화에 대응하는 기업이겠지."

"맞아, 그것도 하나의 정답이지만, 한편으로 진정성 있는 기업은 굳이 변하지 않아도 계속 살아남거든."

"그렇지."

"켄이치 씨, 에히메에 가본 적 있어? 아주 멋진 곳이야. 이쪽 동네와 달리 따뜻하고 눈 때문에 고민할 일도 없어. 또 사람들 성격도 느긋해. 시내 중심부에 성이 있는데, 그걸 둘러싸듯이 노면 전차가 천천히 달리거든. 도고 온천에서 마쓰야마시 중심부까지 그 노면 전차를 타면 십 분이면 도착해. 음식도 술도 맛있고. 게다가 겨울엔 스키도 탈 수 있어."

"에히메에 스키장이 있구나? 그게 살아남는 진정성 있는 기업이랑 무슨 관련이 있는데?"

"예를 들어 마쓰야마의 도고 온천 말이야. 130년 된 삼 층짜리 목조 온천이야. 에어컨이 완비된 것도 아니고, 사우나가 있는 것도 아니야. 그런데도 매년 많은 관광객이 해외에서도 찾아와. 온천의 쾌적함 때문이기도 하겠지만, 진정성을 경험하고 싶다는 마음에 사람들이 이끌린다고 생각해. 그곳에 가면 소설

《도련님》에 나온 세계를 체험할 수 있거든."

"그렇구나. 듣기만 해도 가보고 싶어지는걸."

"그리고 온천이 있는 마쓰야마시 번화가에 '산토리 바 츠유구치'라는 가게가 있어. 쇼와 33년(1958년) 8월에 창업했으니 벌써 60년이 넘은 곳이지. 감귤류 칵테일도 맛있지만, 뭐니 뭐니 해도 대표 메뉴인 하이볼이 유명해. 전설의 하이볼이라고 해도 과언이 아니거든. 그리고 이곳의 주인 부부도 아주 근사해. 남편인 츠유구치 타카오 씨가 과묵하게 음료를 만들고, 아내인 아사코 씨가 웃는 얼굴로 환하게 손님을 맞이해 주셔. 소소하지만 사치스러운 시간을 보낼 수 있는 곳이지. 이곳도 술만 판매하는 게 아니라, 뭔가 진정성이 있는 것 같아. 진정성은 다른 걸 가까이하지 않는 압도적인 힘이 있어."

"얼마나 맛있는 하이볼을 마실 수 있길래? 마쓰야마에 가면 꼭 들러야겠다. 한 잔 더 부탁해."

"켄이치 씨, 하나 물어봐도 될까? 그럼 퀸즈북스의 진짜 강점은 뭐야?"

갑작스러운 질문에 나는 당황하고 말았다.

"오늘은 계속 한 방 먹기만 하네. 글쎄, 고객이 인터넷에선 느끼지 못하는 걸 제공하는 게 오프라인 서점의 생존법인지도 모르지."라고 슬쩍 넘어갔지만, 그로부터 한동안 그 질문에 대한 답을 계속 생각했다.

평소에는 이 정도로 취하진 않지만, 아침부터 정신이 없었고 거기다 나오코에게 제대로 한소리를 들으니 피곤이 밀려온다. 그만 들어갈까. 오늘 밤도 나오코와 꽤나 심도 있는 대화를 나누었다. 이제 대리를 불러 집에 가야겠다.

2장

고객은 침묵으로 답한다

고마츠점 | **가라토 사다오 점장**

"사장님, 잠깐 시간 괜찮으신가요?"

이튿날 아침, 사무실에 출근한 나는 먼저 출근해 업무를 보고 있던 구로키 사장에게 말을 걸었다.

"수요일 아침은 바쁘니까, 나중에 이야기 나눌까요?"

"그러셨군요. 죄송합니다. 그럼 1시간 후에 어떠실까요?"

"알겠어요. 그럼 10시에 뵙죠. 그때까지 전무님도 주차장 청소를 도와주실래요? 퀸즈북스는 직원들이 함께 청소하는 게 사풍이거든요. 물론 저도 하고요."

"사장님도 청소를요? 물론 도와야죠. 저도 퀸즈북스의 일원이니 열심히 하겠습니다."

차량 이백 대는 여유롭게 들어갈 법한 넓은 주차장으로 나갔다. 이제 막 지기 시작한 벚꽃잎, 과자, 아이스크림 포장지에 빈 캔과 담배꽁초까지 버려져 있다. 오늘은 여길 혼자 청소하는 건가……

쓰레기통엔 아무리 봐도 가정집에서 가지고 온 듯한 커다란 봉투도 버려져 있다. 혹시 겨울에는 눈도 치워야 할까? 생각만으로도 오싹하다. 큰 쓰레기를 줍기만 하며 설렁설렁 청소를 마치고 사무실로 돌아왔다.

"사장님, 어제에 이어서 이야기를 나누시죠. 오늘도 사장실에서 부탁드립니다."

둘이서 사장실로 자리를 옮기자 구로키 사장이 말을 꺼낸다.

"오늘은 어제부터 궁금했던 판매원가 구하는 방법을 알려줄래요? 기존에는 주요 취급 상품이 책이라 매입처인 중개업체 토류의 일정한 매입 원가를 크게 신경 쓰지 않았거든요. 요즘은 상품이나 시기별로 매입가가 다른 문구와 잡화도 함께 다루다 보니 판매원가가 중요하겠구나 싶었는데 도무지 이해가 어렵네요."

파일에서 서류를 꺼내 구로키에게 보여준다.

"그럼 '비즈니스 기본 지식 2'를 보면서 설명해 드리겠습니다. 기본적인 공식은 이겁니다. 기수期首재고금액[1]에 당기매입액[2]을 더하세요. 그 합계금액에서 기말期末재고금액[3]을 뺀 금액이 판매원가입니다. 판매원가나 매입원가라고도 부르는데, 모두 같은 말입니다. 그럼 표를 보면서 다시 설명하겠습니다."

---

1 해당 회기의 초기에 있는 재고 총액.

2 어느 일정 기간에 회사가 상품 판매를 위해 매입한 금액의 총액.

3 기말에 있는 상품의 재고 총액. 전기의 결산기말재고액은 그대로 해당 회기의 기수재고액이 된다. 즉 3월 31일의 전기 기말재고금액은 4월 1일의 당기 기수재고금액과 같다.

판매원가 계산법(기초편)

※유통업의 경우

기수재고금액 + 당기매입액 − 기말재고금액 = 판매원가(매입원가)

결산이 시작되는	1년간	결산이 끝나는
초기 재고금액	매입한 금액	말기 재고 금액

예) 연간 매출이 1,000만 엔인 가게의 판매원가 계산법

※ 원가율 구하는 법······ 판매원가 ÷ 연간 매출액 × 100 = 원가율(%)

기수재고액	당기매입액	기말재고금액	판매원가	원가율

Ⓐ **300만 엔 + 800만 엔 − 300만 엔 = 800만 엔** ········· **80%**
※ 기수와 기말 모두 재고금액에 변동이 없다　　　　　　　　　　　(이익률 20%)

Ⓑ **300만 엔 + 800만 엔 − 400만 엔 = 700만 엔** ········· **70%**
※ 기말의 재고금액이 100만 엔 증가한다　　　　　　　　　　　　(이익률 30%)

Ⓒ **300만 엔 + 800만 엔 − 200만 엔 = 900만 엔** ········· **90%**
※ 기말의 재고금액이 100만 엔 감소한다　　　　　　　　　　　　(이익률 10%)

※ 제조업의 경우, 생산직 근로자의 인건비도 원가에 포함되는 등 위 내용과 상당히 다른 계산식이지만 재고 조사의 기본적인 개념은 같다.

표를 읽어본 구로키 사장이 약간 놀란 목소리로 말한다.

"어머, 정말 신기하네요. 이게 전부인가요?"

"자세히 설명하기 시작하면 끝이 없겠지만, 기본적으론 이게 전부입니다."

"그럼 어제 나왔던 Case 1을 가지고 설명해 줄래요?"

"어제 다룬 Case 1 매장의 초기 재고금액이 300만 엔이라고 가정합니다. 이걸 기수재고금액이라고 합니다. 그 300만 엔에 해당 회기에 매입한 금액인 800만 엔을 더합니다. 총 1,100만 엔입니다. 여기까지 이해되시나요?"

"네, 완벽해요."

"자, 해당 회기에 1,000만 엔어치를 팔았습니다. 이 1,000만 엔은 판매 가격이죠. 재고 조사한 기말재고금액은 300만 엔이었습니다. 이걸 공식에 대입하면 300만 엔(기수 재고)+800만(당기 매입)−300만 엔(기말 재고)이 되고, 판매원가는 800만 엔이 됩니다."

"그렇죠."

"따라서 판매 가격은 1,000만 엔이고, 판매원가는 800만 엔. 이익은 그걸 뺀 200만 엔이 되는 겁니다."

"음……. 생각보다 너무 간단해서 왠지 속는 기분이에요."

"걱정 마세요. 많이 단순화했지만, 제대로 설명하고 있습니다. 판매사 2급 시험이라는 자격시험이 있는데, 이 수준을 이해하면 합격이에요."

"네, 그럼 한번 복습해 볼게요."

대략의 설명을 마친다. 이걸 이해하기 어렵다면 저기 쌓여 있는 책을 추천합니다, 라며 혼자 조용히 중얼거린다.

"사장님, 좋은 생각입니다. 아, 그럼 저는 슬슬 고마츠점에 갈 시간이라서요."

"조심히 잘 다녀오세요."

계단을 내려가서 1층 매장을 지나 주차장으로 향하는데 안에서 니시다 점장이 말을 걸어온다.

"전무님, 참 곤란합니다. 그렇게 일 처리를 하시다니."

가까이 다가와서는 화가 섞인 목소리로 작게 이야기를 시작한다.

"무슨 말씀이죠? 전 항상 업무에 최선을 다하는데요."

"오늘 아침에 주차장 청소하신 거, 전무님이시죠? 주차장 배수로에 있는 캔은 주우셨어요? 고객 출입구 근처에 물은 뿌리셨습니까? 일을 이렇게 어중간하게 하면 곤란합니다. 다른 직원이 다시 청소해야하니까요. 앞으로는 업무하시면서 두 번 손이 가지 않게 해주세요."

"내가 가나자와 은행 지점장이었던 사람이야! 그딴 주차장 배수로의 캔까지 신경 써야겠나!"라고 말하고 싶어지는 걸 꾹 참으며 고개를 숙인다.

"그랬군요…… 앞으로 조심하겠습니다."

무거운 마음으로 고마츠까지 운전대를 잡는다. 왜 나는 서점으로 발령이 났을까? 답이 나오지 않는 자문자답이 시작됐다. 그리고 이렇게나 적대심을 드러내는 사람들 사이에 둘러싸여 퀸즈북스를 살려내고 가나자와 은행이 빌려준 자금을 회수하는 게 과연 가능한 일일까?

벌써 집어치우고 싶어졌다. 아니지, 아니다. 조금만 더 버티는 거야. 가나자와의 겨울 하늘은 한동안 우중충하지만, 봄이 되면 언제 그랬냐는 듯 쾌적한 나날이 이어진다. 강변에 핀 벚꽃의 아름다움이 눈에 들어온다. 새들의 지저귐도 들려온다. 차창을 살짝 열자 상쾌한 바람이 차 안에 밀려 들어왔다.

가나자와에서 약 1시간 정도면 고마츠점에 도착한다. 이곳도 전형적인 교외형 서점이다. 본점과 마찬가지로 서적 외에 CD와 문구, 잡화를 함께 취급하고 있다. 주차장에 차를 세우고 매장에 들어서자 아주 밝은 목소리로 점원이 말을 걸어온다.

"어서 오십시오." 웃는 얼굴로 인사를 건네는 직원에게 물어본다.

"저는 월요일부터 퀸즈북스의 일원이 된 가부라키라고 하는데, 점장님 계십니까?"

순간 수상하다는 표정을 보이곤 쏘아보는 듯한 시선으로 자신을 바라보는 그녀의 입에서 이런 말이 나왔다.

"소문으로 듣던 가부라키 전무님이시구나. 아무쪼록 제발 해고하지 말아 주세요. 그리고 복잡스러운 이야기도 금지입니다. 가라토 점장님은 안쪽 전문서 코너에 계세요."

"아, 감사합니다. 근데…… 복잡스러운 이야기라니, 그게 무슨 소리죠?"

"어제 본점의 문고 담당인 미야타 씨에게 무슨 강의를 하셨다던데, 저희는 그런 어려운 이야기는 사절이에요. 배우고 성장하려는 마음은 있지만, 현장 일도 모르는 은행원분의 말이 서점에 무슨 도움이 될까요? 서점은 특수하거든요."

어제 본점 직원과 나눈 대화가 벌써 이 매장에까지 전해진 건가…….

"그렇군요. 도움 드릴 수 있도록 노력하겠습니다."

"가나자와 은행에서 온 전무님이 저희한테 도움을……. 네, 아무튼 감사합니다."

매장 안쪽으로 들어가자 서가의 책을 정리하고 있는 자신과 체구가 비슷한 가라토 사다오 점장을 발견했다.

"가라토 점장님, 가부라키입니다. 환영회 때는 감사했습니다."

프로필에 따르면 그는 니가타대를 졸업하고 식품 회사를 다니던 중 선대 사장의 권유로 퀸즈북스에 경력직으로 입사한 사람이다. 은테 안경을 쓰고 있어 다소 신경질적인 느낌도 있었지만, 이지적으로 보이기도 한다. 대화해 보니 실제로 엄청난 이론가였다.

"가부라키 전무님, 바쁘실 텐데 일부러 고마츠점까지 찾아주셨네요."

"갓 입사한 뒤라 현장인 매장을 돌아보고 있습니다."

"그렇군요. 좋은 마음가짐이네요. 그건 그렇고, 사장님께 재무제표 보는 법을 가르치고, 현장에선 마케팅에 대한 고견을 나누신다면서요. 아주 소문이 자자합니다. '마구 자르는 망나니 가부라키' 전무라고."

여기서도 '망나니 가부라키'인가.

"왜 자꾸 그런 말이 도는지 모르겠네요. '직원은 비용이 아니라 자산이다'라고 했던 피터 드러커의 말을 따르면 따랐지, 그럴 마음은 조금도 없거든요."

"그렇더라도 퀸즈북스는 가나자와 은행에 꽤 많은 차입이 있잖아요. 그 은행에서 파견된 전무님은 자금 회수가 중요한 사명일 겁니다. 제 말이 맞죠?"

가라토 점장이 날카롭게 파고들었다.

"점장님, 차입금 상환은 기업의 의무입니다. 직원을 자르는 단순한 비용 절감만으로 자금이 회수되지는 않습니다. 우선 본업의 실적 회복과 전반적인 업무 재검토에 의한 비용 삭감으로 수익을 올려야 하죠. 그러기 위해서 재무제표와 마케팅에 대한 지식이 꼭 필요하다는 겁니다."

월요일의 '환영회'에서 했던 말을 되풀이한다.

"뭐, 알겠습니다. 그래서 오늘은 저한테 마케팅에 대한 어떤 고견을 들려주기 위해 방문하신 건가요?"

매장 안쪽 사무실로 자리를 옮겨 이야기를 이어나간다.

"마케팅의 정의는 다양하겠지만, 제 나름대로 마케팅을 한마디로 말한다면 '상품이 자동으로 팔리는 구조를 만드는 것'이라고 생각합니다."

약간 생각에 잠긴 듯한 가라토 점장의 표정이 신경 쓰인다.

"상품이 자동으로 팔린다는 건, 마케팅을 배우면 당장이라도 책이 팔리게 된다는 말씀인가요? 나눠주신 '비즈니스 기본 지식'을 집에 가서 읽어봤는데, 그런 내용이 있는 줄은 몰랐습니다."

"네, 그렇게 단순하진 않지만 왜 물건이 팔리는지 배울 수 있죠."

이 사람은 읽었구나. 조금 용기가 생겼다.

"그런 이론이 있는 겁니까?"

"우선 4P라는 이론이 있습니다. 점장님도 물건을 살 때는 먼저 상품Product 자체를 의식하실 겁니다. 다음으로 가격Price을 의식하죠. 그 상품은 어떤 유통 경로Place로 매입되고, 또 어떤 판매 촉진 방법Promotion이 있을까요? 이 네 가지 요소를 4P라고 합니다."

"4P⋯⋯. 뻔한 걸 어렵게 이론화한 것처럼 보이는데요?"

본질을 꿰뚫는 가라토 점장과의 대화가 깊어진다.

"확실히 그럴지도 모르죠. 그렇지만 항상 고객 관점에서 이 4P를 생각하는 것이 중요합니다. 서점으로 입고된 책들을 그저 늘어놓고만 있진 않나요? 서점은 출판사의 판매 대리인인가요? 아니면 독자의 구매 대리인인가요?"

잠시 생각한 후 가라토 점장이 대답한다.

"그 쌍방의 만남의 장을 만드는 것이 서점의 본질적인 역할이겠죠."

"바로 세렌디피티Serendipity인 겁니다."

"세렌디피티……. '누구나 지닌 우연한 행운을 발견하는 능력' 말이군요."

"역시 잘 알고 계시네요. 인터넷 업계의 최대 기업인 갠지스를 비롯해 온라인 서점은 클릭 한 번이면 원하는 책을 다음 날 아침이면 집 앞으로 배송해 줍니다. 이런 시대에 동네 서점의 역할은 무엇일까요?"

가라토 점장은 그에 답하지 않고 새로운 질문을 던져왔다.

"전무님, 재밌는 걸 하나 알려드릴게요. 서점에 오는 사람 중에 몇 퍼센트가 진짜 책을 구입하는 고객이 될까요?"

"요즘처럼 바쁜 세상에 차로 교외형 서점까지 찾아왔다면……. 글쎄요, 5, 60퍼센트 정도요?"

"틀렸습니다. 30퍼센트 정도예요. 거꾸로 말하면 70퍼센트의 손님을 놓치고 있는 게 요즘 서점의 현실입니다."

이 말에 나는 무척 놀랐다.

"서점 업계는 정말 운이 좋네요. 다른 소매업은 그 잠재 고객이 오지 않아 난처한 형편인데, 구매로 이어질 수 있는 잠재 고객이 그렇게 많다니." 나는 이때 처음으로 서점의 미래에 대한 희망을 품었는지도 모른다.

"시코쿠에 있는 서점 체인의 전국 점유율은 1퍼센트니까 국내 서점 업계는 매일 5백만 명의 고객을 놓치고 있는 셈이에요. 쉽게 따지면 한 달에 1억 5천만 명의 고객이 서점을 방문하지만 아무것도 사지 않고 간다는 말입니다."

"엄청난 기회 손실 아닙니까!" 나는 점점 가라토 점장의 이야기에 빠져들었다.

"서점에서 책을 보는 고객이야말로 서점 업계에 남겨진 최후이자 최대의 재산이 아닐까요? 하지만 꾸준히 책을 읽는 독자들의 지성에 서점이 기댈 수 있는 시간도 그리 길지는 않을 거라고 봅니다."

"맞아요. 서점은 위기인 동시에, 큰 도전의 기회 앞에 서 있다고 할 수 있습니다."

"고객은 배신하지 않는다. 서점이 손님의 기대를 배신하고 있을 뿐이다."

"점장님, 그 말이 바로 서점 마케팅의 본질인지도 모르겠습니다."

"가부라키 전무님, 일 끝나고 오늘 밤에 한잔하러 가시겠습니까?"

"물론 좋습니다. 그럼 차를 가져다 놓고, 7시에 가타마치에서 뵙도록 하죠."

"서점인데 그렇게 이른 시간에 갈 수 있겠습니까? 고마츠에서 가는 시간이 있으니 9시쯤 뵙죠. 서점 점장이 갖춰야 할 꼭 필요한 자질을 알려드리겠습니다."

시내 중심부인 가타마치에 마침 서로 잘 아는 가게가 있었다. 거기서 만나기로 한다.

"이거 기대되네요."

서둘러 가나자와 본사로 복귀하니 벌써 6시가 넘었다. 집에 차를 세워두고 버스를 타고 고린보로 향했다. 가나자와에도 신칸센이 들어오게 되어 관광객이 늘었다. 텔레비전과 잡지에 소개된 가게에는 대기 줄까지 생겼다. 약속한 가타마치의 어묵집 '미유키'에 도착했다. 가라토 점장의 단골 가게인 모양이다. 나도 몇 번 와본 적이 있다. 이곳의 어묵탕은 몸도 마음도 따뜻하게 만들어

준다. 도착하자마자 맥주를 먼저 시키고, 이시카와 지역 특산물인 겐스케 무를 주문한다.

"먼저 오셨군요." 가라토 점장이 기세 좋게 들어오며 입을 열었다.

"아직도 겐스케 무가 나오나 보네요."

"올해 워낙 추웠으니까요."

"이 가게는 재료도 좋지만, 밑 준비에 시간을 들여 음식을 맛있게 만들거든요. 전무님, '손님은 신이다'라는 말 들어본 적 있습니까?"

"아, 옛날 엔카 가수인 미나미 하루오 씨가 한 말이잖아요. 손님을 신처럼 소중히 대해야 한다는 뜻으로."

기모노 차림의 미나미 하루오를 떠올리며 대답한다.

"그건 말의 일면이고, 사실 더 심오한 의미가 있어요."

"그게 뭐죠? 궁금하네요."

내 흥미를 돋우는 말투였다.

"또 다른 의미는 이겁니다. '고객은 신처럼 우리의 보이지 않는 노력이나 불성실함을 간파하고, 거기에 침묵으로 답한다. 그러니 파는 이가 진지하게 노력하면 고객은 말없이 구매하고, 불성실하게 임하면 말없이 떠나가 두 번 다시 찾지 않는다.'"

그의 말에 잠시 침묵을 지킬 수밖에 없었다.

"……굉장히 심오하군요."

불성실함을 용서하지 않는다라……. 주차장 아침 청소로 내 불성실함에 한 소리 늘어놓던 니시다 점장의 얼굴이 떠올랐다.

"그러니 아까 말한 '고객은 배신하지 않는다. 서점이 손님의 기대를 배신하고 있을 뿐이다'는 현재 서점이 직면하고 있는 큰 과제인 겁니다."

"점장님, 서점은 왜 과감하게 변화하지 못하는 걸까요?"

"현 상태에서도 매일 많은 고객이 찾아주고, 매출 역시 급격하게 떨어지는 게 아니니까요. 매년 5퍼센트, 3퍼센트 이렇게 조금씩 감소하는 끓는 물 속의 개구리 같은 상태이기 때문이겠죠."

"끓는 물 속의 개구리……. 뜨거운 물이면 튀어나오겠지만, 물이 서서히 뜨거워지는 냄비 안에선 변화를 알아채지 못하고 대응이 늦어진다, 라는 말이네요."

"맞아요. 아인슈타인이 한 말 중에 '어리석음이란 같은 방식을 반복하면서 다른 결과를 바라는 것이다'라는 말이 있잖아요. 서점이 바로 그런 상태예요. 지금의 서점은 우리가 고등학생 때 다니던 이전의 서점과 본질적으론 변하지 않았습니다. 즉 오랜 세월 동안 이노베이션이 일어나지 않았다는 겁니다."

"하지만 계산대도 옛날에 가격만 입력하던 방식에서 상품 바코드를 읽어 단품 관리가 가능한 POS 계산대로 바뀌었잖아요. 또 책의 발주 방식도 예전과 비교하면 크게 달라졌고요."

"그건 운영 방식에 불과한 거죠. 게다가 POS 계산대도 대형 서점은 직접 판매 분석을 하지만, 우리 같은 동네 서점은 대부분 정보를 압도적으로 많이 보유하고 있는 매입처인 중개업체에서 분석해 주는 게 전부거든요."

"그럼 발주 방식은 어떻습니까?"

아까 추가로 주문한 어묵이 나온다.

"사장님, 따뜻한 정종 두 잔이요." 같은 술을 주문한다.

"예전에는 책에 있는 주문 용지를 슬립이라고 불렀는데, 그걸 우편으로 보내거나 팩스와 전화로 주문했어요. 지금은 인터넷 주문이 됩니다. 하지만 그것도 중개업체가 이룬 혁신이지 서점이 이룬 혁신은 아니에요."

"그렇군요. 그럼 서점에 필요한 건 대체 뭘까요?"

"지금의 동네 서점에 요구되는 건 '파는 방법·파는 곳·파는 상품'을 과감하게 바꾸는 획기적인 변화라고 생각해요."

오호, 핵심을 찌르는구만. 아니지, 정신 차리자. 마케팅에 관해선 내가 가르치는 입장인데, 완전히 말리고 있다. 뭔가 반격해야 하는데.

"점장님, '동네 ○○는 망한다'라는 말 들어본 적 있습니까?"

"그게 뭐죠?"

맥주에 무와 달걀을 입에 머금으며 점장이 되묻는다.

"맛있네요. 계속 말씀하시죠."

"그 말은 동네에서 채소 가게가 없어지고, 정육점이 없어지고, 약국이 없어지고, 술집이 없어지고, 쌀집이 없어진다는 말입니다. 두말할 것도 없이 서점도 이대로 가다간 없어질 겁니다."

"그야 그렇겠죠. 소매 업종인 가게들은 사라질 운명이니까."

"맞습니다. 여기서 술집은 편의점이 되고, 약국은 드러그스토어가 됐어요. 서점은 이제 어떻게 될까요? 이렇게 하락세인 시국에 말이죠. 과거의 연장선상에서 보면 미래가 없는 것만큼은 확실하잖아요."

아까 주문한 술이 나온다.

"소매업인 서점이 앞으로 뭘 어떻게 팔고, 어떤 업태로 전환될지 궁금하네요."

"그러게 말입니다. 점장님, 여기서 질문 하나 해도 되겠습니까?"

"뭐죠?"

"서점이 대체 무엇을 팔고 있다고 보십니까?"

"그 질문의 의미는 뭐죠?"

"편의점은 편리함을 팔고, 드러그스토어는 건강을 팔고, 잡화 전문 쇼핑몰은 일상생활의 힌트를 팔고 있죠. 그럼 서점은 무엇을 팔고 있을까요?"

"음. 그 대답은 좀 생각해 봐야겠는데요."

됐다. 이걸로 약간 반격했다.

"아 참, 말씀해 주신다던 '점장에게 필요한 자질'에 대해서 들려주시죠."

"그것도 다음 기회에 말씀드리겠습니다."

그 후로 함께 술잔을 기울이며 야구와 축구에 대한 이야기도 신나게 나눴다. 퀸즈북스에 와서 처음으로 마음 편히 보내는 시간이 흘러갔다. 오늘 술자리는 내가 계산했다. "아, 이거 감사합니다."라며 가라토 점장이 인사했다.

문을 나서며 '다시 와야지'라는 생각이 드는 가게이다. 오늘은 미각도 마음도 만족스러웠다. 정성이 느껴지는 음식들과 미소로 제공하는 고객 응대, 세심한 청소에 계절감 넘치는 메뉴 구성. 성공하는 가게의 조건을 모두 갖추고 있다. 그리고 무엇보다 가라토 점장과 나눈 대화들이 너무 좋았다.

가타마치에서 가라토 점장과 헤어져 막차를 탄다. 알딸딸한 상태로 앉아 있자 버스 안에 붙은 광고판에 눈길이 간다.

> 가나자와 ANA호텔에서
> 대시일레븐 호쿠리쿠 지구의
> 가맹점주 모집 설명회를 개최합니다.

왜일까? 마음이 움직인다.

"편의점 업계 최대 기업인 대시일레븐 설명회라……. 뭔가 참고할 만한 게 있을지도 모르겠군. 설명회에 가봐야겠어."

이 광고가 이후 엄청난 사태로 번진다는 걸, 그땐 미처 알지 못했다.

3장
서점의 기회는 어디에

하쿠이점 | **다카하시 카즈코** 점장

본사에 다다르자 주차장에 차를 대고 있는 구로키 사장의 하늘색 경차가 눈에 들어온다. 다급히 그 옆에 주차하며 인사를 건넸다.

"사장님, 좋은 아침입니다."

출근 넷째 날인 목요일 아침이다. 주차장에서 사무실까지 함께 걸어가며 대화를 이어간다.

"좋은 아침입니다. 어제 가라토 점장과 대화는 많이 나누셨나요? 살짝 까다로운 구석이 있지만, 아주 우수한 분이죠."

"네, 즐거운 시간이었습니다. 그나저나 이따 시간 괜찮으신가요? 오늘은 감가상각을 설명해 드리겠습니다."

"감가상각 말이죠……. 종종 접하는 말이지만 그 실태나 본질은 잘 모르고 있었는데, 오늘 배우는군요?"

잠시 고민하는 표정의 구로키 사장.

"알았어요. 10시부터는 괜찮아요. 그럼 안쪽 사장실에서 봬요."

"알겠습니다. 우선 오늘도 주차장 청소 먼저 하겠습니다."

"아침마다 힘드시죠? 무리하지 않아도 돼요."

"아뇨, 이건 니시다 점장과의 무언의 대결이니까요. 질 수 없습니다."

"무언의 대결? 그게 뭐예요?"

"사장님, 걱정하실 필요 없습니다."

"걱정되네요, 전무와 본점 점장의 대결이라니…… 아무튼 사이좋게 잘 지내주세요."

겉옷만 사무실에 던져두고 다시 주차장으로 향했다. 오늘은 마음을 다잡고 청소에 전념한다. 배수로에 캔은 안 떨어져 있나? 입구에 물은 다 뿌렸는가? 오늘은 니시다 점장이 또 한소리를 하게 두지 않을 테다.

"사장님, 그럼 오늘은 감가상각을 설명하도록 하겠습니다."

10시 전에 사무실로 돌아와 사장실에 들어서며 말을 건넸다.

"고마워요. 감가상각은 어렴풋이 알 것 같지만, 사실 뭐가 뭔지 전혀 모르고 있어요. 손익계산서 비용 항목을 보면 나오는데, 그 정체를 모르겠어요."

"감가상각이란 그야말로 재무제표의 이해도를 보여주는 리트머스 시험지라고 할 수 있습니다. 이게 뭔지 모른다면 재무제표 보는 방법을 제대로 이해하지 못했다고 할 수 있어요."

"음, 그렇군요. 그럼 전 이해 못한 셈이네요."

"우선 '감가상각비'란 돈의 지급과는 별개로 따지는 경비를 말합니다."

"지급하는 돈과 경비가 별개이다?"

사장이 어리둥절한 표정을 지으며 얼굴에 물음표를 띄우고 되물었다.

"자, 시작해 보죠. 회사에서 컴퓨터를 40만 엔에 샀다고 가정해 보겠습니다. 이 컴퓨터는 4년 동안 사용 가능합니다. 판매업체에는 이 대금을 올해 전부 지급할 예정입니다. 여기까지 이해되시나요?"

"네, 이해됐어요."

"4년 동안 사용할 수 있는 컴퓨터가 40만 엔이니, 경비로서 해당 금액을 4년간 분할하여 계산하는 겁니다. 매년 10만 엔씩 경비로 계상하려는 것이 감가상각의 개념입니다."

"그 말은 실제로 지급하는 돈과 경비로 계상하는 액수가 다르다는 건가요?"

"그렇죠. 지난번에 '이익과 현금은 별개'라고 말씀드렸죠?"

전에 공부한 내용을 생각해 내려 애쓰는 구로키 사장의 얼굴이 보인다.

"여기서도 '경비와 현금은 다른 개념'이라고 인식하는 것이 재무제표를 이해하는 데 중요한 포인트입니다."

"즉 실제로 드나드는 돈과 재무제표에 계상하는 돈이 다르다는 거군요?"

"사장님, 바로 그겁니다. 경비에선 감가상각비가 그 대표적인 경우입니다."

"몇 년으로 나눈다는 경비 계상의 기준이 있나요?"

"네, 있습니다. 컴퓨터는 기준 연수가 4년이지만, 자동차는 보통 6년입니다. 엘리베이터는 7년, 철근콘크리트 건물은 50년 등 법정 내용 연수가 세세하게 정해져 있습니다. 쉬운 설명을 위해 여기선 간단히 법정 내용 연수에 따라 나누는 '정액법'으로 계산했지만, 품목에 따라 일정 비율로 계산하는 '정률법'을 쓰기도 합니다. 단 이런 세부 사항이야말로 세무사에게 맡기면 되는 부분이니 경영자로서 알아두어야 할 것은 재무제표상 경비를 몇 년으로 나누어 분할 계상하는 감가상각이란 개념입니다."

"그게 포인트인가 보군요."

"맞습니다. 지난번에 말씀드린 판매원가의 산출법과 오늘 배우는 감가상각을 이해하신다면, 재무세표 중 손익계산서 입문편은 졸업하시는 겁니다. 자세한 내용은 '비즈니스 기본 지식 3'에 정리돼 있으니 한번 읽어보세요."

비즈니스 기본 지식 3

감가상각비의 개념

20XX년(39기)에 컴퓨터를 40만 엔에 구입했다. 이 컴퓨터는 4년 동안 사용할 수 있다. 따라서 경비도 4년간 분할하여 계산한다는 개념이다.

	실제 비용 지급	손익계산서상 경비	남은 자산가치
39기	40만 엔	10만 엔	30만 엔
40기	0만 엔	10만 엔	20만 엔
41기	0만 엔	10만 엔	10만 엔
42기	0만 엔	10만 엔	0만 엔

회사 자산으로 구입하는 항목은 손익계산서상 분할하여 경비가 계상된다. 품목에 따라 분할 기준 연수가 법률로 정해져 있다. 또 구입 품목은 자산으로서 재무상태표에 기재되지만, 당초 자산가치는 경비에서 뺀 만큼 하락한다.
※ 감가상각비의 개념을 쉽게 설명하기 위해 '정액법'으로 나타내고 있다.

이어서 구로키에게 묻는다.

"사장님, 어제 알려드린 '이익의 다섯 종류' 기억하시나요? 복습을 위해 함께 되짚어보죠."

"좋아요. 매출에서 판매원가를 뺀 매출총이익. 여기서 감가상각과 인건비 등이 포함된 판매관리비(경비)를 뺀 게 영업이익. 그 영업이익에서 본업 이외에 벌어들인 이익(예를 들어 매장 자판기의 이익 등)을 더하거나 본업 외에 들어간 경비(예를 들어 은행에 지불하는 이자 등)를 빼서 산출하는 경상이익. 그리고 특정 해에 발생한 수익이나 손해를 더하거나 빼는 세전당기순이익. 세금을 납부한 그 나머지가 세후당기순이익이에요."

"사장님, 훌륭하십니다. 바로 그거예요. 이제 손익계산서 개념은 이해되신 것 같네요."

"이걸로 끝이에요?" 구로키 사장이 놀라워한다.

"물론 세부적으로 들어가면 여러 내용이 있지만, 경영자로선 손익계산서가 만들어지는 기본 개념만 이해하면 은행과 협상할 때 강력한 무기가 될 겁니다."

"맞아요. 은행과 이야기할 때는 항상 혼만 나고, 심지어 왜 혼났는지 정확히 이해하지도 못했던 것 같아요."

이걸로 조금은 재무제표 알레르기가 사라졌을까?

"걱정 마세요. 은행이 무엇을 기준으로 대출을 결정하는지도 알려드리겠습니다."

"궁금하네요. 담보가 있고 없고, 그런 거 아닌가요?"

"물론 담보 유무도 중요하지만, 은행원은 재무제표의 어떤 포인트를 봅니다. 간단히 말하면 '자금 융통은 은행의 역할'이지만, '이익을 내는 건 경영자의 역할'입니다."

"네? '자금 융통은 은행의 역할'이라고요?"

지금까지 어려움을 겪으며 자금 융통에 급급했던 사장의 입장에선 충격적인 이야기인지도 모른다.

"그렇죠. 아까도 '이익과 돈은 별개'이고 '경비와 돈은 별개'라고 말씀드렸습니다. 그래서 이익이 나더라도 회사에 돈이 없는 경우가 발생하곤 하죠. 그시간차를 메꿀 수 있도록 돕는 것이 은행의 역할이기도 합니다."

"시간차라는 게 뭔가요?"

"예를 들어 어떤 상품이 팔려 수익이 났지만, 그 돈이 지급되는 건 다음 달입니다. 그 상품을 매입한 돈을 지급하는 건 이달 말이라고 해 보죠. 이게 바로이익은 있지만 돈이 없는 상태입니다. 이러한 시간차를 메꾸는 것이 은행이 하는 기본적인 역할입니다."

"음, 근데 은행은 돈을 잘 안 빌려주잖아요."

"사장님, 은행에서 빌린 돈에는 이자와 원금(빌린 돈)이 있습니다. 이자는 손익계산서에 경비로 계상합니다. 그러면 원금 상환의 기초 자금(본전 개념)은 회사 경영 자금 중 어디서 갚게 될까요?"

"그야 매출이겠죠."

"틀렸습니다."

"그럼 이익이군요."

"맞습니다. 이익에서 상환하는데, 총 다섯 종류의 이익이 있었죠. 과연 어떤 이익으로 은행에 빚을 갚을까요?"

"글쎄, 어떤 이익일까요?" 또다시 허공을 바라보며 고민하는 구로키 사장.

"앞서 정리한 다섯 종류의 이익 중에서 회사가 자유롭게 쓸 수 있는 이익은 무엇이었죠?"

"회사가 자유롭게 쓸 수 있는 이익이라……. 음, 모든 경비를 제하고 세금도 지불한 '세후당기순이익' 아닐까요."

"맞습니다. 그 '세후당기순이익'에 방금 설명한 '감가상각비'를 더한 것이 차입금 상환의 기초 자금(본전)이 됩니다."

"네? 왜 그렇죠?" 전혀 납득이 되지 않는 모양이다.

"방금 설명했듯이 '감가상각비'는 이미 현금으로 첫해에 모두 지출됐습니다. 하지만 손익계산서상으로는 경비로 계상만 하고 있는 상태입니다. 거꾸로 말하면, 계산서상으론 경비 계상이 됐지만 실제로는 돈이 나가지 않는 겁니다."

"그렇군요……."

"회사가 은행에서 빌린 원금 상환의 기초 자금(본전)은 손익계산서의 '세후당기순이익'에 '감가상각비'를 더한 금액이 됩니다. 따라서 은행은 지난 몇 년간의 그 합계액과 은행에 지급되는 연간 원금 상환액을 확인하는 것이죠."

"전무님, 이제 알 것 같아요. 그럼 뒷 내용은 다음에 부탁드려도 될까요?"

"알겠습니다. 오늘은 여기까지 하죠. 내일부터는 재무상태표를 설명해 드리겠습니다."

"재무상태표는 이름만 들어도 뭐가 뭔지 어렵게 느껴지네요."

"괜찮을 겁니다. 아주 간단한 구조로 돼 있으니 내일부터 같이 살펴보시죠. 그럼 저는 매장에 다녀오겠습니다."

재무제표 보는 법을 제법 이해하기 시작했다. 기업 재건은 재무제표에 대한 이해부터 시작된다. 매장으로 가기 위해 문을 나서려는 찰나 구로키 사장이 말을 걸어온다.

"그리고 오늘 저녁에 매입처 토류의 호쿠리쿠 지점장인 쇼바야시 씨가 가부라키 선무님을 만나러 오시기로 했어요. 시간 괜찮으세요? 어려우시면 변경해 달라고 하고요."

"알겠습니다. 오늘 괜찮습니다. 저도 꼭 만나 뵙고 싶었거든요."

매입처 토류의 호쿠리쿠 지점장이라……. 물어보고 싶은 것이 산더미 같다.

오늘은 꼼꼼하게 청소했으니 니시다 점장에게 어제 같은 한소리를 들을 일은 없을 것이다. 안심하고 계단을 내려가자 니시다 점장이 다가왔다.

"가부라키 전무님, 오늘 청소하신 거 말입니다. 입구 쪽 쓰레기통은 치우셨습니까? 진상 손님이 어젯밤에 버리고 간 가정집 쓰레기가 남아 있더군요."

"가정집 쓰레기? 그런 이야기는 못 들었는데요."

"누가 말해주는 일만 하는 게 가나자와 은행 전 지점장의 업무 방식입니까?"

"아뇨, 꼭 그렇다는 게 아니라…."

"부탁 좀 드리겠습니다. 서점뿐만 아니라 소매점이든 요식업이든 가게를 꾸리는 사람에게 청소와 청결함이 얼마나 중요한데요. 신경 좀 써서 해주세요."

"알겠습니다. 하긴 소매업은 청결함이 중요하죠. 내일부터는 더 신경 써서 하겠습니다."

어제 방문했던 어묵집 '미유키'의 깔끔한 내부가 떠올랐다. 또 청소로 혼이 났다. 젠장, 오늘도 대결에서 졌다. 심지어 말발로 졌다. 분하다. 니시다 점장은 뭐가 눈엣가시인지 자꾸 시비를 걸어온다. 언젠가 반드시 반격해 줄 테다. 일단 오늘은 아직 방문하지 않은 매장을 가보자.

2층 사무실로 돌아와 여직원에게 하쿠이점에 방문할 예정임을 알린다. 하쿠이점까지는 국도 8호선을 타고 간다. 중간에 '8번 라멘'에 들러 점심을 해결할 생각이다. 8번 라멘은 이 지역 사람들이 자주 찾는 라멘집이다. 나는 그중에서도 채소된장라멘을 무척 좋아한다. 한 그릇을 먹고 나면 혀도 마음도 만족스러워진다.

8번 라멘은 1967년 이시카와현 가가시에서 처음 문을 열었다. 호쿠리쿠의 국도 8호선을 중심으로 일본에 140여개의 매장이 있으며, 놀랍게도 해외 진출에 성공해 태국에도 100여 개가 넘는 매장이 입점해 있다. 일본의 설국과 남국인 태국이 8번 라멘으로 이어진다니 꽤 흥미롭다. 점심으로 채소된장라멘을 먹고, 다시 목적지로 출발한다. 하쿠이의 해안 도로인 '치리하마 나기사 드라이브웨이'를 통과한다. 차종에 상관없이 모래사장을 달릴 수 있는 해안이다. 본사에서부터 타고 온 업무용 차량으로 이곳을 달린다. 예전에 비해 이 해변이 좁아진 것처럼 느껴지는 건 기분 탓일까?

오늘 방문하는 하쿠이점의 다카하시 카즈코 점장은 도쿄여대 출신의 재원이다. 영문과를 나와 가나자와시에서 중학교 영어 교사로 근무했는데, 부모님의 간병을 위해 본가가 있는 하쿠이시로 돌아왔다. 이 지역에서 할 만한 일을 찾던 중 선대 사장에게 발탁되어 퀸즈북스에 입사했다고 한다. 딸이 세 명 있는데 이혼 후 예전 성씨로 바뀐 모양이다. 환영회에서는 따로 이야기를 나누지 못했는데, 과연 어떤 인물일까?

날이 흐려진 걸 보니 곧 비가 올 것 같다. 호쿠리쿠는 '도시락은 깜빡해도 우산은 깜빡하지 마라'라는 말이 있을 정도로 날씨가 변덕스러운 곳이다. 차를 입구 쪽 주차장 자리에 세운다.

"안녕하세요. 점장님 계십니까?"

서가의 책을 정리하고 있는 여직원에게 말을 걸었다.

"네, 제가 점장입니다. 어머, 가부라키 전무님?"

"아, 다카하시 점장님이셨군요. 환영회 때는 머리를 풀고 사복이었는데, 오늘은 유니폼을 입고 머리까지 묶고 계셔서 못 알아봤습니다."

주변 여직원들이 우리를 멀리서 지켜보고 있는게 느껴지지만, 절대 눈을 마주치려 주위를 돌아보지 않는다. 매장 내부는 깔끔하지만 기분 탓인지 활기가 느껴지지는 않았다.

"전무님, 먼저 드릴 말씀이 있어요. 날이 흐려지는데 입구 쪽에 타고 오신 차를 세우셨죠? 죄송하지만, 거긴 손님이 주차하시는 공간이에요. 관계자는 입구에서 먼 곳에 주차하는 게 상식입니다. 바로 옮겨주시겠어요?"

순간 짧은 생각이 부끄러워졌다.

"아, 죄송합니다. 바로 옮기겠습니다."

차를 주차장 끝자리로 옮긴 후 돌아오자 점장이 근처에 있던 직원에게 말을 걸었다.

"기무라 씨, 매장 좀 봐주세요. 저는 전무님과 제 사무실에서 미팅이 있어서요."

그 말을 들은 직원은 아무 대꾸도 하지 않는다. 이게 무슨 일일까?

사무실로 자리를 옮겨 이야기를 시작한다.

"점장님, 성함인 다카하시 카즈코에 대해 궁금했는데, 혹시 부모님이 작가인 다카하시 카즈미를 좋아해서 지으신 이름인가요?"

"어머, 잘 아시네요."

놀란 기색의 다카하시 점장의 얼굴에 미소가 번졌다.

"예전엔 종종 그런 얘길 듣곤 했는데, 요즘에는 영 들을 일이 없었거든요. 실은 맞아요. 돌아가신 아버지의 서재엔 다카하시 카즈미 전집이 가득 꽂혀 있어요. 아버지는 그 성실한 작풍이 무척 좋으셨던 모양이에요."

"그렇군요, 실은 저도 다카하시 카즈미의 열혈 독자입니다.《내 마음은 돌이 아니니 我が心は石にあらず》,《슬픔의 그릇 悲の器》,《우울한 당파 憂鬱なる党派》,《고립무원의 사상 孤立無援の思想》 모두 푹 빠져서 읽었죠. 제 책장에도 다카하시 카즈미 전집이 꽂혀 있습니다."

학창 시절에 알게 되어 처음엔 신초문고에서 나온 책을 읽었던 기억이 있다.

"의외로 독서가셨군요? 그런데 전무님이 하쿠이까지는 무슨 용건으로 오셨을까요?" 약간은 조심스러운 표정으로 물어온다.

"아뇨, 특별히 용건이 있는 건 아닌데 아무래도 현장인 매장을 직접 보고 싶어서요. 게다가 하쿠이는《교황에게 쌀을 먹인 남자》로 유명해졌잖아요. 그야말로 마케팅의 실용적인 사례라고 생각합니다. 서점에도 분명 무언가 기회가 있을 겁니다. 파는 방법·파는 곳·파는 상품의 새로운 발견이."

"서적 판매 매출이 하락하면서 렌털 서비스나 CD, DVD 판매를 시도하기도 했는데 성공적이진 않았던 것 같아요. 문구 판매는 그럭저럭 괜찮지만, 잡화는 앞으로 지켜봐야겠죠."

"그럼 파는 곳에 변화를 주는 건 어떻습니까? 새로운 판매처, 예를 들어 시립 도서관은 어떨까요?"

나는 퀸즈북스가 해 본 적 없는 도서관 대상의 판매를 하쿠이점에서 할 수 있지 않을까 생각하며 과감하게 물었다.

"……도서관 말이죠. 초보자가 생각해 낼 법한 아이디어네요. 그쪽은 진입 장벽 자체가 엄청나게 높아요."

단박에 초장부터 거절인 듯하다.

"진입장벽이요?"

"도서관 납품은 책만 납품하는 게 아니에요. 우선 책에 튼튼한 커버 코팅을 해야 해요. 또 중요한 점이 책의 데이터와 그걸 표시하는 책등에 붙이는 라벨이에요. 이렇게 정해진 규칙에 맞춰서 책을 납품하지 않으면 도서관이 구입하지 않으니까요. 자세히는 가나자와로 돌아가서 알아보시는 게 어떨까요?"

그랬구나, 순전히 즉흥적인 생각인 건가? 좋은 아이디어 같았는데 말이다.

"그렇군요. 한번 알아보겠지만, 지금은 어떤 업체가 납품하고 있죠?"

"도쿄에 본사가 있는 도서관 납품 전문 업체인 도쿄 라이브러리 서포터예요."

"그래요? 시립 도서관의 예산은 지역의 시세市税일 텐데요. 그 돈이 지역 기업이 아니라 도쿄에 있는 회사의 매출이 된다는 겁니까?"

정말 석연치 않은 상황이다. 일단 가나자와로 복귀해서 알아봐야겠다.

"점장님, 하나 여쭤보고 싶은 게 있는데요. 매장에서 일하는 사람에게 가장 중요한 건 무엇일까요?"

"그야 돈이겠지만, 돈만 따진다면 더 조건 좋은 직장도 많겠죠. 서점 직원에게 가장 중요한 건 동기부여라고 생각합니다. 직접 매입하고 열심히 고민해서 진열한 책이 잘 팔렸을 때의 뿌듯함은 정말 크거든요. 근데 요즘은 사장님이 매입 예산을 짜고 계셔서 좀 힘들어요. 당연히 달마다 정해진 매출 목표가 있고, 그 78퍼센트 내에서 매입해야 하거든요. 그렇지 않으면 이익이 나지 않는다고요."

"음, 매입 예산을 편성하는 방법이 완전히 잘못됐네요. 수익과 현금 흐름의 관계를 혼동하고 있어요. 또 판매하고 매입하는 달의 시기 차이도 있고요. 나중에 사장님께 예산을 없애도록 말해두겠습니다. 사카이데 부장님도 그 정도는 알고 계실 텐데……."

"사카이데 부장님, 그분은 좀……."

확연히 적대적인 태도로 계속 말을 잇는다.

"아무튼 말씀하신 수익과 현금은 아직 잘 모르겠지만, 잘 부탁드릴게요."

"그럼 지난번에 드린 '비즈니스 기본 지식'을 한번 읽어보세요."

"거기에 그런 것까지 나와 있군요? 공부삼아 읽어보겠습니다."

매슬로의 욕구 5단계설

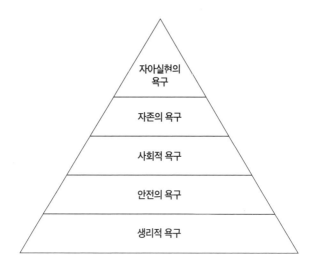

자아실현의
욕구

자존의 욕구

사회적 욕구

안전의 욕구

생리적 욕구

"점장님은 아까 말씀하신 동기부여 관리에서 뭔가 유념하는 점이 있나요?"

직원들의 태도에서 의욕을 느낄 수 없었던 나는 다시 물었다.

"아무래도 코칭 마인드겠죠. 명령형 매니지먼트에서 질문형 매니지먼트로 전환하는 게 중요해요. 사람은 지시한다고 움직이지 않거든요. 자신이 깨달아야 납득하고 그제야 비로소 움직이는 법이죠."

"열심히 공부하시나 보군요. 그렇다면 인간의 욕구는 5단계가 있고, 1단계에는 먹고 싶고, 자고 싶어 하는 '생리적 욕구'가 있다는 건 잘 아시겠네요."

"대학에서 심리학 강의도 들었던 터라 '매슬로의 욕구 5단계설'은 알고 있어요. 2단계는 위험이나 불안으로부터 벗어나고자 하는 '안전의 욕구', 3단계는 사람과 밀접한 관계를 맺고 싶은 '사회적 욕구', 4단계는 주변 사람들에게 인정과 존경을 받고 싶은 '자존의 욕구', 5단계는 사회에서 자신의 쓰임새를 찾고자 하는 '자아실현의 욕구'이죠. 그리고 이 욕구들은 1단계에서 5단계 순으로 충족되게 됩니다."

"역시 대단해요. 완벽합니다. '비즈니스 기본 지식 4'에도 정리돼 있으니 다른 내용들도 함께 읽어보세요."

"아, 이것도 나와 있나요? 하지만 이건 단순한 지식이에요. 이 이론이 서점을 비롯한 소매점 업무와 어떻게 연관되는지 고민하는 게 중요하죠."

"맞습니다. 어떤 연관이 있을까요?"

"2단계까지는 자신의 일상생활이 안전하게 보장돼야 해요. 여기엔 급여와 휴일 등이 포함됩니다. 그리고 지금부터가 포인트예요. 3단계인 '사회적 욕구'는 조직원들의 동료 의식인 팀워크와 관련이 있죠. 4단계인 주변의 인정을 바라는 '자존의 욕구'는 조직의 수장, 서점이라면 점장에게 현장에 있는 직원이 '인정받고 있다', '의지가 되고 있다'라고 의식하고 느끼는 거예요. 또 동시에 직접 매입한 상품이 잘 팔리는 즐거움이 직원의 직접적인 동기부여가 되는 겁니다."

다카하시 점장이 설명을 계속한다.

"5단계인 '자아실현의 욕구'는 매장을 담당하면서 생기는 감정인데, 점장과 서가 담당자 모두에게 중요한 요소라고 할 수 있어요. 이 다섯 개의 욕구가 충족되지 않는다면 좋은 서점이 될 수 없습니다."

"그렇군요. 잘 알겠습니다. 혹시 다른 어려운 점은 없나요?"

클레임 대응 메뉴얼

초기에 판별하기
클레임이 잦은 고객인가?
충성도 높은 고객 (대량 구매 고객)이 될 후보인가?

→ 클레임 내용을 확인하고,
"책임자에게 전달하여 개선하겠습니다."
라고 답변한다.

※ 회사가 악질적인 클레임 고객에게서 직원을 보호한다는 태도를 명확히 하는 것이 무엇보다 중요하다.

경청
상대방의 이야기에 귀를 기울인다. 문제 상황과 그에 따른 불편한 감정을 살핀다.

"네, 그러셨군요."

(효과적인 호응 표현이므로
감정을 담아 응답한다.)

공감
고객에게 나타난 감정을 말로 되짚는다.

"고객님, 정말 불쾌하셨겠네요."

(고객의 감정에 대한 반응)

사죄
고객에게 불쾌함을 겪게 한 것에 대해 진심으로 사과한다.

"정말 죄송합니다."

(고객의 감정에 대한 반응)

감사
회사를 성장하게 해주는 지적에 감사의 마음을 전한다.

"오늘 전화 주셔서 감사합니다. 지적해 주신 부분을 개선하여 고객님이 만족하실 수 있는 매장을 만들 수 있도록 노력하겠습니다. 앞으로도 잘 부탁드립니다. 감사합니다."

"뭐 이런저런 고민이야 있지만, 주로 여자들만 있는 매장이니 고객의 클레임 대응에 어려움을 느끼기도 합니다."

"그렇군요. 실은 '비즈니스 기본 지식 5'에 '클레임 대응 매뉴얼'도 나와 있어요. 코칭을 공부한 점장님이라면 아마 금방 이해할 수 있을 겁니다. 커뮤니케이션의 필수 3원칙인 '경청, 수용, 인정' 후에 사과와 감사의 뜻을 전하는 것이죠. 고객 클레임에는 매장 운영에 필요한 여러 힌트가 담겨 있으니까요."

"그렇죠. 정말 유용하겠네요. 한번 살펴볼게요."

"감사합니다. 뭔가 궁금하거나 어려운 부분이 있다면 또 말씀해 주세요. 그럼 오늘은 이만 실례하겠습니다."

가랑비가 내리기 시작했다. 차로 돌아와 서둘러 본사로 향한다. 문득 다카하시 점장의 박식함이 매장에서 실제로 잘 활용되고 있는가 생각했다. 전반적으로 가라앉은 매장 분위기와 직원들이 시선을 돌리는 모습이 마음에 걸린다.

본사로 복귀하니 토류 지점장이 도착해 있었다. "토류의 쇼바야시입니다. 잘 부탁드립니다." 머리를 짧게 넘긴, 누가 봐도 운동 좋아하는 남성미 넘치는 타입으로 보이는 사람이다.

"전무인 가부라키입니다. 저야말로 잘 부탁드립니다. 오늘 여쭤보고 싶은 게 정말 많습니다."

"그러신가요?"

이때 구로키 사장이 한마디 거든다.

"전무님, 지점장님은 검도 5단의 달인이세요. 화나게 하면 무섭답니다."

"사장님, 누가 들으면 오해하겠네요. 부당한 걸 조금 못 견딜 뿐입니다."

약간 쑥스러워하며 대답한다.

"중개업체라고 불리는 토류와 니치류의 이름은 많이 들어보긴 했습니다. 구체적으로 어떤 기능을 하고 있나요?"

"기본적으론 책을 만드는 출판사와 책을 독자에게 판매하는 서점 사이에서 상류 기능(청구, 지급)과 물류 기능(운반, 보관) 그리고 정보(서지정보 및 판매정보)를 통해 연결하는 역할을 합니다. 한마디로 설명하면 책 도매상이지만, 타 업종과 크게 다른 점이 있습니다. 전무님도 출판업계에 책의 정가를 유지하며 할인하지 않는 재판매제도와 매입한 책을 판매하다 남을 경우 반품할 수 있는 위탁판매제도가 있다는 건 알고 계시죠? 그 외에 거대한 도매의 역할도 하고 있습니다. 도매상인 토류와 니치류는 모두 일반적으로 중개업체라고 불리지만, 책을 중심으로 하는 출판 종합상사라고 할 수 있죠."

"거대한 도매의 역할?"

"거대한 도매(도매상)의 역할은 이런 겁니다. 업계 최대 출판사인 오토와사의 연 매출은 1천억 엔대이고, 업계 최대 서점인 신주쿠야 서점의 연 매출도 1천억 엔대인데, 토류와 니치류의 연 매출은 모두 그 몇 배인 4, 5천억에 달합니다."

"그렇군요."

"이렇듯 사업 규모가 어마어마하기 때문에 4천여 개의 출판사가 연간 수만 개의 출판물을 만들어, 전국 1만 5천여 개의 서점과 5만 개나 되는 편의점에 정시 배송하고 결제도 할 수 있는 것이죠."

"여쭤보기 조심스럽지만, 애초에 출판사와 서점이 직거래를 하면 더 효과적이지 않을까요?"

"그런 이야기는 종종 듣습니다. 하지만 만약 모든 서점과 출판사가 직거래로 운영된다면 서점은 4천여 개의 출판사와 일일이 결제해야 합니다. 출판사도 1만 5천 개나 되는 서점에 개별적으로 배송하고 개별적으로 자금 회수를 해야 하죠. 예전에 중견 중개업체가 민사 회생과 자진 폐업으로 내몰린 적도 있었습니다. 만일 토류와 니치류가 사라진다면 일본의 다양한 출판문화도 큰 영향을 받을 겁니다.

"그렇군요."

"토류와 니치류는 전국 각지를 망라하는 물류 기능으로 출판사가 만든 출판물과 전국 서점 및 편의점을 이어주고 있습니다. 동시에 소매점에 대한 청구와 수금, 그리고 출판사에 대한 지급 관련 상류 기능을 모두 담당하고 있죠. 그래서 출판사도 서점도 안심하고 거래할 수 있는 겁니다."

"일종의 사회 인프라라고 할 수 있겠네요."

"그렇죠. 거기다 중요한 정보 기능이 있는데, 특히 리테일 서포트 기능은 요즘 비약적으로 진보하고 있어요."

"리테일 서포트 기능이요?"

"토류는 거래처 서점들의 전체 배송 데이터를 가지고 있어요. 게다가 전체 반품 데이터와 전체 판매 데이터도 단품 단위로 보유하고 있습니다. 이를 통해 토류는 거래처 서점의 재고 데이터도 알 수 있다는 뜻이 되겠죠?"

"그렇겠네요."

"전국 거래처 서점들의 데이터를 가지고 있으니 서적 판매의 거대한 데이터 뱅크가 되는 셈이죠. 토류는 그 데이터를 활용해 베스트셀러 발주를 권장하거나 부동 재고 품목의 반품을 추천하는 시스템도 가지고 있습니다. 니치류에도 있겠지만, 이 시스템의 정확도를 서로 경쟁하며 높이고 있죠."

그때 구로키 사장이 신기하다는 듯 물어온다.

"지점장님, 토류에 그런 기능이 있었나요?"

"시스템을 도입할 때 몇 번이나 자세히 설명해 드렸어요."

"그랬나요? 제가 시스템에도 약해서요. 제대로 안 들었나 봐요."

지점장의 실망스러워하는 기색이 느껴진다.

"지점장님, 정말 큰 공부가 됩니다. 그 데이터를 활용한 기능은 프랜차이즈 체인의 본사가 갖출 법한 기능이네요. 그런 기능까지 있다니 놀랍습니다. 우리가 흔히 생각하는 것과는 많이 다르다는 게 느껴져요. 단순한 물류 회사라고만 생각했는데 굉장히 다양한 기능이 있었군요."

"이해되셨다니 다행이네요."

"다음으로 드릴 질문은 도서관 납품에 대한 겁니다."

나는 이걸 반드시 물어보고 싶었다.

"도서관 납품은 꽤 어려운 문제죠. 가장 큰 문제는 경쟁입찰제도입니다."

"경쟁입찰제도라는 게 뭐죠?"

"일정 도서를 도서관에 납품할 때 어떤 업체가 가장 저렴한지를 보고 결정하는데요. 이런 식의 입찰을 어느 지자체에서든 실시하고 있습니다."

"네? 정가 판매는 독금법(독점금지법) 23조 제4항에 따른 법률상 규정이라서 할인 판매를 할 수 없다고 알고 있는데, 아닌가요?"

"전무님, 열심히 공부하셨네요. 하지만 실제론 대부분 경쟁입찰이라, 애초에 이익률이 낮은 서점이 손해를 감수하며 입찰에 참여하더라도 대형 도서관 납품업체가 응찰하거든요."

"뭔가 공존할 수 있는 좋은 방법이 없을까요?"

"요즘 특히나 대두되는 문제죠. 총무성 홈페이지의 '입찰 계약제도에 관하여'를 보면 이런 내용도 있습니다."

……또한 지방자치법시행령에서는 입찰에 참여하는 자의 자격요건에 대하여 사업장 소재지를 요건으로 정하는 것을 인정함과 동시에 종합평가방식에 의한 입찰에서는 일정 지역공헌 실적 등을 평가 항목으로 설정하여 평가 대상으로 삼는 것이 허용되므로 이를 통해 지역 기업이 수주 기회 확보를 꾀할 수 있다…….

"도서관 납품 문제로 생각해서 읽으면 도서관 납품 관련 입찰은 가격 외에 지역에 얼마나 공헌했는지도 평가 대상이 된다고 볼 수 있겠죠."

지점장은 그대로 설명을 계속했다.

"실제로 오이타는 '사업장 소재지 요건'을 적용해, 오이타현립도서관의 경우 서지 데이터를 담당하는 대형 도서관 납품업체와 책을 납품하는 지역 서점이 공존하고 있는 형태예요."

"그렇군요. 그런 방식이라면 공존공영도 실현 가능하겠네요."

"애초에 재판매가격제도는 책을 할인 판매하지 않는다는 법률상 규정이에요. 그에 반해 지방자치단체에서 '30만 엔 이상의 물품을 구입할 땐 입찰이 필요하다'라는 건 권고 사항에 불과하죠. 권고 사항보다 법률이 중시되는 게 당연합니다. 책처럼 가격이 일정한 품목의 입찰은 부적절하다고까지 볼 수 있어요."

"흥미로운 이야기네요. 다만 그렇게 쉽게 가능할진 모르겠지만, 가나자와 하쿠이에서도 시도해 볼 가치는 있을 듯합니다. 지점장님, 다음에 또 이야기 나누시죠."

"네, 저야말로 감사합니다. 다음번에 또 뵙죠."

큰 공부가 됐다. 중개업체의 기능을 만만하게 볼 게 아니다. 토류가 가진 리테일 서포트 기능을 자세히 살펴봐야겠다. 그걸 활용해 토류를 내 편으로 삼느냐, 적으로 만드느냐에 따라 장차 서점의 사업전략이 크게 달라질 것이다. 퀸즈북스를 재건할 수 있는 열쇠는 여기에도 숨어 있을 것 같다. 또한 공공도서관과 지역 학교 도서관 납품에 대해서도 알아보면 더 흥미로운 정보를 알게 될지도 모른다.

이후 도서관 납품에 발을 들이게 되면서 엄청난 변화가 찾아왔지만, 이때까지만 해도 아직은 흥미로운 고민에 불과했다.

4장

북풍과 태양

하쿠산점 | **다마루 토오루** 점장

거실 커튼을 열자 햇빛이 쏟아진다. 창문을 열고 베란다로 나가 심호흡을 한다. 여기서 보이는 경치가 마음에 들어 구입한 집이다. 공원의 벚꽃도 색이 물들기 시작했다. 벌써 꽃구경 시즌이구나. 직접 갈아서 내린 커피향이 거실을 가득 채운다. 오늘 아침 메뉴인 프렌치토스트도 완벽하게 만들어졌다.

"아빠, 좋은 아침." 사야카가 일어났다.

"잘 잤니? 아침밥 다 됐어." 딸은 올봄에 고등학교 3학년이 된다.

"항상 고마워, 아빠. 엄마가 상하이에 간 지도 벌써 2년이 됐네."

"그러게."

아내는 2년 전 중국 금융기관에게 스카웃 제의를 받아 지금은 상하이 금융센터에서 근무하고 있다. 금세 지역 매니저로 진급해 제법 중요한 업무도 맡게 된 모양이다. 전직 은행원인 나도 잘 모르는 파생금융상품도 다룬다고 한다. 아내는 이제 자신의 입지와 일에 대한 보람을 찾은 듯했다.

"어제 엄마한테 메일이 왔는데, 잘 지내고 있는 것 같았어. 아빠는 요즘 엄마랑 연락해?"

"글쎄다. 별로 안 하는데."

"엄마랑 친하게 좀 지내."

아내와 나 사이의 마음의 거리는 가나자와와 상하이의 거리보다 몇 배는 더 멀어진 듯하다. 이제 서로의 삶은 각자의 것인지도 모른다

"료타는 아직 안 일어났어? 료타, 얼른 일어나! 그러다 지각하겠다."

"괜찮아. 료타는 아마 나중에 소방관이 될 거야. 아침에 일어나자마자 10분도 안 돼서 다 갈아입고 나가거든. 봐, 일어났지."

"아빠, 좋은 아침! 나 학교 간다."

"너, 아침에 우유라도 마시고 가야지. 도시락도 챙기고."

"알았어, 우유는 편의점에서 사 마실게. 그리고 도시락은 필요 없으니까 아빠가 먹어. 다녀오겠습니다." 료타는 잽싸게 뛰쳐나갔다.

"아빠, 어제 우리 고등학교 입학식이라서 학교 수업이 늦게 시작했거든. 그래서 어제 아침 수업 전에 잠시 퀸즈북스에 들렀어. 아직 영업 전이었는데, 아빠가 열심히 주차장 청소를 하고 있더라."

그 모습을 딸에게 보였다니, 한심하군.

"그런 꼴을 보였구나."

"아냐, 무슨 소리야! 말은 안 걸었지만, 소매까지 걷어 올리고 엎드려서 배수로의 캔을 줍는 모습, 정말 멋있었어."

"뭐가 멋있어. 쓰레기 정리하고, 엎드려서 빈 캔이나 줍는 아버지가 무슨."

"나, 아빠가 하는 일에 대해서 잘은 모르지만, 사쿠라마치 지점이 폐점되고 본사에서 근무했을 때가 가장 걱정됐어. 왠지 얼빠진 사람 같았거든."

얼빠진 사람이라, 하긴 그랬는지도 모른다.

"아빠가 마지막으로 지점장을 보냈던 사쿠라마치 지점이 폐점하기 전, 그 일 년 동안 진짜 최선을 다했다는 거 알아. 집에서 봐도 알겠더라. 도시락은 부실해졌지만."

그때는 정말 실적을 올려 사쿠라마치 지점을 지키고자 필사적이었다. 딸은 아무 말 없었지만, 지켜봐줬던 것이다. 코끝이 찡했다.

"아빠는 지금도 예전처럼 멋있어. 그리고 이제 도시락 싸주는 건 오늘까지만이야. 2년 동안 정말 고마웠어."

"뭐야, 도시락이 또 부실해졌어?"

"아냐, 그런 게 아니라 어제 료타랑 얘기했거든. 곧 둘 다 수험생이고, 이렇게 계속 아빠한테 기대면 안 될 것 같아서. 료타는 수줍음이 많으니까 방금 그렇게 얘기한 게 최선인 거야. '아빠가 먹어.' 하면서."

눈물이 나올 것 같았다. 그렇구나……. 나는 지금 폐점한 사쿠라마치 지점장 시절처럼 열심히 하고 있었구나. 왜일까? 이토록 점장들과 사카이데 경리부장이 적대하고, 환영받지도 못하면서, 어째서 열심히 하려고 애쓰는 걸까. 지긋지긋한 상사였던 가타야마에게 보란 듯이 증명해 보이고 싶은 걸까. 아니다, 눈물이다. 사쿠라마치 지점 사람들이 해산식에서 보인 눈물 때문이다. 은행이니 지점이 문을 닫더라도 근무했던 직원들은 다른 곳으로 갈 수 있었지만, 퀴즈북스 매장이 문을 닫으면 직원들에게는 해고라는 길밖에 남지 않는다. 힘을 내자! 그 어떤 '가시밭길'이라도 나는 온 힘을 쏟아 퀸즈북스를 지켜낼 것이다.

"아빠, 다음에는 가서 책 사도 돼?"

"그럼 당연하지. 뭐 사려고?"

"수험생이니까 참고서. 아빠 지갑으로."

애교 섞인 말투다.

"그래, 아빠 지갑으로 말이지? 알았어. 기다리고 있을게."

"나, 퀸즈북스 처음 가보는 거네. 기대된다."

딸과 함께 집을 나선다. 딸은 자전거를 타고 등교한다. 오늘 아침 나눈 대화는 큰 자극이 됐다. 딸도 어느새 이만큼 성장했구나. 이제 차를 타고 출근할 시간이다. 오늘도 사무실 문을 열며 하루가 시작된다.

"사장님, 좋은 아침입니다! 오늘은 재무상태표를 공부해 보죠. 10시에 시간 괜찮으신가요?" 먼저 출근해 자리에 앉아 있는 구로키 사장에게 말을 걸었다. 사카이데 부장도 여직원들도 별 관심 없는 듯 우리의 대화를 듣고 있다.

"네, 그래요. 살짝 불안하기도 한데, 기대도 되네요."

내일은 드디어 주말이다. 퀸즈북스는 당연히 토요일과 일요일 모두 영업하고, 본사는 주말동안 휴무다. 은행원 시절엔 당연했던 공휴일 휴무는 사라졌다. 뭐, 어쩔 수 없는 일이다.

오늘도 청소를 하기 위해 아래층으로 향했다. 어제 사야카가 이 모습을 봤다니……. 오늘도 열심히 해 보자. 오늘만큼은 기필코 점장이 찍소리도 못하게 하는 것이다. 주차장의 쓰레기를 줍고, 배수로의 캔을 줍고, 입구 쪽에 물을 뿌리고, 쓰레기통을 체크하고, 완벽하게 청소를 끝냈다. 아니지, 이야기는 없었지만 천장 근처의 거미줄, 그리고 창문까지 청소하면……. 그때 니시다 점장이 말을 걸었다.

"전무님, 바쁜 아침에 청소를 언제까지 하십니까? 이제 조회 시간인데 참석하실 건가요?"

"네, 그러죠."

젠장, 어떻게든 트집을 잡는구만. 뭐, 됐고, 조회에는 참석하자. 계산대 앞으로 매장의 모든 직원이 모였다. 조회를 주관하는 여직원의 점호가 시작됐다.

"명찰은 정해진 위치에 달려 있죠? 점호하겠습니다. 부르면 크게 대답해 주세요."

조회에 참여한 모든 이가 차례로 호명됐다.

"가부라기 전무님." 내 차례에 이름이 불렸다.

"예! 근데 가부라키입니다. 기가 아니라 키요."

"죄송합니다. 점장님, 그럼 전달 사항 부탁드립니다."

"아, 오늘은 내가 아니라 전무님에게 부탁드리죠." 하고 니시다 점장이 나를 지명한다. 갑작스러운 지명에 준비가 안 되어 있었지만, 목을 가다듬고 이야기를 시작한다.

"예, 안녕하세요. 전무인 가부라키입니다. 거칠게 표현하시는 몇몇 분이

'망나니 가부라키'라고도 부르셨는데요, 기업 재건은 해고와는 다릅니다."

문고 코너 담당인 미야타 씨가 눈을 피했다. 개의치 않고 말을 이어 나간다.

"먼저 직원 여러분의 만족감이 중요합니다. 고객 만족을 얻기 위해서는 먼저 회사가 직원들을 소중하게 생각해야 합니다. 여러분이 만족감을 느끼며 근무해야 합니다. 디즈니랜드에 가면 즐거워지는 이유는 뭘까요? 바로 캐스트들이 즐겁게 근무하고 있고, 고객과의 소통을 중요시하는 분위기로 가득하기 때문입니다. 바로 여기에 기업 재건의 힌트가 있습니다."

모두 행복한 디즈니랜드를 떠올리고 있는지 표정이 부드러워졌다.

"물론 쓸데없는 작업이나 비효율적인 일들은 없애겠지만, 근무하는 이들의 만족감이 바탕이 되어야 기업 재건의 에너지가 생겨난다고 생각합니다. 저는 근무하는 여러분을 소중하게 여기겠습니다. '직원은 비용이 아니라 재산이다'를 실천하겠습니다."

짧은 시간 안에 나에 대한 경각심이 가시지는 않겠지만, 지금까지 무표정했던 사람들의 얼굴이 조금씩 달라지는 것이 느껴졌다.

조회의 마무리는 고객 응대 5대 구호를 외치며 끝난다. 둘씩 마주 보고 인사를 시작한다. 주관하는 여직원이 전원의 인사를 리드한다.

"어서 오십시오."

"오래 기다리셨습니다."

그때 또 니시다 점장이 말을 걸어온다.

"아니, 바닥에 인사하시면 어떻게 해요? 말하면서 동시에 고개를 숙이면 소리가 바닥을 향하잖아요. 진심을 담아서 손님에게 마음이 전해지도록 인사해야 의미가 있죠. 먼저 소리 낸 다음 고개 숙여 인사하는 거예요. 저희는 단골 손님에겐 '안녕하세요'라고 인사합니다."

"알겠습니다. 다시 해 보죠. 마음을 담아서."

"두 손은 앞으로 포개서 인사합니다. 그럼 다시 한번, 표정도 함께 해 볼까요?"

다 함께 동시에 소리를 낸다.

"어서 오십시오."

"오래 기다리셨습니다."

"알겠습니다."

"죄송합니다."

"감사합니다."

주관하는 직원의 "개점 준비 종료, 조회를 마칩니다."라는 끝인사와 함께 조회가 마무리됐다.

조회가 끝나고 2층으로 올라가자 구로키 사장이 기다리고 있었다.

"전무님, 오늘은 조회에 참석하셨군요? 잘됐네요."

"네, 오늘은 조회에서 잠깐 인사도 드렸습니다. 좋은 경험이 됐고, 인사의 진정한 의미도 알게 됐어요. 점장님은 진심으로 고객을 위하는 분이시더라고요. 큰 공부가 됐습니다."

"어머, 점장님과 싸우고 계셨던 거 아니었어요?"

반갑다는 듯 말한다.

"사장님, 저희는 절차탁마하고 있을 뿐입니다. 자, 그럼 재무상태표 공부를 시작해 볼까요?"

"네, 살살 부탁드려요."

"아, 그리고 지난번 다카하시 점장님에게 듣게 된 내용인데요. 달마다 매입 예산이 있다고요."

"당연히 있죠. 너무 많이 들여오면 매입처인 토류에 대금을 지급하지 못할 수도 있으니까요."

"지난번에 배웠듯이 그건 현금이라 이익과는 별개입니다. 매입한 것들은 먼저 재고가 되죠. 이것만으론 경비가 되지 않습니다. 따라서 이익에도 영향을 주지 않아요."

"그렇군요. 현금과 이익이 다르다는 건 이해가 됐어요."

"매장에 있는 재고는 현금이 형태를 달리해 상품으로서 재고가 됐을 뿐입니다. 그래서 일단 현금이 필요한 것이죠. 회사가 이익을 내기 위해서는 이 재고가 팔려야 합니다. 재고가 팔린 시점에 판매원가로서 경비가 되는 겁니다."

"하지만 당장 융통할 수 있는 돈이 없으면 매입대금을 지급하지 못해서 궁지에 몰리겠죠. 아니면 이젠 아무런 담보도 없는 퀸즈북스에 가나자와 은행이 새로 돈을 빌려주기라도 한다는 말인가요? 아니잖아요. 갑자기 재무제표 공부를 해서 뭐하나 싶네요."

자리를 박차기라도 할 듯 내뱉는다.

"사장님, '현금과 이익은 별개'라는 걸 확실히 이해하신 것 같아서 마음이 놓입니다. 회사에 이익을 낼 수 있는 건 오직 회사밖에 없습니다. '자금 융통은 은행의 역할'이니까요. 걱정 마세요. 힘들더라도 자금 조달의 길은 있습니다."

"그래요, 든든하네요. 참 기대돼요."

그 말과 달리 전혀 기대감이 없다는 것이 느껴진다.

"마음 놓으세요. 제가 어떻게든 하겠습니다."

말은 그렇게 했지만, 무슨 일인지 담보가 없었다. 당장은 사장이 은행에 직접 회사 경영실태를 설명할 수 있는 재무제표 관련 지식도 없다. 가나자와 은행이 어렵더라도 정부계 금융기관인 정책금융공고라면 무슨 수가 있을지도 모른다. 한번 연락해 봐야겠군. 재무제표는 경영자의 편이다. 오늘은 구로키 사장에게 재무상태표를 설명할 예정이다.

"오늘은 재무상태표에 관한 설명을 시작해 볼까요? 안쪽 사장실로 가시죠."

심드렁한 사장과 안쪽으로 자리를 옮겼다.

"일단 재무상태표라는 게 뭔가요? 도대체 왜 이걸 볼 줄 알아야 하죠?"

재무상태표를 별 쓸모가 없는 내용으로 여기는 모양이다.

"한마디로 말해서 회사의 건강 상태를 한눈에 알 수 있는 병원 차트 같은 겁니다. 저희 은행원들은 손익계산서보다 재무상태표를 더 중요하게 생각하거든요."

"흠, 그렇군요. 그런 복잡한 문서를 보고 도대체 뭘 알 수 있는지 모르겠어요. 그리고 전무님은 파견이라도 지금은 은행원이 아니라 퀸즈북스의 일원으로 와 계신 거예요."

"……죄송합니다. 실례했습니다. 그 말씀이 맞습니다." 한판 빼앗겼다.

"손익계산서는 매출과 이익이라 대충 이해가 됐어요. 하지만 재무상태표는 결산에 맞춰 세무사에게 만들어 달라고 하는 서류인 줄만 알았어요."

"저는 재무상태표로 회사가 현재 어떤 상태에 놓여 있는지를 대부분 파악합니다."

"그래도 자금 융통이 어렵나는 것까진 모르잖아요?"

"아뇨, 재무상태표를 보면 자금 조달 상태도 일정 부분 추측할 수 있어요."

"그래요?"

"그럼 이제 시작해 볼까요? 재무상태표는 영어로 밸런스시트라고 말합니다. 들어본 적 있으시죠?"

"네, 밸런스시트라고 할 정도니까 뭔가 균형을 이루고 있는 건가요?"

"훌륭합니다. 바로 그거예요. '비즈니스 기본 지식 1'의 재무상태표를 한 번 살펴보겠습니다. 가운데에 선을 놓고 두 개로 나뉘어져 있죠. 이 좌우의 합계 금액이 일치하여 균형을 이루고 있습니다."

"그렇군요. 맨 아래 칸에 있는 1,075,000엔 말이죠."

"맞아요, 그 금액입니다. 그리고 그 선의 우측 칸에는 돈을 어떻게 '조달'해 왔는지가 적혀 있습니다. 지급 어음과 외상 매입금, 단기 차입금 및 장기차입금, 그리고 자본금 등이 적혀 있을 겁니다. 이를 통해 회사가 어떤 방법으로 돈을 '조달'하고 있는지 알 수 있죠."

"아하, 그렇군요."

"좌측 칸은 '조달'한 돈을 어떤 형태의 회사 자산으로 보유하고 있는지 나

경영 상태를 판단할 때 사용하는 주요 지표

손익계산서로 알 수 있는 비율

매출액 전년 대비 비율	**금년도 매출액 ÷ 전년도 매출액 × 100** 회사의 성장 정도를 알 수 있는 명확한 지표이다.
매출액 대비 인건비 비율	**인건비 ÷ 매출액 × 100** 인건비에는 급여, 상여, 복리후생비 등이 포함된다.
매출총이익률	**매출총이익 ÷ 매출액 × 100** 해당 회사에서 취급하는 상품이 얼마나 이익을 내는지 알 수 있다.
매출액경상이익률	**경상이익 ÷ 매출액 × 100** 경영에서 가장 중요시되는 회사의 실력을 나타내는 수치이다.
매출액 대비 판매관리비 비율	**판매관리비 ÷ 매출액 × 100** 이 비율 관리가 흑자 경영의 필수 사항이다.

재무상태표로 알 수 있는 비율

유동비율	**유동자산 ÷ 유동부채 × 100** 이 비율이 100퍼센트를 넘지 않으면, 자금 융통이 상당히 어렵다는 것을 알 수 있다.
당좌비율	**(현금·예금 + 수취어음 + 외상매출금 + 유가증권) ÷ 유동부채 × 100** 유동자산 중 현금화에 용이한 자산만으로 부채를 갚을 수 있는지 알 수 있다.
자기자본비율	**자기자본 합계액 ÷ 자산 합계액 × 100** 회사의 안전성을 보여주는 비율로, 높을수록 좋다.

양쪽 모두 사용하는 비율

상품회전율	**매출액(손익계산서) ÷ 상품(재무상태표)** 회사 재고 상품의 효율성을 나타낸다. 높을수록 좋다.

타내는 '운용'입니다. 현금 및 예금, 외상매출금, 상품, 토지 및 건물, 투자유가증권 등이 여기에 해당합니다. 재무상태표는 좌우로 나뉘어 있어서 오른쪽에는 돈을 어떻게 조달했는지가 적혀 있고, 왼쪽은 그 돈을 어떻게 운용했는지가 적혀 있습니다. 여기까지 이해되셨나요?"

"음, 그런 거군요. 일단 여기까진 알겠어요."

"이 오른쪽의 '조달'은 3개로 나뉩니다. 유동부채, 고정부채, 자기자본(주주자본)이죠. 그리고 왼쪽의 '운용'은 2개로 나뉩니다. 유동자산과 고정자산입니다. 재무상태표는 이렇게 5개의 분류로 구성돼 있고, 이게 전부입니다."

"네? 이게 끝이라고요?"

"네, 재무상태표는 이 구조가 끝입니다. 이 5개의 분류 안에 관련 내용을 나타내는 몇 가지 항목이 있지만, 전체적으로는 아주 간단한 구조입니다."

"그럼 그 내용들도 자세히 알려줄래요?"

"물론이죠. 유동부채든 고정부채든 언젠가는 상환해야 하는 부채지만, 일반적으론 1년 이내에 상환해야 하는 것을 유동부채, 상환 기간이 1년 이상 여유가 있는 것을 고정부채라고 합니다. 자기자본은 자본금과 과거 결산에서 기록한 흑자를 쓰지 않고 내부에 남겨둔 것입니다."

"막상 설명을 들으니 왠지 간단하네요."

"그렇죠? 왼쪽에 있는 자산도 마찬가지로 1년 이내에 현금화할 수 있는 자산은 유동자산, 현금화하는 데 1년 이상 걸리는 토지와 건물은 고정자산이 됩니다."

사장이 점점 이해가 된다는 표정을 지어보인다.

"쳐다보기도 싫던 재무상태표도 이렇게 이해하고 나니 생각보다 보기 쉽게 만들어져 있었군요."

"각 항목들이 구체적으로 어떤 내용을 담고 있는지 퀸즈북스 재무상태표에 그대로 나와 있습니다. 이걸 보세요."

구로키 사장에게 보여준다.

"어머, 정말이네요. 의외로 단순하고 명확해요."

점점 이해가 깊어짐이 느껴졌다.

"재무상태표를 보면 회사의 자금 조달 상황을 어느 정도 추측할 수 있다고 말씀드렸죠? 여기까지 설명을 듣고 혹시 알아채셨나요?"

"이 5개의 분류를 보고 자금 조달 상태를 추측할 수 있다는 거네요. 그러고 보니 우리 회사의 재무상태표를 차근차근 살펴보는 게 처음인 것 같아요."

그렇게 말하며 서류를 보고 있는 사장을 보니 왠지 뿌듯함이 밀려왔다.

"은행에 있을 때, 단골 중소기업 사장님들도 대부분 비슷한 반응이었습니다. 보통은 재무상태표를 들여다 볼 일이 없으니까요. 알고보면 이렇게 간단한데 낯선 마음에 꺼리게 되는 거죠. 그러니 사장님이 재무제표를 제대로 이해한 뒤 은행과 협상을 하게 된다면 상대는 분명히 놀라서 퀸즈북스를 다시 보게 될 겁니다. 자, 이제 정답을 아셨나요?"

"1년 이내에 갚는 게 유동부채, 1년 이내에 현금화할 수 있는 게 유동자산이니까……. 알았다! 유동부채가 유동자산보다 큰 회사는 자금 융통이 어렵다고 추측할 수 있겠네요. 맞나요?"

"사장님, 훌륭하십니다! 정답입니다. 그 유동자산과 유동부채의 비율을 '유동비율'이라고 부릅니다. 분모가 유동부채이고, 분자가 유동자산입니다. 그 밖에도 유심히 봐야 하는 비율들이 있습니다. '비즈니스 기본 지식 6'에도 나와 있지만, 유동비율이 100퍼센트 이하면 자금 융통이 어려운 상황입니다. 자기자본비율도 중요하지만, 사세한 내용은 한번 확인해 주세요."

흥미로운 듯 재무상태표를 보며 구로키 사장이 말한다.

"이 재무상태표에 우리 회사의 현재 상황이 나타나 있는 거군요."

"사장님, 엄청난 발전입니다. 오늘은 여기까지 하시죠."

사장실을 나와 밝게 웃으며 함께 자리로 돌아오자 사카이데 부장과 여직원이 약간 놀란 표정으로 내 쪽을 쳐다본다. 오늘 구로키 사장이 보여준 발전과 성장은 대단했다. 의욕이 샘솟는 느낌이다. 아침에는 사야카에게 힘을 얻었고, 지금은 구로키 사장의 성장에 용기를 얻었다. 참 감사한 일이다.

"사장님. 저는 지금부터 하쿠산점에 다녀오겠습니다."

"네, 조심히 잘 다녀오세요." 웃는 얼굴로 인사를 건넨다.

회사 업무용 차를 타고 달리다가 사이가와 둑길에 잠시 차를 세웠다. 강가에 핀 벚꽃이 마음에 편안함을 준다. 도시락을 챙기고 차에서 내려 벚나무 아래에 있는 벤치에 앉았다. 평일 낮, 아직 덜 핀 벚꽃 아래엔 다니는 인적이 드물다. 예전에 지점 사람들과 함께 했던 꽃구경이 떠오른다.

료타를 위해 만든 도시락이었지만 "아빠가 먹어."라고 했으니 혼자 꽃구경을 즐기며 먹기로 한다. 직접 만들었지만 새삼 도시락다운 도시락이다. 먼저 연어가 들어간 주먹밥을 베어 물었다. 오랜만에 여유를 느끼며 식사를 해결한 뒤 다시 하쿠산점으로 향했다. 사이가와 둑길을 달리다 보면 곧 하쿠산점에 도착한다.

주차장에 들어서자마자 입구 근처의 빈 공간을 발견하곤 핸들을 꺾으려다가 문득 다카하시 점장이 했던 말이 떠오른다. 매장 내부뿐만 아니라 주차장도 고객이 우선이었다. 끝자리에 차를 세우고 차에서 내렸다. 매장에 들어서자 바로 점장을 발견한다.

"안녕하세요. 가부라키입니다."

"전무님, 어서 오세요. 하쿠산점에 잘 오셨습니다."

차분한 분위기의 통통한 체격인 다마루 토오루 점장이 아는 척을 하며 인사를 건넨다. 그 인품이 자연스럽게 엿보였다.

"잠깐만 기다려 주실래요? 지금 고객님 주문을 받는 중이라서."

"네, 안쪽 사무실에서 기다리겠습니다."

무슨 문제라도 생긴 건지 손님과 언쟁이 벌어진 듯하다. 잠시 후에 응대를 마친 점장이 돌아왔다.

"오래 기다리셨죠? 무슨 용건이세요?"

"아까 손님과 다투시는 것 같던데, 무슨 일이 있었습니까?"

"뭐, 항상 벌어지는 일이죠. 손님이 '서비스 태도가 별로'라고 나무라더라고요. 솔직히 말해서 그 손님은 주문이 너무 까다로워서 다들 반기지 않거든요."

직원과 고객 사이에서 입장이 난처한 모양이다.

"점장님, 그래도 요즘 같은 시대에 일부러 매장까지 방문해서 본인이 관심 있는 책을 찾으러 오는 고객이잖아요. 거기다 이름과 연락처도 알려주는 감사한 고객이고요. 실제로 대형 인터넷 서점은 이런 고객 정보를 최대한으로 활용해서 사업을 운영합니다." 고객의 개인 주문에 대한 정중한 응대가 재건의 중요한 열쇠 중 하나로 느껴졌다. 이어서 질문한다.

"그런데 이 매장은 문구 코너가 다른 곳에 비해 더 넓은 것 같은데 왜죠?"

"그야 대형 서점이 경쟁 업체로 있다보니 문구 판매라도 해 보려고 시작한 거죠."

하긴 주변에는 경쟁 업체가 많이 포진되어 있다. 그러나 즉흥적인 전략은 유효한 타개책이 될 수 없다.

"잠깐만요. 문구를 대량 취급하기 전에 어떤 분석이 이루어졌죠?"

"분석이요? 그냥 동네만 봐도 알죠. 전무님은 재무 전문가이지만, 서점이나 문구는 잘 모르시잖아요. 현장 일은 오랜 경험이 있는 저희한테 맡기세요. 서점은 특수하거든요."

"물론 현장은 점장님이 더 잘 아시겠죠. 그러나 서점이 특수하든 특수하지 않든, 소매업이고 비즈니스인 이상 비즈니스가 가지고 있는 공통 개념은 고려해야 합니다. 혹시 SWOT(스왓) 분석을 아십니까?"

"스왓 분석? 들어본 적도 없어요. 그게 뭐죠?"

"사업은 항상 경쟁 상대가 존재해요. 그 경쟁 상대와 싸울 때 자사와 상대업체를 연구하지 않는다면 적절한 수를 쓸 수 없어요. '적을 알고 나를 알면 백

번 싸워도 위태롭지 않다'라는 말처럼요."

"그렇군요. 구체적으로 어떻게 하는 거죠?"

"우선 자사의 내부 환경을 '강점Strength'과 '약점Weakness'으로 나눠서 각각 적습니다. 다음으로 경쟁 상대를 포함한 외부 환경을 '기회Opportunity'와 '위협Threat'으로 나눠서 마찬가지로 각각 적습니다. 총 4개로 분류가 되겠죠. 오늘 가져온 '비즈니스 기본 지식 7'에 쉽게 설명돼 있으니 읽어보시면 좋겠습니다. 이걸 작성할 때 중요한 점은 '경쟁 상대'와 '고객의 관점'을 항상 의식하는 겁니다."

비즈니스 기본 지식 7

SWOT 분석표

	좋은 영향	나쁜 영향
내부환경	강점(Strength)	약점(Weakness)
	내부 환경에서 좋은 영향을 주는 것을 작성한다. 그것이 자사(해당 매장)의 강점이다.	내부 환경에서 나쁜 영향을 주는 것을 작성한다. 그것이 자사(해당 매장)의 약점이다.
외부환경	기회(Opportunity)	위협(Threat)
	외부 환경에서 좋은 영향을 주는 것을 작성한다. 그것이 자사(해당 매장)의 기회가 된다.	외부 환경에서 나쁜 영향을 주는 것을 작성한다. 그것이 자사(해당 매장)의 위협이 된다.

"전무님. 그 스왓이란 건 어차피 분석에 지나지 않잖아요. 그게 경쟁 상대에 반격하는 타개책이 되진 않을 것 같은데요." 심드렁한 눈치로 대꾸한다. 어

쩔 수 없다. 누구나 처음 들어보는 건 경계하기 마련이니까.

"점장님, 예리하시네요. 그 말씀이 맞습니다."

"제 말이 맞다니……. 무책임한 소리로 괜히 일만 늘리지 말아주세요." 귀찮은 건 딱 질색이란 것이 금방 얼굴과 목소리로 드러나는 사람이다.

"우선 스왓 분석을 통해 현황을 정확히 파악해 보죠. 이걸 이해하고 나면 실천할 수 있는 대책을 세우는 데 사용하는 '크로스 스왓 분석'을 실시할 겁니다."

"크로스 스왓 분석? 그게 뭐죠?"

"한 번에 설명하면 헷갈릴 수 있으니 오늘은 여기까지 하겠습니다. 우선 지금 생각나는 것들을 바탕으로 하쿠산점의 '스왓 분석'을 작성해 보실래요?"

"알겠어요. 근데 좀 더 구체적으로 알려주실 수 없을까요?"

"음, 예를 들면 이 매장이 가지고 있는 '강점'은 뭘까요? 경쟁 업체를 염두에 두고 생각해 보는 겁니다."

"강점이라……. 저는 이전에 문구 도매상 일을 했어요. 그래서 문구 지식이 풍부합니다. 그리고 다른 곳에 비해 우리 파트타임 직원들의 연령대가 높은 편인데요. 그만큼 오랜 경험을 가지고 있어요."

"맞아요. 그렇게 하나씩 적어보세요. 이제 '약점'은요?"

"매장 시설이 낡았고, 좁다는 점이겠죠."

"그렇군요. 그럼 '기회'는?"

"사업 기회는…… 중학교와 가장 가깝고, 명문 고등학교도 가까워요. 연배가 있는 분들은 예전 그대로의 모습을 더 좋아하셔서 편하게 들르시고요."

"좋아요. 그런 식으로 하면 됩니다. 그러면 마지막으로 '위협'은?"

"경쟁 업체는 매장이 크고, 렌털 서비스를 함께 제공하고 있어요. 시설도 신식에 현대적으로 느껴지죠. 전국 규모 체인점의 브랜드 파워도 있고."

"점장님, 그 경쟁 업체는 간선도로 반대편 차선에 있죠? 그쪽은 시 중심부에서 교외로 나가는 방향이고, 퀸즈북스는 교외에서 시 중심부로 향하는 반대 방향에 자리잡고 있습니다. 이건 기회일까요? 위협일까요? 강점일까요? 약점일까요?"

"으음, 잠깐만요. 생각해 본 적도 없었어요."

"이걸 끊임없이 고민하는 것이 정확한 스왓 분석으로 이어집니다."

"그건 알겠는데, 이걸로 정말 책이 잘 팔리나요?"

"피터 드러커가 이런 말을 했죠."

사실 판매와 마케팅은 정반대이다. 같은 의미가 아님은 물론, 서로 보완하는 부분조차 없다. 물론 어떤 방식이든 판매는 필요하다. 그러나 이상적인 마케팅은 판매를 불필요하게 하는 것이다. 마케팅이 지향하는 것은 고객을 이해하고, 제품과 서비스를 고객에게 알맞게 제공하여 저절로 팔리도록 하는 것이다.

— 피터 F. 드러커, 《피터 드러커·매니지먼트》

"조금 더 알기 쉽게 설명해 주실래요?"

"알겠습니다. 그럼 제가 은행원 시절에 집객 질문가인 가와다 신세이 씨의 '집객 세미나'에서 들었던 이야기를 소개하겠습니다. 손님을 나비에 빗댄 이야기입니다. 날고 있는 나비를 잠자리채로 잡으러 가는 것이 '판매'입니다.

이렇게 잡으려고 달려들면 나비가 도망치면서 다른 동료 나비에게도 도망 가라고 전하겠죠. 한편 달콤한 꿀을 만드는 꽃이 되어 나비가 동료까지 함께 데리고 찾아올 수 있도록 유도하는 것이 바로 '마케팅'입니다. 이걸 서점이라 고 생각해 볼까요? 오랫동안 서적, 잡지와 같은 종이 매체는 대중 매체의 중심 이었고 제왕이었습니다. 거기다 서점에선 직원이 '구매하지 않으실래요?' 하 고 책 구매를 부담스럽게 권유하지도 않습니다. 서점이라는 공간은 고객에게 있어 달콤한 꿀인 책이 있고, 억지로 무언가를 판매하려는 잠자리채도 없는 안 전하고 안심이 되는 장소였습니다. 그렇기 때문에 전후 50년간 일관되게 우상 향 성장을 할 수 있었죠."

"정말 듣고 보니 그렇네요." 다마루 점장이 긍정적으로 반응하기 시작했다. 설명을 계속했다.

"그러나 텔레비전과 인터넷의 발전으로 미디어가 차지하는 영향력이 높 아졌습니다. 종이 매체는 그 상대적 지위가 하락했고 꿀의 매력이 약화됐습니 다. 단, 가전업체나 백화점 화장품 매장 등 타 소매점과 달리 서점은 상품을 권 유하는 잠자리채가 없기 때문에 마음 편히 방문하는 고객들이 아직도 존재합 니다. 이렇게 서점을 찾고 있는 고객들에게 진짜 외면당하기 전에 다시 서점의 매력을 재구축하지 않는다면, 서점에 더 이상의 미래는 없는 것이죠."

"그렇군요. 소매점으로서 서점이 갖는 특징은 생각해 본 적도 없었는데, 무 슨 말인지는 알았습니다."

"그럼 스왓 분석을 부탁드릴게요. 어떻게 완성될지 기대되네요. 그 후에 구체적인 타개책으로 이어지는 크로스 스왓 분석을 해 보겠습니다."

"알겠습니다. 왠지 재밌네요. 그동안 즉흥적으로 대책을 고민하던 두더지 잡기식의 방식보다 훨씬 효과적인 방안을 마련할 수 있을 것 같아요."

"정말요? 도움이 돼서 다행입니다. 다음번에 또 뵙겠습니다."

"네, 조심히 가세요."

이렇게 조언까지 했으니 직접 눈으로 매장의 외부적인 환경을 살펴봐야겠다. 걸어서 주변 학교를 둘러본다. 교통량이 많은 국도를 건너자 경쟁 업체가 자리해 있다. 꽤 다양한 상품들이 갖춰져 있다. 이번에는 차로 주변을 둘러본다. 고객 관점에서 퀸즈북스 하쿠산점이 가지고 있는 진정한 가치는 얼마나 될까? 한참을 돌아본 뒤 다시 차를 몰아 본사로 복귀한다. 오늘은 반응이 괜찮았다.

오늘도 집에 가는 길에 시라카 바에 들러야겠다. 나에게 주는 보상이다.

여느 때처럼 바의 문을 열고 들어선다.

"어서 와. 항상 마시던 걸로?"

늘 마시는 위스키가 테이블 위로 올려진다.

"오늘은 표정이 좋네. 무슨 일 있었구나."

"어떻게 알았어?"

"당연히 알지. 단순해서 딱 보여. 무슨 일인데?"

오늘 아침 사야카와 나눈 대화, 사장과의 순조로운 수업, 그리고 하쿠산점 다마루 점장과의 일 등을 간략하게 이야기한다.

"그렇구나. 딸이 착하다. 한참 전에 봤었잖아. 시내의 다이와 백화점에서 우연히 만났을 땐 아직 초등학생이었나?"

"그랬던가? 아직 가족이 화목했던 시절이었지."

"어머, 미인 사모님은 어쩌고?"

"뭐, 그 얘기는 말자고." 갑자기 언짢은 기분이 들었다.

어둑한 가게 안에 잔잔한 음악이 흐르고 있다. 창가에는 다 마시고 남은 빈 술병들이 진열돼 있다.

"오랜 정이 있으니 오늘 좋은 걸 하나 알려줄게. 아까 재무제표랑 스왓 분석에 대해 얘기했잖아."

"응, 그랬지."

"켄이치 씨는 중소기업진단사 자격증도 있고, 산업카운슬러 자격증도 있고, 코칭이랑 NLP도 공부했고."

"그렇지."

"그런 식으로 이것저것 어중간하게 공부해서 경영을 재건하려는 사람이라면 쉽게 빠질 수 있는 두 가지 유형을 알려줄게."

"그게 뭐야. 궁금한데? 그리고 한 잔 더."

바로 다음 잔이 나온다.

"혹시 본인이 배운 지식으로 다른 사람을 원하는 방향으로 유도하려고 했던 적 없어?"

늘 그렇듯 나오코의 가슴에 꽂히는 한마디가 오늘은 유독 깊게 와닿는다.

"우선 '북풍과 태양 이야기'를 해 볼게. 이 이솝 우화는 알지?"

"나그네의 겉옷을 벗기려고 북풍이 세차게 불었지만, 나그네는 겉옷을 단단하게 여몄습니다. 그 후, 태양이 따뜻하게 내리쬐자 나그네는 겉옷을 벗었습니다. 다른 사람에게 친절하게 대합시다, 그런 얘기잖아?" 이렇게 말하고 들뜬 마음으로 귀를 기울인다.

"거기까진 일반적인 이야기야. 그런데 사실 이 우화에는 다른 스토리도 있거든. 출처는 확실하지 않지만, 코칭을 공부했다면 알아야 하는 거지. 북풍과 태양이 나오는 것까진 똑같아. 단 태양이 뜬 후의 여행자의 반응이 달라. '태양의 따뜻함으로 내 겉옷을 벗길 작정이겠지만, 그럴 수 없지. 네 뜻대로 되진 않아!' 라고 말하는 거야. 어설픈 코칭과 심리학은 자기도 모르는 사이에 의식적으로 상대를 원하는 방향으로 조종하려고 하거든. 아마 알 텐데, X이론과 Y이론도 마찬가지야."

순간 나의 겉핥기 지식이 시험에 드는 느낌이 들었다. 등줄기가 서늘하다.

"X이론은 '사람은 일을 싫어하지만 먹고 살기 위해 어쩔 수 없이 일한다'. 그리고 Y이론은 '사람은 일을 좋아하며 자아실현을 위해 자발적으로 일한다'. 어떤 인간관을 가지고 있느냐에 따라 동기부여 관리와 매니지먼트 방식이 달라진다는 미국 경제학자 맥그리거가 제창한 이론이야." 가까스로 머리 한구석에 있던 희미한 지식을 끄집어내어 대답한다.

"이걸 피터 드러커는 강하게 비판하고 있어. '—심리학에 의해 사람을 지배하고 조종하는 건 지식의 자살이다. 혐오스러운 지배 형태이다—'(피터 드러커, 같은 책에서 인용) 사람은 누구나 다른 누구에게도 침범당하지 않는 존엄성을 가지고 살아가. 그런데 포지션 파워나 심리학을 이용해서 원하는 방향으로 그들을 유도하고 조종하려는 한심한 양반들이 나타나거든. 그런 건 용납되지 않아. 켄이치 씨, 그것만은 꼭 잊지 말아야 해."

지식으로 사람을 조종하려는 한심한 양반들? 등줄기의 싸늘함이 식은땀으로 바뀌었다.

"알겠어, 좋은 이야기 들려줘서 고마워. 같이 한잔하자. 나도 한 잔 더 주고. 아까 말한 다른 하나는 뭐야?"

갑자기 마시는 속도가 빨라진다.

"고마워. 잘 마실게."

나오코는 좋아하는 맥주를 마시기 시작한다.

"여기서부터는 열정 넘치는 켄이치 씨한테 좀 쓰라린 이야기일지도 몰라. 그래도 들어볼래?"

"그럼, 물론이지." 실은 듣고 싶지 않다.

"마찬가지로 출처는 잘 모르지만, 이런 이야기야. 반에서 딱 한 명, 철봉 거꾸로 돌기를 못하는 여자애가 있었어. 열정적인 담임선생님은 매일 방과 후에도 남아 열심히 일대일로 그 학생을 가르쳤지. 어느 날, 그 애가 드디어 거꾸로 돌기에 성공했어. 아주 뿌듯해하는 선생님에게 그 아이는 이렇게 말했어. "이제 앞으로는 거꾸로 돌기 연습 안 해도 되겠네요." 그 여자애가 철봉과 절교 선언을 한 거야. 켄이치 씨는 정말 성실하고 긍정적인 사람인데, 혹시 이런 상황처럼 되진 않았을까? 서점 사람들에게는 은행에서 파견 나온 채권 회수 은행원으로밖에 안 보일 거야. 그건 알고 있어? 모교인 '돌진하라, 메이지 럭비' 스타일만으론 사람들 마음을 얻지 못해."

나오코의 말은 아무리 미움받고, 아무리 관심 없어 해도 재무제표 보는 법과 마케팅의 기초 지식을 가르치려던 나에게 경종을 울렸다. 워낙 소식이 빠르니 내가 그런 식으로 퀸즈북스 사람들을 대한다는 걸 누군가에게 들은 것이다. 가나자와는 좁은 동네니까.

오늘 밤도 나오코에게 빚을 지고 말았다. 역시 집으로 가는 발걸음이 무겁다. 또 한 수 배웠다. 자신의 선의를 강요한다라……. 그런 염려를 했구나. 참 고마운 일이다. 하지만 최선을 다해 다음 주에도 구로키 사장에게 수업해야 한다. 재무제표에 대한 지식은 누가 뭐래도 경영자에게는 꼭 필요한 부분이니까.

그런데 구로키 사장은 초등학교 때 거꾸로 돌기를 할 수 있었을까?

내일은 토요일. 느긋하게 늦잠이라도 푹 자고 싶다. 아니지, 아이들에게 몇 년 만에 꽃구경이라도 가자고 해 볼까? 아, 그렇지! 셋이서 퀸즈북스 본점으로 책을 사러 가야겠다.

5장

시대 변화의 바람

가가점 | **데츠카와 나오키** 점장

회사 주차장에 차를 세우고 걷기 시작하자 같은 시간에 출근한 니시다 점장이 웃으며 말을 걸어 온다.

"전무님, 어제 자녀분들과 같이 방문해 주셔서 감사했습니다. 귀여운 따님에 듬직한 아드님을 두셨더군요. 그리고 책도 많이 구매해 주셔서 고맙습니다. 경비 삭감이 최우선인 가부라키 전무님도 아이들 앞에선 지갑이 쉽게 열리나 봅니다."

"어제는 감사했습니다. 아이들이 아직 철이 없어서요. 도움 많이 받았습니다. 참고서 담당인 미야타 씨 덕분에 아이들이 좋은 참고서를 고를 수 있었습니다. 저야말로 감사했습니다."

"항상 진지한 표정인 전무님이 아이들에게는 맥을 못 추는 모습을 보니 저까지 흐뭇했어요."

냉전도 오늘은 휴전 상태이다.

"점장님, 오늘은 아침부터 바로 가가점에 갈 예정이니 주차장 청소 좀 부탁드릴게요."

그렇게 전하고, 2층으로 올라가자 사장은 이미 출근해서 업무를 보고 있었다.

"사장님, 좋은 아침입니다." 활기차게 인사를 건넨다. 월요일 아침은 여러 모로 분주하다.

"전무님은 항상 기운이 넘치시네요."

"감사합니다. 4월도 중순이 넘어가니 슬슬 따뜻해지네요. 사람들 옷차림도 가벼워졌어요. 그나저나 오늘도 시간 괜찮으신가요?"

"공부는 지난번에 끝났던 거 아닌가요?"

"아뇨, 조금 더 남았습니다. 오늘은 재무제표 분석에 대해 말씀드리려고요."

"재무제표 분석이요?" 일하던 손을 놓고 나를 보는 표정이 대놓고 못마땅하다.

"사장님, 그런데 한 가지 여쭤봐도 될까요?"

"뭔데요?"

"초등학생 때 거꾸로 돌기를 못하는 편이셨나요?"

"갑자기 뭐예요?"

"그냥 여쭤보고 싶어서요."

"이래 봬도 초등학교 때부터 왈가닥이라 거꾸로 돌기랑 차 오르기도 엄청 잘했어요. 고등학교 때는 배구도 했고요. 근데 그런 건 왜 물어보시죠? 희한한 걸 물으시네요."

"그렇군요. 다행이에요. 그럼 오늘은 오후 4시에 괜찮으실까요?"

"네, 괜찮아요. 그런데 재무제표를 분석해서 제가 뭘 더 알 수 있나요? 그리고 뭔가 알게 되더라도 그걸 앞으로 경영에 활용할 수 있긴 한가요? 재무제표는 과거에 대한 내용이잖아요."

"사장님, 재무제표를 보면 회사에 대한 많은 것들을 알 수 있습니다. 게다가 회사에서 현재 일어나고 있는 일들이 수치로 보이죠. 전에 말씀드린 것처럼 재무제표는 차량 운전석의 계기판과도 같습니다. 그럼 잠시 매장에 다녀오겠습니다. 4시 전에는 돌아오겠습니다."

수첩을 펴고 일정을 확인한다. 오늘은 아직 방문하지 못한 가가점에 들렀다가 오후에는 ANA호텔에서 개최되는 대시일레븐 가맹점주 설명회에 참석하는 날이다. 가가까지 회사 차량을 몰고 갈 예정이다. 고마츠를 지나 약간 길을 돌아가자 이내 가가 온천이 있는 지역에 가까워진다. 이곳은 야마나카 온천과 야마시로 온천 등 최고의 온천수를 자랑하는 곳으로 푹 쉬어가기에 안성맞춤인 온천 숙소가 있는 곳이다. 훗날 이곳으로 퀸즈북스 사람들과 직원 여행을 올 수 있다면 좋을 텐데. 뭐, 꿈도 못 꿀 얘기지만……

가나자와 은행원 시절에 가가 지점에서 근무하며, 저 여관과 이 호텔의 건설비용 대출을 담당했던 좋은 추억이 있다. 이 근방의 숙소는 요즘 들어 어디든 해외 방문객이 많이 찾는 듯하다. 직장에서도 일 외적으로도 참 행복한 시기였다. 차를 더 몰고 들어가자 회사 브랜드 로고인 퀸의 얼굴이 들어간 간판과 함께 가가점이 보이기 시작한다. 낡은 외관에 벽면의 페인트칠이 군데군데 닳아 있는 것이 보인다. 퀸의 얼굴도 약간 흐릿해졌다. 간선도로에서 좌회전해 주차장으로 들어간다. 가랑비라도 내릴 듯한 날씨에 입구까지 잠깐 걸어 그 외관을 다시 천천히 살피며 다가간다.

"안녕하세요."

대머리인 데츠카와 나오키 점장이 계산대에 혼자 서 있는 것이 보였다. 손님은 얼마 없다.

"아, 어서 오세요. 슬슬 오시겠구나 했어요." 데츠카와 점장이 싹싹한 얼굴로 반겨준다.

"그렇군요."

"잠깐만요. 계산대 볼 친구 좀 부를게요."

미소를 띤 여직원이 계산대를 맡아준 덕분에 점장과 함께 휴게실로 향했다. 그제야 처음으로 편안하게 이야기를 나눈다.

"데츠카와 점장님은 계속 이 동네에서 사셨나요?"

"아뇨, 원래는 도야마현에서 태어났어요. 히미 방어가 유명한데, 아시죠? 그쪽에서 자랐어요. 도야마만은 천연 활어조라 거기서 잡히는 물고기는 전부 맛이 끝내줍니다. 혹시 방어를 살짝 데쳐서 드셔보신 적 있으신가요? 아주 일품이거든요." 고향과 그 지역 먹거리를 자랑스럽게 이야기하는 데츠카와 점장의 눈이 반짝거렸다.

"방어 샤부샤부? 맛있겠네요. 아직 먹어본 적은 없습니다. 히미에 가게 되면 꼭 먹어볼게요. 히미에서 자란 점장님이 퀸즈북스는 어떻게 입사하게 되었는지 여쭤봐도 될까요?" 솔직한 의문을 던져본다.

"학교를 졸업하고 나서 도야마의 YKK 하청 공장에서 일했어요. 책을 좋아해서 도야마에 있는 서점 말고 가나자와 쪽 서점까지 찾아가서 좋아하는 책을 사곤 했죠. 그러다가 공장 일이 힘들어졌고 이미즈시에 있는 도로 정비 업체에 들어가 꽤 오랫동안 근무했습니다. 겨울이 되니 도로 제설 같은 일이 고되잖아요. 그나마 낙이라면 그 회사의 사모님이 미인에 착하셨던 거 정도였죠."

"그런 일도 해 보셨군요?"

"뭐, 흙을 파는 굴착기 정도면 운전은 가능하죠."

"놀랍네요. 그러다 어떤 인연으로 퀸즈북스에?"

"지금은 문을 닫았지만, 그 당시엔 이미즈에도 퀸즈북스 이미즈점이 있었고, 다 합치면 열 개나 되는 매장이 있었어요. 그때 직원 모집 포스터를 보고 지원해서 면접을 봤죠."

"그 무렵엔 이미즈에도 매장이 있었군요." 아직 퀸즈북스가 순탄했던 시절이리라.

"이런 대머리라 면접에서 바로 떨어질 줄 알았는데, 선대 사장님이 책에 대한 진심을 좋게 봐주셨고, 바로 합격했어요. 계약직에서 정규직 그리고 점장까지 오는 데 8년이라는 시간이 걸렸습니다. 전 다른 점장들과 달리 엘리트가 아니에요. 사모님은 애쓰고 계시지만, 사장님이 돌아가시고 난 뒤 은행에서 전무님까지 나오신 마당에 앞으로 회사가 어떻게 될지…… 솔직히 많이 불안합니다."

"그렇군요. 여러모로 마음이 쓰이겠어요. 전 이 회사를 다시 살릴 수 있다고 봅니다. 확실히 차입도 많고 힘든 상황이라 은행에서 제가 나왔지만, 퀸즈북스에는 많은 가능성이 있다고 생각해요. 서점 업계 자체를 비관적으로 보는 사람도 많지만, 그 역시 틀렸다고 생각하고요."

"전무님, 다들 서점의 미래를 부정적으로 생각하고 말하는데, 서점의 미래는 밝을까요?"

"점장님, '같은 바람이 불어도, 농쪽으로 향할지 서쪽으로 향할지는 돛을 올리는 방법에 달려 있다'라는 말이 있습니다."

"돛을 올리는 방법⋯⋯."

"예전에 있었던 코닥이라는 회사를 아십니까?"

"네, 알죠. 요즘엔 거의 안 보이지만, 세계 최대의 미국 필름 제조사잖아요."

"맞습니다. 말 그대로 세계 최대였던 필름 제조사였습니다. 과거형이죠. 이제 실체는 남아 있지 않아요."

"파산했나요?" 약간 놀라워하는 표정의 데츠카와 점장.

"뭐, 그런 셈이죠. 반면에 일본 필름 제조사인 후지필름은 잘 아실 겁니다. 이 후지필름은 증수증익增收增益으로 주가도 크게 상승하고 있어요."

"그건 또 무슨 일이죠? 저도 사진관에 현상하러 가지 않은지 오래됐어요. 애초에 필름 자체를 사지 않게 됐고요." 흥미를 느끼며 내 말에 귀를 기울인다. 이 이야기는 은행원 시절에 중소기업 아저씨들에게 누누이 이야기하던 내 단골 소재이다.

"맞습니다. 디지털화가 만연한 시대에 필름 시장의 축소는 코닥에도 후지필름에도 동일하게 역풍으로 작용했을 겁니다. 그런데 코닥은 망하고, 후지필름은 실적이 좋아진 이유가 뭘까요?"

데츠카와 점장은 팔짱을 끼고 잠시 생각하더니 느릿느릿 대답하기 시작했다.

"환경 변화에 대응한 거죠. 자세히는 모르지만 후지필름은 자신이 가지고 있던 강점을 새로운 분야에서 활용했는데, 코닥은 그간의 방식을 고집하는 바람에 변화에 대응하지 못한 겁니다."

"그렇죠. 후지필름을 위기로부터 구한 고모리 시게타카가 저서인 《후지필름, 혼의 경영》에서 이런 이야기를 했습니다. 사회 변화에 대응하는 각오를 다지는 방법과 전망의 중요성을 거듭 설명하는데, 먼저 환경의 변화 자체를 어떤 방식으로 받아들이느냐가 중요합니다."

"환경의 변화를 받아들이는 방식이요?" 데츠카와 점장이 적극적으로 이야기를 듣는다.

"점장님, '요도바시 카메라'와 '빅 카메라' 아시죠? 이 가게들이 처음에는 카메라만 판매하는 가게였지 않습니까? 그런데 지금은 알아주는 가전제품 판매 업체가 되었고 생활용품을 폭넓게 취급하는 소매점으로 자리 잡아 우리 소비자에게는 '카메라도 파는 곳'이라는 인식이 생긴 곳입니다."

"하긴 그렇네요."

"여기서부터는 제 상상이지만, 처음엔 카메라를 시작으로 비디오카메라를 취급하고, 이어서 텔레비전이나 냉장고, 세탁기, 에어컨, 그리고 컴퓨터까지 시대의 변화와 고객의 요구에 발맞춰 취급 상품의 폭이 넓어지지 않았을까요? 즉 '파는 상품'을 바꾸어갔다. 그런 게 아닐까요?"

이 변천은 나의 전적인 상상이지만, 핵심은 크게 다르지 않을 것이다.

"한편 시대의 변화에 발맞추지 못한 카메라 가게들은 쇠퇴해 갔군요."

"점장님, 바로 그겁니다. 홈쇼핑으로 유명한 '자파넷 다카타'도 가업인 '다카타 카메라'로부터 독립했고, 나가사키현 사세보시에 만든 '주식회사 다카타'가 그 기원입니다. 이 회사는 통신판매로 급성장해 '파는 방식'을 바꾸면서 환경 변화에 대응해 나갔어요."

"하지만 그런 건 전부 급성장한 대기업들의 사례라 우리에게 참고가 될까요? 서점에도 환경 변화에 대응할 능력이 있을까요?" 솔직한 의문을 제기해 온다.

"어느 지방 도시의 일화인데요. 렌털 서비스의 부진으로 철수한 공터 자리를 활용해 지역 농산물을 팔기 시작했습니다. 판매 장소를 찾던 농가 분들이 출하하며 큰 인기를 끌었어요. 또 다른 지방에서는 학교 도서관이 생길 경우, 도서 납품은 물론 도서관 집기 납품까지 지역 서점이 입찰에 참여한다고 합니다."

"으음, 그렇군요. 그건 그렇고 전무님에게 드릴 중요한 이야기가 있습니다. 우리 매장 바로 근처에 대형 쇼핑센터가 들어온다고 합니다. 내후년 초에 오픈이라고 하니 지금부터 1년 반 후가 되겠죠. 거기에 무려 전국적인 체인점을 가지고 있는 대형 서점이 입점할 예정인 모양입니다. 그게 들어온다면 우리처럼 오래된 매장들은 버텨내기 쉽지 않을 거예요. 어떻게 하실 거죠?" 이글거리는 눈빛으로 다그치듯 물어온다.

"카피타 가가점 말이군요. 은행에 있을 때부터 입점 소식을 듣긴 했는데, 전국 체인 규모의 대형 서점이 들어온다는 건 처음 들었습니다. 그렇지만 신규 대형 쇼핑센터에 서점이 들어온다는 건, 디벨로퍼 측도 쇼핑센터에 서점이 필요하다고 생각한다는 증거예요. 그리고 그런 대형 서점이 들어오는 데 희망적이라는 건 서점을 새로 오픈하더라도 채산이 맞는다는 게 아닐까요?" 일단은 정면으로 이 사태를 바라보기로 한다.

"엄청 긍정적이시군요. 그런 거대한 체인점의 매입 조건과 퀸즈북스의 매입 조건이 다르다는 건 알고 계십니까?"

"큰 소매점의 매입 조건이 작은 소매점의 매입 조건보다 우선시되는 건 어느 유통업계를 가든 일반적인 일입니다. 놀랄 일이 아니죠. 말씀드리기 좀 그렇지만, 그런 대형 체인의 급여와 퀸즈북스의 급여조건은 꽤 차이가 나잖아요? 매입 조건의 차이는 인건비 차이로 커버할 수 있습니다."

"잠깐만요. 저는 경쟁 업체에 대한 대비책을 생각하고 있는데, 전무님은 카피타 가가점에 퀸즈북스가 입점하면 어떨지를 생각하고 계신 겁니까?" 데츠카와 점장의 감정이 격해진다.

"간단히 말하자면, 그런 셈이죠."

점장의 짜증스러움이 눈에 보인다.

"현장의 고단함이 뭔지도 모르는 전무님에게 그런 잠꼬대 같은 소리는 듣고 싶지 않네요. 매입 예산이 정해져 있어서 기본적인 매입도 자유롭게 하지 못 하는 판인데, 신규 매장을 오픈할 돈이 있겠습니까? 그리고 카피타가 유명한 체인점을 두고 굳이 작은 퀸즈북스를 골라줄까요? 말도 안 되는 소리죠." 노기를 띤 말을 내뱉는다. 최대한 냉정하게 답하기 위해 신중하게 말한다.

"자금 조달은 은행이 하는 일입니다. 그 문제는 은행이 고민하도록 해야죠. 카피타와 교섭은 저와 사카이데 부장의 일이니 최선을 다하겠습니다. 점장님, 퀸즈북스에 대한 세상의 평판이 생각만큼 나쁘지 않습니다. USP라는 걸 아시나요?"

"아뇨, 들어본 적도 없어요."

"'Unique Selling Proposition'의 약자입니다. 고객에 대한 퀸즈북스의 '특징, 강점, 제안'이 있다면, 우리에겐 USP가 있다는 뜻이 됩니다. 가장 유명한 예를 들자면, 도미노피자는 '30분 이내에 배달되지 않으면 무료입니다'처럼 임팩트 있는 제안으로 경쟁 업체와 차별화해서 고객에게 다가갔습니다. 퀸즈북스만의 USP를 고민해 나가죠. 또 퀸즈북스에는 브랜드도 있습니다."

"브랜드……. 브랜드라는 건 대체 뭔가요? 고급 신발이나 가방, 옷이라면 알겠지만 동네 서점에도 브랜드가 있다고요?"

"물론이죠. '조하리의 창'을 아시나요?"

"아뇨, 몰라요. 어떤 창문이죠?"

"'비즈니스 기본 지식 8'을 보시면 그림이 나와 있습니다. 남이 알고, 자신도 안다(개방 영역). 남이 알고, 자신은 모른다(맹점). 남이 모르고, 자신은 안다(숨겨진 영역). 그리고 남도 자신도 모른다(미지). 이와 같은 네 가지 분류로 나와 다른 사람에게 인식됩니다."

"아무튼 그 조하리의 창이 브랜드와 무슨 관련이 있나요?"

"집객 질문가인 가와다 신세이 씨의 세미나에선 '나 자신과 남이 알고 있는 자신이 바로 브랜드'라고 설명합니다. 브랜드의 가치를 높이는 방법도 세미나

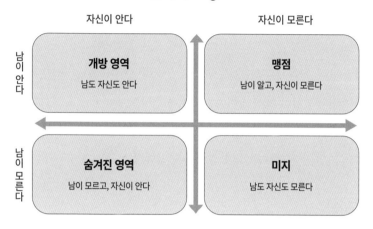

조하리의 창

	자신이 안다	자신이 모른다
남이 안다	**개방 영역** 남도 자신도 안다	**맹점** 남이 알고, 자신이 모른다
남이 모른다	**숨겨진 영역** 남이 모르고, 자신이 안다	**미지** 남도 자신도 모른다

에서 자세하게 배우지만, 여기선 생략하죠. 퀸즈북스의 USP와 브랜드를 고민하고 다듬어 나간다면 전국 규모의 대형서점 체인과 입점 경쟁을 하더라도 반드시 이길 수 있을 겁니다."

"동화 같은 소리네요."

"우선 퀸즈북스만의 서비스와 상품 구성을 고민해야겠죠. 또 우리가 가지고 있고, 고객도 마찬가지로 인식하고 있는 것, 즉 '개방 영역'이 무엇인지를 함께 살펴보는 겁니다. 그렇게 그 영역을 넓혀가는 거죠. 그것이 바로 퀸즈북스의 브랜드 정체성이 될 겁니다."

데츠카와 점장은 내 말에 수긍하는 기색도 없이, 벌떡 자리에서 일어나 휴게실을 나갔다. 혼자 남겨진 나는 매장으로 돌아가 점장을 뒤로하고 서점 내부를 꼼꼼히 둘러보기 시작했다. 가가점은 다른 매장에선 볼 수 없는 구성으로 서가가 채워져 있었다. 내 학창 시절에는 고서점에 가면 그 서가에 진열된 책만 봐도 똑똑해지는 기분이었는데, 이곳도 그에 못지않은 구성으로 살뜰하게 꾸려져 있다. 서가에는 출판사도 저사도 무시한 채 내용의 연관성을 기준으로 책이 진열돼 있었다. 책을 좋아하는 독서가 점장이 고른 책으로 빽빽이 채워놓은 모습이다. 매장 안을 걷는 것만으로도 설레기 시작했다. 이런 서점은 '지역 지성의 터전'이라고 할 수 있다. 그러나 이런 책들의 판매가 저조하다면, 매입처에 지급은 마쳤으나 매출은 나지 않는 상태가 되니 '현금이 재고가 되어 매장에 잠들어 있는' 상태이기도 하다.

매장을 둘러보고 주차장으로 돌아가 차를 타고 ANA호텔로 향한다. 대시일레븐의 입점 설명회를 듣기 위해 일단 서둘러 출발했다.

시작 시간 전에 가나자와역 앞 ANA호텔에 도착했다. 호텔 3층의 대형 행사장에는 이미 많은 사람이 도착해 있었다. 젊은 부부도 많이 보인다. 나도 자리를 안내받아 착석한다. 탁자 위에는 사전 자료가 배포돼 있고, 큰 스크린에는 최근 텔레비전에 소개된 대시일레븐의 새로운 시도와 관련된 영상이 흐르고 있다. 같은 편의점이라도 대시일레븐과 다른 편의점 체인은 그 실적에서 압도적인 차이가 났다. 1일 매출액은 대시일레븐이 60만 엔 후반, 업계 2위 체인이 50만 엔 중반으로 10만 엔 이상 차이가 났다.

이전에 잡지에서 읽은 바로는 대시일레븐의 임원 오찬회에는 매번 대시일레븐 도시락이 나온다고 한다. 일본을 대표하는 고수익 기업의 임원 오찬회 메뉴가 평범한 도시락이라니 놀라울 따름이다. 그만큼 품질에 자신 있는 것만 취급한다는 자부심이 있는 것이리라. 설명회가 시작되자 훌륭한 프레젠테이션으로 참가자들의 마음을 사로잡기 시작한다. 소매업에 문외한인 내게도 좋은 참고가 된다.

발표자가 '판매의 네 가지 원칙'을 정면 스크린에 프로젝터로 띄워놓고 설명한다.

"저희 대시일레븐은 이 네 가지 원칙을 아주 중요하게 생각합니다. '① 상품의 좋은 품질, ② 미소와 함께하는 고객 응대, ③ 상품의 신선도 관리, ④ 청결함'입니다. 여러분, 이 원칙들을 철저하게 지키는 것이 바로 매장의 번창으로 이어지는 방법입니다." 큰 공부가 되었다. 설명이 계속 이어진다.

"이어서 비용 삭감을 위해 아르바이트 근무 스케줄을 효율적으로 조정합니다. 근무 내용은 시간대별로 구체적으로 정해져 있기 때문에 이대로 운영한다면 낭비되는 비용을 줄일 수 있을 겁니다."

역시 엄청난 기업 집단이다. 우리도 뭔가 본받을 만한 점은 없을까? 점포는 평균 45평, 백야드 15평의 총 60평 크기로 일 매출을 월 매출로 따지면 무려 1,800만 엔이 넘는다. 심지어 기존 점포들의 매출도 꾸준히 늘고 있다고 한다. 놀라울 따름이다. 200평 규모인 퀸즈북스 매장 중에 이만큼 매출을 올리는 곳은 거의 없다.

취급하는 상품 수는 그 종류가 33,000가지 이상이며, 상품별 매출이 POS

에서 관리돼 지속적으로 갱신되고 있다. 일평균 이용객 수는 1,000명에 이른다고 한다. 점포의 재고금액은 400만 엔에서 500만 엔 사이라니 연간 '상품회전율'은 50회나 되는 건가. 퀸즈북스의 상품회전율은 어느 정도일까?

설명회에 만족하며 행사장을 떠나 본사로 복귀한다.

"외근 다녀왔습니다."

"오셨어요? 오늘 가가점에서 어땠는지는 데츠카와 점장에게 전해 들었어요. 화가 잔뜩 났던데요? 아무것도 모르는 문외한이 이런 소릴 하더라, 열을 내면서……." 걱정스러운 표정으로 사장이 묻는다.

"……그랬군요. 화가 난 건 알았지만, 사장님에게 전화까지 했군요."

"네, 아주 길길이 날뛰었어요. 근데 오늘은 중간에 어딜 들리셨나 봐요?"

"예, 대시일레븐 입점 설명회에 다녀왔습니다."

"어머, 적진 시찰이군요. 대시일레븐을 비롯한 편의점이 우리 서점의 매출을 빼앗은 원흉이니까요. 장차 업계 최대 대형 편의점인 대시일레븐이 점포를 늘릴 거라는 소식에 지역 서점 조합 분들도 고민이 크거든요."

"아뇨, 제 생각은 완전히 다릅니다."

의아하다는 표정의 구로키 사장을 바라보며 말을 이었다.

"대시일레븐을 비롯한 편의점은 이제 사회 인프라가 되었습니다. 잡지를 판매한다고 해서 서점의 적이라고 여길 게 아니라 매일 천 명씩 다양한 손님이 가볍게 들르는 공간으로 생각해야 합니다. 똑같이 잡지를 판매해도 그 상품 수는 한정돼 있으니까요. 우리 서점이 가지고 있는 상품 숫자가 압도적으로 더 많죠. 서점과 편의점은 반드시 공존할 수 있습니다. 공존이라기보다는 상승효과를 발휘하는 최적의 조합인지도 모르죠."

내 말을 질색하는 표정으로 바라보던 구로키 사장이 입을 연다.

"전무님, 우리 서점의 잡지 매출이 떨어져서 얼마나 고생인지 알고 계시나요? 잡지 판매야말로 서점의 주수입원이에요. 그건 알고 계세요? 그런 마당에 서점과 편의점의 컬래버 같은 고견을 경청하고 실천할 서점은 전국을 뒤져도 아마 찾기 힘드실 겁니다."

처음 보는 격해진 표정으로 내게 말을 던진다. 오늘은 데츠카와 점장뿐만 아니라 사장까지도 화나게 한 모양이다. 이렇게 되면 재무제표 보는 법을 따질 상황이 아니다.

"사장님의 생각은 잘 알겠습니다. 다음에 다시 말씀드리도록 하겠습니다. 다만 이해해 주셨으면 하는 건, 편의점의 매출은 계속 증가하고 있다는 겁니다. 한편 서점의 매출은 계속 감소하고 있죠. 왜 그럴까요?"

대답을 기대하진 않지만, 물어본다. 나는 사장의 답을 기다리지 않고 계속 말을 이어갔다.

"그건 편의점은 고객을 바라보고 그 변화에 대응해 발전해 왔지만, 서점에서는 그런 변화가 조금도 일어나지 않았기 때문이 아닐까요?"

잠시 썰렁한 분위기가 흘렀다.

"사장님, 오늘 재무제표에 관해 배우기로 한 건 연기하시죠. 다음번에 다시 부탁드리겠습니다."

"그래요. 오늘은 연기하도록 하죠."

그런 다음, 자리로 돌아와 묵묵히 메일을 처리하고 서류를 작성하며 퇴근 시간을 기다린다. 퀸즈북스에 온 후로 가장 조용하고 무의미한 시간이 흘러갔다. 얼른 퇴근하기를 바라는 마음이었다. 퇴근 시간이 되어 차를 타고 곧장 가타마치로 향한다. 오늘 밤도 대리를 불러야겠다. 여느 때처럼 바의 문을 열고 들어섰다.

"어머, 오늘은 일찍 왔네? 표정은 죽상이고 말이지. 뭐 좀 먹을래? 카레는 있어."

"응, 카레 먹을게. 그리고 맥주도."

"맥주? 별일이네. 알겠어, 카레는 데울 테니까 잠깐 기다려."

먼저 나온 맥주를 기본 안주인 치즈에 곁들여 마신다.

"한 잔 더!"

"오늘은 빨리 마시네." 이내 잔에 차가운 생맥주가 채워져 나온다. 나는 오늘 하루를 되새기고 있었다. 가게 안은 따뜻하게 데워지고 있는 카레 냄새로 채워지기 시작한다.

"자, 나오코의 특제 카레 나왔습니다." 두 잔째인 맥주와 함께 카레를 먹고 있자 나오코가 말을 건다.

"켄이치 씨, 오늘 무슨 일 있었어?"

"응…… 옳은 것 같아도 이해받지 못할 때가 있더라고."

"그럼 당연하지. 강요할 순 없는 거야. 북풍과 태양 얘기, 기억하지?"

주문 전에 늘 마시는 위스키가 나온다.

"오늘은 이거, 내가 사는 거야." 나오코가 작게 미소 짓는다.

어둑한 바 내부에는 잔잔하게 재즈가 흐르고 있다. 콜트레인이다. 복잡한 마음을 부드럽게 어루만져 주는 기분이다. 카피타 가가점 입점. 그리고 대시일 레븐 병설 점포. 모두 설레는 계획인데 말이다. 위스키를 석 잔째 들이켤 무렵, 가게에 있던 다른 손님들은 모두 떠나고 혼자만 남았다.

"켄이치 씨, 오늘 재밌는 이야기 하나 알려줄게. '컵에 물이 반쯤 남았다'라는 말 알아?"

"응, 컵에 남은 절반의 물을 보고 '이제 반밖에 안 남았네'라고 생각하는 것과 '아직 반이나 남았네'라고 생각하는 것. 그 현상을 인식하는 차이를 이야기하는 거잖아."

"뭐, 그 정도가 일반적으로 우리가 아는 수준이고. 사실 그다음부터가 재밌거든. 비즈니스 코칭에도 나와. 어느 유명 골퍼가 한 말이라는 사람도 있는데, 이 절반의 물이 담긴 컵을 보고 '물 절반은 내가 따를 수 있네'라고 하는 거야."

나오코는 이야기를 계속한다.

"현실을 어떻게 인식하는지도 중요하지만, 그 현실에 어떻게 맞서느냐도 중요해. 그에 따라 그 사람의 인생의 가치가 결정된다고 봐. 서점이라는 컵에 아직 물은 남아 있어. 켄이치 씨라면 퀸즈북스라는 컵의 나머지 물을 채울 수 있을 거야. 왜냐면 당신은 드러커가 중요시하는 매니저의 덕목인 '진지함'이 있고, 그 누구보다도 '열의'가 가득한 사람이거든. 사람이 사는 곳에는 분명 서점이 필요해. 기운 내."

"나한테 어쩌면 '열의'는 있을지 모르겠지만, 드러커가 말하는 '진지함' 같은 건 갖추지 못했다고 봐." 자문자답한다.

"한 가지 물어봐도 돼? 무언가를 새로 시작하려고 할 때 해 보는 중요한 질문이야. 지금 스스로 무언가 옳다고 생각하는 게 있어서 그걸 추진하려고 하고 있잖아. 그걸 한번 떠올려 볼래? 그러면 질문할게. 그건 에고야?"

나는 혼란스러웠다. "그게 무슨 뜻이야?"

"당신이 하려는 일은 당신의 에고 때문이야?"

"아니, 그렇지 않아."

나오코가 이어서 묻는다.

"그건 해야 하는 일이야? 아니면 내가 하고 싶은 일이야? 다르게 말하면 그건 '사랑의 선택'일까? '공포의 선택'일까?"

나오코의 말이 취기가 돌기 시작한 머릿속을 계속 맴돌았다. 몇 번이고 같은 질문이 반복된다. 에고인가? 아니지, 그렇지 않다. 하고 싶은 일인가? 그렇다. 하지만 사랑의 선택일까? 서점이라는 컵은 지금껏 계속 채워져 있었다. 그게 이렇게까지 줄어든 이유는 무엇일까? 나는 점장들과 함께 컵의 나머지 반을 한 번 더 채울 수 있을까?

여전히 콜트레인이 흐르고 있다. 이제 슬슬 집에 가볼까?

6장
실마리를 찾아서

사쿠라다점 | **모리 사토시** 점장

오늘은 누구보다 먼저 출근했다. 열쇠로 사무실 문을 열고, 창문도 열어 환기를 시킨다. 상쾌한 아침 공기가 사무실 안으로 밀려 들어온다. '당신의 에고 때문이야?' 어젯밤에 나오코가 한 질문이 아직도 가슴에 남아 있다.

자, 오늘도 힘내야지. 아직 방문하지 않은 사쿠라다점도 가보자. 점포별 손익에서 적자인 매장이다. 이내 사카이데 부장이 출근한다.

"부장님, 좋은 아침입니다." 사카이데 부장은 나를 보고 살짝 고갯짓으로 인사를 한 뒤 말을 걸어 왔다.

"대시일레븐 병설과 카피타 입점이 보기엔 그럴듯하고 화제성도 있어 보이지만, 아시다시피 퀸즈북스에는 일차적으로 필요한 게 없어요. 그리고 사장님에게 계속 재무제표 보는 법을 가르치는 이유가 뭔가요?"

사카이데 부장과 처음으로 대화를 나누는 것 같다.

"아무것도 하지 않으면 이 회사가 침몰할 거라는 건 분명합니다. '과거의 연장선상에 미래는 없다'라는 말이 있죠. 지금 조달은 저와 부장님이 함께 은행에 교섭하러 다녀오시죠."

"전무님과 제가요?" 못마땅한 어투로 대답한다.

"은행은 그렇게 냉정한 곳이 아닙니다. 담보가 없어도 약소하게나마 긍정적인 실적과 회사 정보 공시, 그리고 명확한 향후 개선 계획이 있다면 충분히 협상 가능합니다."

"정말 그럴까요?"

"회사 실적은 사장님에 의해 결정됩니다. 그리고 그 업적은 재무제표로만 판단할 수 있고, 외부에서도 재무제표만을 가지고 회사를 평가합니다. 그 판단 대상, 평가 대상을 사장님이 이해하지 못하고 있다면 회사 실적도 절대 회복되지 못할 겁니다. 멀리 돌아가는 듯 보여도 기업 재건에는 필수 불가결한 일인 것이죠."

"필수 불가결한 일이라……."

그런 대화를 나누는 사이에 사장이 출근했다.

"전무님, 오늘은 일찍 출근하셨네요." 평소의 웃는 얼굴로 돌아온 사장이 먼저 말을 걸어 온다.

"사장님, 좋은 아침입니다. 어제는 실례가 많았습니다. 오늘은 재무제표 보는 법을 이어서 살펴보시죠."

"음…… 역시 계속 공부해야 할까요?"

"그렇죠. 얼마 남지 않았습니다. 반드시 경영에 활용하실 수 있을 겁니다."

"그 말은 재무제표 보는 법을 일상 경영 업무에 활용할 수 있다는 건가요?"

"맞습니다. 재무제표는 회사 경영 그 자체니까요."

구로키 사장의 지긋지긋해하는 표정을 보며 그 대답을 기다린다.

"알겠어요. 이따 4시에 뵙도록 하죠."

"그럼 4시에 뵙겠습니다. 오늘은 그 전에 사쿠라다점에 다녀오겠습니다."

"사쿠라다점……. 거기도 예전엔 매출이 좋았던 매장이었는데 말이죠. 지금은 골치를 썩이는 바람에……." 사장이 씁쓸하게 말한다.

여느 때처럼 주차장 청소를 마치고, 아직 방문하지 않은 유일한 매장인 사쿠라다점으로 향했다. 사쿠라다점이 있는 지역은 가나자와 시내 중심가에서 약간 떨어진 곳으로 교외형 매장이 즐비하게 들어서 있는 곳이다. 퀸즈북스는 꽤 이른 시기에 출점했고 그 뒤로 대형 가전 판매점, 가구점, 레스토랑 등이 생겼다. 이후로 당연한 듯 대형 서점이 입점해 서적과 렌털 서비스를 모두 갖춘 매장, 상품 구성과 인테리어가 특징인 매장 등이 차례로 출점했다.

이 지역에서 가장 먼저 자리를 잡은 서점은 퀸즈북스 사쿠라다점으로 경쟁 업체와 비교했을 때 규모도 작고 점포도 노후되어 고전을 면치 못하고 있다. 철수를 검토할 매장으로 가장 유력한 후보 중 하나다.

차로 한참을 달려도 좀처럼 매장이 보이지 않았다. 내비게이션을 보며 겨우 사쿠라다점에 도착한다. 백오십 평 정도의 별 특징 없는 외관을 갖춘 옛 교외형 서점이다. 퀸의 흐릿한 간판을 보니 마치 울고 있는 얼굴처럼 보이는 건 기분 탓만은 아닌 듯하다. 매장에 들어서자, 허리를 숙인 채 문고 코너에서 작업하고 있는 날렵한 체형에 다소 깐깐해 보이는 모리 사토시 점장을 바로 발견했다.

"안녕하세요, 모리 점장님. 가부라키입니다."

부쑤정하게 눈만 돌려 이쪽을 살피며 책 정리 작업은 멈추지 않는다.

"바쁘세요?"

"보면 알잖습니까. 일손 부족으로 혼자서 몇 사람의 몫을 맡아서 하고 있어요. 무슨 용건이죠?"

갑작스러운 공격 모드다.

"특별히 용건이 있는 건 아닌데, 아직 사쿠라다점에만 와본 적이 없어서 한번 와보고 싶었습니다. 방해가 됐을까요?"

"네, 당연하죠. 알아서 보고 가세요. 궁금한 게 있으면 알려드리겠지만."

"그렇군요. 그럼 알아서 한번 보겠습니다." 보통 이런 식으로 말하지 않는데……. 목소리 톤이 날카로워지고 표정이 굳은 것이 느껴진다.

"예, 그렇게 해주시죠. 그리고 만약 사쿠라다점이 폐점된다면 회사 사정이니 할증퇴직금은 많이 나오는 거겠죠?"

"사쿠라다점 폐점? 누가 그런 말을 하던가요?"

"말 안 해도 알죠. 세무사가 만드는 '점포별 손익'으로 보면 적자인 매장이잖아요. 은행에서 대출금을 회수하러 온 그쪽이 사쿠라다점을 그냥 남겨둘 리 없잖아요." 하던 작업을 중단하고 몸을 일으킨 모리 점장이 단호한 어투로 말을 이어간다. 의외로 키가 컸다.

"점장님, 아직 아무것도 정해진 게 없습니다. 퀸즈북스의 경영 상태가 좋지 못한 건 분명합니다. 그중에서 사쿠라다점이 가장 어려운 상황이란 것도 자료를 통해 파악하고 있어요. 인근 업체들과 경쟁이 치열한 것도 사실입니다. 그래도 살아남을 가능성을 포기하진 않았어요. 그리고 전 은행 대출금을 회수하러 온 게 아닙니다. 퀸즈북스의 경영개선을 돕기 위해 왔습니다." 나 또한 단호한 어투로 반론한다. 화가 났다.

"경영개선 말이죠. 같은 책을 같은 가격에 파는 게 전부인 서점에서 생존을 위한 차별화 같은 게 가능하긴 한가요? 가가점의 데츠카와한테 '같은 바람이 불어도, 동쪽으로 향할지 서쪽으로 향할지는 돛을 올리는 방법에 달려 있다' 그런 소리를 한 모양인데, 여긴 그 바람인지 뭔지도 안 불어요."

"그렇다면 '바람이 없으면, 노를 저어라'가 낫겠군요. 스스로 배를 저어 나가는 수밖에 없어요. '파는 방법·파는 상품·파는 곳'을 바꿔서라도 살아남을 길을 찾는 수밖에 없습니다." 대화는 열기를 띠기 시작했다.

"아시다시피 사쿠라다점은 매장 크기만 봐도 경쟁 업체의 3분의 1밖에 되지 않습니다. 복합 매장처럼 DVD 렌털 서비스도 없습니다. 그런데도 사쿠라다점이 살아남을 길이 있다는 겁니까?"

"아주 힘든 싸움이 될 거라는 건 알겠습니다. 다만 앉아서 죽음을 기다리기보다, 큰 도전을 해 보는 건 어떨까 합니다. 모든 것에 도전해 보는 거예요."

"무책임하게 큰소리를 치시네요. 실제로 현장에서 일하고 있는 건 직원들이라고요. 아니면 가부라키 전무님에게 뭔가 눈이 번쩍할 만한 좋은 아이디어라도 있단 말입니까?"

"아뇨, 아직 아이디어가 있는 건 아니지만, 서점에 와서 드는 생각은 '서점은 혁신의 보고'라는 겁니다. 반드시 무슨 수가 있을 거예요."

"그럼 그렇죠. 전무님도 무슨 수가 있는 게 아니었네요. 그런 생각할 시간에 제 할증퇴직금 계산이라도 해두시죠."

"점장님, 혹시 '앤소프 매트릭스'라고 들어본 적 있으신가요?"

"그게 뭐죠? 양과자점의 새로운 케이크 이름 같은데?"

"제 환영회를 해주셨을 때 나눠드린 '비즈니스 기본 지식'에 나와 있습니다."

"아니요, 죄송하지만 우리처럼 바쁜 사람들은 그런 걸 볼 시간이 없습니다."

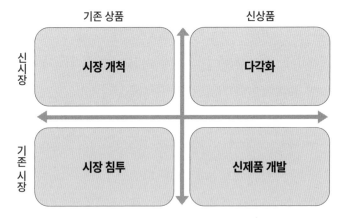

"그렇군요. '비즈니스 기본 지식 9'를 보면 어떤 개념인지 나와 있습니다. '시장'과 '상품'으로 가로 세로축을 나눠, 기업이 앞으로 나아가야 할 방향을 고민하는 데 사용하죠. 여기에 사쿠라다점이 살아남기 위한 힌트가 있을 겁니다. 리뉴얼 재건 계획의 힌트요."

"사쿠라다점의 리뉴얼 재건 계획? 참 기대되네요." 말과는 달리 전혀 기대하고 있지 않다는 것이 표정과 말투로 느껴진다.

"그럼 매장 좀 천천히 둘러보겠습니다."

"예, 천천히 둘러보세요." 밉살스러운 대답이 돌아온다. 어째서 이토록 적대적이고 공격적인 걸까.

새삼스레 '천천히' 매장을 둘러본다. 입구에는 여성잡지가 진열돼 있고, 꽤 예전에 신문에 소개된 책이 '신간 도서' 표시와 함께 쌓여 있다. 레이아웃에도 상품 구성에도 그 어떤 고민의 흔적이 느껴지지 않는다. 데츠카와 점장이 있는 가가점의 상품 구성을 좀 본받았으면 좋겠다. 옛 모습만 그대로 간직하고 있는 서점이다. 이런 상태라면 어떤 손님도 만족하지 않을 것이다. 어째서 다른 매장의 장점을 반영하지 않는 걸까?

사쿠라다점은 이 지역에 최초로 출점한 서점이라 개점 초기에는 상당히 붐볐던 모양이다. 하지만 붐비는 곳에는 당연히 경쟁 업체가 나타나는 법이다. 후발 경쟁 업체가 큰 규모의 스타일리시한 매장을 선보이자 사쿠라다점은 급속도로 경쟁력을 잃고 단번에 적자화되기 시작했다.

매장의 위기 속에서도 회사가 별다른 대책을 취하지 않았던 것도 사실이다.

이제 잃을 게 아무것도 없는 사쿠라다점에 남겨진 시간은 분명 얼마 되지 않을 것이다. 점장에게 인사도 없이 매장을 나와 경쟁 업체를 둘러본다. 멀리서도 외관이 눈길을 끌며, 인테리어에 개성이 느껴진다. 상품 구성이 뛰어난 곳, 책은 물론 렌털 서비스부터 문구 및 잡화까지 폭넓은 라인업으로 원스톱 문화 쇼핑을 도모하고 있는 곳도 있다. 모두 특색 있는 매우 훌륭한 서점들뿐이다. 사실상 여전히 사쿠라다점을 찾아주는 고객이 있다는 게 감사한 일이다.

경쟁 업체를 돌아보느라 점심시간도 깜빡하고 있었다. 벌써 3시를 넘긴 시각이었다.

본사에 복귀하여 사무실로 올라가자, 사장과 약속한 4시가 되어간다.

"사장님, 시간이 다 됐습니다. 안쪽으로 가시죠."

"그래요. 사쿠라다점은 어땠어요?"

"아무래도 꽤 힘들 것 같습니다. 그래도 충분히 도약할 가능성은 있을 거라 봅니다. 사장님, 혹시 각 매장 간 성공 사례의 수평 전개는 실시하지 않나요?"

"성공 사례의 수평 전개? 각 매장 내 상품 구성과 레이아웃은 모두 점장들이 독자적으로 정하고 있어서 수평 전개 같은 건 해 본 적이 없어요."

"그랬군요……." 뭔가 경영개선의 힌트가 될지도 모르겠군.

"그럼 이제 시작해 볼까요?"

사카이데 부장이 우리 둘을 무표정하게 바라본다.

안쪽 사장실로 자리를 옮겨 오늘의 강의를 시작한다. 먼저 책상에 회사 재무제표를 펼쳤다.

"사장님, 그럼 재무제표 분석 방법을 설명하도록 하겠습니다. 먼저, 가장 알기 쉬운 '상품회전율'입니다. 재고금액과 판매액의 관계를 나타내는 지표입니다. 쉽게 말해서 한 매장의 재고금액이 원가로 8천만 엔일 경우 연간 매출액이 2억 4천만 엔이면, 매출액을 재고금액으로 나누어 산출하는 '상품회전율'이 3회전인 셈입니다."

"그렇군요. 재무상태표 상품 칸의 금액과 손익계산서의 매출을 보면 산출할 수 있겠어요."

"맞습니다. 이 지표를 통해 경영자로서 해야 할 일이 있습니다. 회사의 상품회전율과 업계 평균을 비교하는 겁니다. 토류 측 자료에 따르면 업계 평균은 3.4회전인데, 퀸즈북스는 2.8회전밖에 되지 않아요. 매우 낮은 상태인 거죠."

"책은 자유롭게 반품할 수 있으니까 돌려보내면 되겠네요."

"그건 아닙니다. 우선 평당 재고금액도 함께 확인해 볼 필요가 있어요. 회사 재고금액은 재무제표에 적혀 있습니다. 이 숫자를 매장 평수인 950으로 나눕니다. 약 37만 엔이죠. 업계 평균입니다."

"어머, 정말요? 그럼 뭐가 문제죠?"

"재고의 내용이겠죠. 즉 안 팔리는 책은 쌓아두고, 잘 팔리는 책은 안 쌓아두고 있다는 겁니다. 비인기 상품을 배제하고, 베스트셀러는 부족하지 않도록 보충하는 게 좋겠습니다. 재고금액을 늘릴 필요는 없겠지만, 재고를 줄이면 그 이상으로 매출이 떨어지게 됩니다."

"알겠어요. 의외로 재무제표 분석이 실무에 도움이 되네요."

"맞습니다. 그 외에도 또 많습니다."

"또 뭐가 있는지 알려주세요."

"경영을 좌우하는 비율을 알려드리겠습니다. 바로 '매출액 대비 인건비 비율'입니다."

"인건비? 이미 깎을 대로 깎았는데요."

"인건비를 그냥 깎는다고 되는 게 아닙니다. 평소 전년비를 기준으로 관리하고 계셨나요?"

"그야 물론이죠. 다른 관리 방법이 있을까요?"

"있죠. 그게 바로 '매출액 대비 인건비 비율'입니다. 업종에 따라 다르겠지만, 인건비 비율은 원칙적으로는 총이익의 절반 정도를 차지합니다. 이걸 '노동분배율'이라고도 하죠. 서점의 총이익률이 20퍼센트 남짓이니 서점의 표준 '매출액 대비 인건비 비율'은 10퍼센트입니다. 이걸 웃도는 매장은 낮춰야 합니다. 다만 이 비율이 8.5퍼센트 이하라면, 반대로 인력을 충원하지 않을 경우 매장이 제대로 관리되지 않아 운영이 어려울 수 있습니다. 이 지표를 바탕으로 매장 인건비를 관리하는 겁니다."

"재미있네요. 이거라면 현장에서도 납득할 만한 인건비 관리가 가능할 것 같아요. 또 다른 건 없나요?"

"있습니다."

"궁금하네요."

"또 다른 중요한 비율은 '매출액 대비 수도광열비 비율'입니다. 단독 교외형 가게와 쇼핑센터는 분명 차이가 있습니다. 이 비율은 수도광열비를 매출액으로 나누어 계산합니다. 업계나 분야에 따라서도 크게 달라집니다. 요식업은 당연히 높습니다. 서점의 표준 비율은 1.5퍼센트라고 볼 수 있습니다."

"근데 수도광열비도 낮출 수 있나요? 예를 들면 더운 여름날 개점 직전까지 에어컨을 틀지 않은 상태에서 작업하고, 개점 후에 일괄적으로 에어컨을 틀거든요. 다들 애쓰고 있는데."

"에어컨을 트는 방법이 잘못됐네요. 그러면 반대로 전기 요금이 더 많이 나오게 됩니다."

"정말요? 그럼 어떤 게 가장 좋은 방법이죠?"

"인건비 비율을 줄이는 방법과 근본적인 수도광열비 절약법에 대해서는 월요일에 정리해서 가져다드리겠습니다. 그때까지 기다려 주실래요?" 사장의 표정에 생기가 돌기 시작한다. 지금까지 진행했던 재무제표 강의 시간과는 확연히 다른 모습이다.

"그리고 즉시 시도해 볼 수 있는 에어컨 요금 절약법이 있습니다. 퀸즈북스는 대부분 단독점입니다. 호쿠리쿠 전력에서 공급받는 전기는 고압을 그대로 보내 큐비클이라고 불리는 고압수전설비에서 저압으로 변환해서 사용하죠."

"음, 그렇군요."

"기본요금은 직전 11개월 동안의 사용 전력이 30분 단위로 측정돼 그 최대치를 기준으로 계산됩니다. 따라서 지금 알려드릴 사용 방법을 쓴다면 이 최대치를 낮출 수 있어 무리 없이 전기 요금 인하로 이어질 수 있을 겁니다."

"그래요? 일반 가정집과 요금 산정 방법이 다른가요?"

"단독점이고, 큐비클이라는 고압수전설비를 사용하는 사업장은 일반 가정집과 관리 방법 자체가 다릅니다. 그래서 방금 말씀하신 방법으로 에어컨을 사용하면 전기 요금만 높아지게 되는 거죠. 사실 여름철에 효율적으로 활용하려면 개점 30분 전에 절반의 에어컨을 틀어서 어느 정도 실내 온도를 낮춘 다음, 개점 시간에 나머지 절반을 틀어주는 게 좋습니다. 사용 전력의 최대치가 크게 낮아져 기본요금을 낮출 수 있어요."

"정말요? 몰랐어요. 내일부터 전체 매장에서 그렇게 해 봐야겠어요."

"좋은 생각입니다. 그럼 나머지는 다음 주 월요일에 점장 회의에서 말씀드리겠습니다."

"알겠어요. 기대하고 있을게요."

오늘은 반응이 괜찮았다. 기분이 좋다. 퀸즈북스 발령 후의 첫 성과였는지도 모른다. 작은 한 걸음일지라도, 경영개선의 첫걸음을 내디뎠다. 오늘은 이만 퇴근이다. 나에게 주는 보상으로 한잔하러 가자. 퀸즈북스에 파견을 나온 뒤로 시라카 바에 가는 빈도가 잦아졌다.

여느 때처럼 바의 문을 열자, 평소와는 다른 모습의 나오코가 있었다.

"또 머리 잘랐네. 하긴 거의 30센티는 됐었지."

나오코는 삼 년에 한 번 주기로 잘 관리된 생머리를 몽땅 자른다.

"응, 이제 길이가 충분해서 평소처럼 암 환자들이 만드는 가발 단체에 기부했어. 평소 불섭생의 속죄로." 나오코가 미소 짓는다. 쇼트커트인 나오코도 매력적이다.

"오늘은 맥주부터 마실게."

"어라, 웬일이래? 알았어."

이내 거품도 맛있어 보이는 시원한 맥주가 나온다.

"나오코도 한잔할래?"

"응, 잘 마실게."

"짠, 건배."

"나오코, 오늘은 사쿠라다점에 처음 가봤어. 오래된 매장인데, 다른 매장들과 비교하면 경쟁에서 뒤처져 한참 적자야. 이런 곳은 어떻게 해야 할까?"

나오코가 거기에 대답하지도 않고, 대뜸 말하기 시작한다.

"그렇구나. 그 해결책은 잘 모르겠어. 근데 생각난 이야기가 있어. 들어볼래? 얼마 전에 도쿄에 여행을 갔어. 신칸센을 타니까 눈 깜짝할 사이에 도착하는 거야. 여러 번 열차를 갈아타야 했던 게 벌써 옛날 일 같았어. 아무튼 도쿄의 고급 식료품 슈퍼에 들렀다가 신기한 걸 봤어. 파스타 코너에서 뭘 같이 파는 줄 알아?"

"뭐, 케첩 아니면 레토르트 파스타 소스겠지."

"보통 그렇게 생각하잖아. 근데 아니야. 파스타 옆에 화이트와인과 프랑스 빵이 진열돼 있었어. 물건을 파는 게 아니라, 행동을 파는 거야. 생활방식의 제안이라고 해도 되겠지. 서점에는 그런 제안이 있나? 거의 못 본 것 같아. 어느 쪽인가 하면 서점의 입장이 최우선인 느낌."

"문고가 출판사별로 진열된 거 말이야?"

"그것도 있지. 육아 잡지는 왜 육아서나 그림책 코너에 없는 걸까? 같은 고객이잖아. 여행 서적 옆에 여행지에서 사진 찍는 법에 대한 책이 있으면 어떻고? 고객 응대를 통해 고객의 '인정 욕구'를 충족하는 게 가장 좋겠지만, 그건 한계가 있어. 서점도 한정된 인원으로 매장을 꾸리고 있을 테니까. 이때 상품 진열 방법을 연구해서 고객에게 생활방식을 제안할 수 있다면 재미있을 것 같지 않아?"

"서점은 대부분 적은 인원으로 운영을 하니 여유가 없거든."

"어머, 서점으로 옮긴 지 얼마나 됐다고 벌써 판매자 입장을 대변하는 거야? 실망이네. 방금 한 이야기, 켄이치 씨가 은행원 시절에 가와카미 테츠야 선생님 세미나에서 들었던 '생활자 관점' 이야기를 내가 살짝 바꿨을 뿐이야."

"가와카미 테츠야 선생님 세미나? 맞아, '물건 파는 바보' 말이지. 진짜 대단한 세미나였어."

비법을 고수하는 제조 방식, 엄선한 재료, 편안한 공간, 최상의 요리, 진심이 담긴 서비스 등의 용어를 종종 접합니다. 홍보하는 측에서는 큰 차별화 포인트로서 소구하는 건지도 모르지만, 생활자 관점에서 보면 기억에 남는 것이 별로 없습니다. 단호하게 말하자면, 아무 말도 하지 않은 것이나 다름없는 '공기 복사'인 셈이죠.

—가와카미 데쓰야, 《물건 파는 바보物を売るバカ》

"또 그때 배운 게……."

—Ⓐ, Ⓑ 라멘집 중 어느 쪽에 더 매력을 느끼는가?

Ⓐ 엄선한 재료로 비법을 고수하는 제조 방식.

Ⓑ 이거야! 하고 납득이 갈 만한 한 그릇을 만들어 내기 위해 전국 1,000여 개의 가게
에서 라멘을 비교하며 먹어보고, 연구에 연구를 거듭한 혼신의 한 그릇입니다.

"이 사례는 정말 두 손 들었다니까. 은행원으로서 나름대로 마케팅을 공부
한 나조차도 막상 실전에서 활용하지 못했던 현실을 직시하게 됐어. 그리고 그
때 내주신 숙제는 아직도 미완성이지."

"무슨 숙제인데?"

"① 사람을 판다, ② 가게를 학교라고 여기고 체험을 판다, ③ 사회공헌과
가치를 판다, ④ 문제해결을 판다, ⑤ 기대치 1% 넘기…… 이 다섯 개를 구체적
으로 생각할 것. 다른 하나는 독자성을 지니기 위한 세 개의 키워드인 ① 퍼스
트 원, ② 넘버 원, ③ 온리 원을 구체적으로 생각할 것."

"모두 난제들이네. 그래도 그걸 해낸다면 인터넷 서점 업계의 대표 기업인
갠지스도 경쟁 업체인 대형 서점도 다 이길 수 있지 않을까? 일단 뭐든 하나라
도 생각해 봐. 그걸 배웠을 때는 은행원이었지만, 지금은 켄이치 씨도 퀸즈북
스의 직원이잖아. 정답을 찾아내면 회사가 가지고 있는 진정한 강점이 뭔지 알
게 될지도 몰라."

"하나같이 난제이니 말이야. 다만 아까 그 고객 응대 얘기를 듣고 생각났는
데, '기대치 1% 넘기'는 힌트가 있었어. 서점에는 주문 고객이 꽤 있거든. 이 고
객들의 응대를 다른 곳과 차별화하는 거야."

다른 손님이 들어왔다.

"오늘도 늘 마시는 걸로." 한 잔으로는 끝나지 않을 것 같다.

혼자 미즈와리를 마시기 시작한다. 가와카미 선생님의 연수를 통해 받았던 과제는 조금도 해결하지 못했다. 어쩌면 좋을까. 오늘은 가게 안에 클래식 음악이 흐르고 있다. 'G선상의 아리아'다. 아까 온 손님이 시가를 피우기 시작했다. 향이 좋군. 나오코가 돌아온다. 위스키 한 잔을 마시며 시가를 피우던 손님이 홀연히 자리를 뜬다. 제대로 마실 줄 아는 사람이다.

"그나저나 말 많으신 사장님, 가게는 괜찮은 거야? 올 때마다 손님이 많이 없는 것 같은데."

"참 나, 우리 가게는 애 아빠인 켄이치 씨가 돌아간 후부터 심야까지가 가장 바쁜 시간대거든? 웬 오지랖이야. 걱정 마세요." 매섭게 대꾸해 온다. 괜한 소리를 한 것 같다. 맞아, 사야카가 수학을 알려달라고 했었지. 갑자기 술이 확 깨기 시작했다.

"켄이치 씨, 차별화가 구체적으로 뭘까? 구체적이지 않으면 그냥 술주정이잖아."

"뭐 어때, 술집인데. 그리고 한 잔 더 줘."

카운터에 다시 술잔이 나온다.

"하긴 그렇지. 그리고 보면 켄이치 씨는 항상 마무리가 아쉬워. 옛날에 기억나? 단골손님들끼리 축구팀 응원하러 가기로 해놓고, 결국 모인 건 우리 둘이었잖아. 그렇게 둘이서 비행기를 타고 가서, 시합 전날 밤에 근처 노점인……

'츠카사'였나? 약간 나이 지긋한 기모노 차림의 예쁜 여사장님이 운영하시던 가게 말이야. 명란젓을 차조기 잎에 싼 튀김, 정말 맛있었는데."

생각이 났다. 어쩌다 들어간 노점이었다.

"맞아, 맛있었지……."

"그치? 맥주랑 잘 어울리고, 토종닭 구이는 규슈 소주에 딱이었어."

"그런 게 여행지에서의 즐거움이지."

"그 노점에서 엄청 마시고 호텔로 돌아간 다음, 방은 달라도 여행지에서 꼬드기면 키스 정도는 용서해 줄 수도 있었을 텐데 아무것도 안 하더라."

"뭐야, 술 깨는 소리 하지 마."

"그날 밤은 마치 소세키의 소설 《산시로》의 한 문장처럼 '당신은 정말 배짱이 없는 분이군요' 그대로였지 뭐야. 하긴 그게 당신답긴 하지만. 그런 상대방의 마음도 모르는 켄이치 씨가 기대치를 1%는 넘길 수 있으려나."

"사장님, 제가 졌네요. 오늘도 아주 시원하게 할 말 다 하는구나. '츠카사'는 기억나지. 거긴 라멘이 없었어. 물어봤더니 라멘은 어디든 있겠지만, 우리 가게는 다른 걸로 승부한다는 거야. 그것도 하나의 차별화 전략이겠지? 수많은 노점 중에서 '온리 원'이기도 하고, 맛으로는 '넘버 원'인 블루오션 전략이기도 한 거야."

"블루오션 전략이라……. 기존 상품으로 기존 시장에서 피투성이 싸움을 벌이는 레드오션 전략에 비해, 고부가 가치로 새로운 가치 시장을 창조하고, 새로운 바다에서 유유히 헤엄치듯 사업하는 경영전략 말이구나."

"정말 뭐든지 다 아는구나. 그럼 블루오션 전략으로 성공한 사례도 알아?"

"음, 퀵 이발소인 QB하우스 1,000엔이 있어. 그곳의 전략은 1,000엔이라는 가격이 아니라 고객에게 스피드와 청결함을 제공하거든. 저렴하기만 했다면 가격 경쟁이 치열한 레드오션에서 비슷한 저가 이발소가 많아 힘들었겠지만, 스피드와 청결함이라는 부가 가치를 더했기 때문에 차별화하기 어려운 이발 업계에서도 블루오션 전략을 구사할 수 있었던 거야."

"완벽해. 오늘도 사장님께 한 수 배웠어."

혼자서 생각을 시작한다. 기대치 1% 넘기기라⋯⋯. 말은 쉬워도 이루기는 어렵다. 애초에 손님들이 서점에게 기대하는 건 무엇일까? 거기다 그 기대를 좋은 의미에서 배신해야 한다. 잠시 생각에 잠겨 있자, 꽤 늦은 시간이 됐다. 집에 가서 사야카에게 수학을 알려줘야 한다. 내일부터는 다음 주에 있을 점장 회의를 대비해 제대로 자료를 준비해야겠다.

7장

반격의 서막

본점 | 니시다 유야 점장

퀸즈북스에 온 지도 이 주차, 입사 후 열흘째 날이 되었다. 아직 열흘이라니. 마치 백 일은 지난 것 같다. 오늘 아침은 구름이 낀 하늘이다. 바람도 다소 따뜻해지기 시작했다. 매일 아침 청소를 하는 주차장을 지나 2층 사무실로 향했다. 벌써 구로키 사장이 와 있다.

"사장님, 좋은 아침입니다."

"전무님, 좋은 아침이에요. 오늘은 몇 시에 시작할까요?" 기다렸다는 듯 아침 인사를 건네는 사장은 오늘도 웃는 얼굴이다.

"아, 재무제표 강의 말씀인가요?"

"당연하죠." 사람은 변하는 법이다. 그렇게나 질색했는데.

"오늘은 본점에서 실제 현장 업무를 한 번 더 보고 난 후 수업을 시작해도 될까요? 매장에서 근무하고 있는 직원들의 실제 현장을 되도록 세세하게 알고 싶어서요."

"그래요, 그거 좋은 생각이네요. 그나저나 니시다 점장과의 '대결'은 끝났나요?"

"대결하겠다고 이야기한 건 철회하겠습니다."

"그래요? 다행이네요. 그럼 오후 1시?"

"그럼 1시에."

이런 긍정적인 변화의 모습이 뒤늦은 감은 있지만, 좋은 현상임이 분명하다.

오늘은 오전 청소 후에 실제로 현장 작업을 해 보기로 한다. 지난 주말, 집에서 쉬면서 생각한 가설을 검증해 보려는 것이다. 주차장 청소를 시작한다. 여느 때처럼 청소를 마무리하며 주차장 틈새의 배수로까지 들여다보는 내 모습을 가나자와 은행원 시절 함께했던 부하들에게만은 보이고 싶지 않다. 그런데 이 보이고 싶지 않다는 마음은 무엇일까? 딸은 멋있다고 말해주었다. 하지만 옛날 부하들은 이 모습을 보며 어떻게 생각할까? 퀸즈북스의 일원으로 함께하며 주차장 청소를 하면서도 경영 재건을 위해 몸과 마음을 다하고 있는데, 아침마다 시험에 드는 기분이다.

매장으로 향한다. 일상적인 아침 조회가 끝나고, 서점의 몰아치는 오전 작업이 시작됐다. 잡지 포장을 풀고, 따로 보내온 잡지와 부록을 합친다. 발매일이 오래된 잡지는 정리해 옮기거나 반품 처리를 하기도 한다. 신간 도서도 최대한 좋은 위치에 비치하여 판매 기회를 노린다. 더 이상 진열해 놓기 어려운 서적들은 반품 처리를 한다. 예전에는 감과 경험으로 진행되었던 작업이 이제는 단품 관리가 이루어지기 때문에 데이터상 판매가 저조한 상품들은 하나씩 확인하여 반품시킨다. 11시까지 몰아쳤던 작업도 일단락됐다. 잠시 후에 교대로 휴식 시간을 가지며 점심을 먹는다. 2시에는 전원이 매장으로 돌아와 고객 응대와 서가 정리를 한다. 데이터를 보거나 POP를 제작하거나 매입 작업도 함께한다. 그 후로 4시에서 6시 전까지는 제법 한산한 시간대인 듯하다. 6시부터는 저녁 아르바이트생이 추가로 근무한다.

"……역시 그렇군." 혼자 중얼거린다.

서점은 상상했던 것 이상으로 시간에 따른 업무량에 차이가 있었다. 그런데도 아침에 출근한 아르바이트생과 파트타임 직원이 저녁까지 매장에 남아 근무하고 있었다.

그러고 보니 오늘 아침에도 에어컨이 아침 10시에 맞춰 틀어졌다.

"니시다 점장님, 궁금한 게 있습니다."

점장을 찾아 말을 건다.

"네, 뭐죠?" 대놓고 번거롭다는 태도다. 그래도 물어봐야 한다.

"사장님에게 에어컨 트는 방법에 관한 메일 안 왔나요?"

"네, 왔죠. 하지만 제가 출근하기도 전에 이미 누가 틀어놨으니 어쩔 수 없죠. 원래 매장에서 에어컨을 트는 사람 같은 건 정해져 있지 않으니까요. 철저한 관리라는 게 있을 수 없죠. 게다가 '전기 요금이 절감되니까 에어컨은 절반만 켜주세요'라고 하시던데, 30분 일찍 켜서 어떻게 전기세가 절감됩니까? 사장님한테 괜히 바람 넣지 마세요." 완전히 오해받고 있었다.

"아, 그렇게 이해하셨군요. 그리고 혹시 오전에 출근하는 주부 파트타임 직원은 왜 저녁까지 있나요?"

"그야 근무 시간 계약이 그렇게 돼 있으니 그렇죠. 옛날부터 계속 똑같아요."

"그래도 평일 오후는 한가한 것 같은데요." 솔직한 의문을 던져본다.

"전무님, 손님이 없을 때는 서가 정리를 하거나 POP를 만드는 등 이래저래 바쁩니다. 서점 일을 보이는 걸로만 판단하면 곤란해요."

"나름대로 이유가 있는 거군요."

"그렇죠. 현장 일은 우리한테 맡기고, 돈 관련해서만 제대로 해주세요."

"경영 재건을 돈으로만 생각할 수는 없습니다. 재무와 현장, 동기부여를 개선하는 작업도 필요해요. 전 그 전부를 생각해 퀸즈북스의 경영 재건을 완수해 나가겠습니다."

"그 전부를 생각하셔서……." 반은 비아냥이 담긴 니시다 점장의 말투에 신경질이 났다. 역시 니시다 점장과는 대결이다. 약간 분노가 섞여 격해진 기분으로 2층에 올라간다.

"사장님, 이제 시작하실까요?"

"사장실로 가나요?"

"아뇨, 오늘은 금방 끝나니까 그냥 여기서 하겠습니다."

사카이데 부장과 여직원들이 이쪽을 쳐다본다.

"그래요. 오늘은 뭘 알려주실 거죠?"

"오늘은 그동안 살펴봤던 손익계산서와 재무상태표의 관계에 대해 설명하겠습니다."

"네? 두 개는 다르잖아요. 관련이 있나요?"

"그럼요. 관련이 있죠. 아주 관련이 많습니다."

직전 2기의 회계연도 재무제표를 꺼낸다.

"전전분기(42기) 재무상태표의 자기자본의 부의 이월이익잉여금은 1만 엔이었죠?"

"네, 맞아요."

"전기 손익계산서의 세후당기순이익은 6천 엔이 적자였습니다. 그리고 여길 보시면 전기 재무상태표의 자기자본의 부의 이월이익잉여금은 6천 엔 줄어 4천 엔이 됐죠. 만약 흑자라면 해당 부분이 늘어나게 됩니다."

"어머, 정말이네. 몰랐어요. 뭐, 재무제표를 자세히 본 적도 없었지만요. 이렇게 보니 재무제표에 잘 나와 있군요."

엄밀히 말하면 자본이동 등이 있지만 이것까지 모두 설명하면 분명 헷갈려 할 테니 지금 상태로는 몰라도 상관없을 내용이다.

"사장님, 이걸로 재무제표를 보는 방법에 대한 설명은 일단 끝이 났습니다."

"정말요? 잘됐네요. 이걸로 끝이군요. 다음 결산까지 공부 안 해도 되는 건가요? 여러모로 자세히 알려주셔서 고맙지만, 솔직히 좀 힘들었거든요. 그래도 감사해요."

속 시원한 얼굴을 하는 사장에게 나는 말을 이어나갔다.

"사장님, 아닙니다. 사실 지금부터가 진짜 시작이에요. '재무제표를 현장에 활용하는 경영'이 필요하거든요. 지금까지는 그걸 위한 준비를 한 것뿐입니다. 퀸즈북스의 미래를 좌우하는 '재무제표를 현장에 활용하는 경영'은 지금부터예요.”

“음······. ‘재무제표를 현장에 활용하는 경영’이라고 말씀하셔도 딱히 실감
이 나진 않아요.”

“괜찮습니다. 걱정 안 하셔도 돼요. 퀸즈북스의 경영 재건은 이제부터 시작
입니다. 다음 점장 회의는 언제죠? 회사 방침과 지시 사항은 그 회의에서 엄격
하게 전달되는 걸로 알고 있습니다. 제게 몇 가지 제안이 있거든요.”

“회의는 다음 주 월요일이에요. 어떤 제안인지 먼저 들어보죠.”

오늘부터 월요일까지 이를 위한 자료를 먼저 만들자. 수비와 공격이 단기
간에 요구되는 경영 재건. 몸과 마음을 다해 임하자. 수비는 비용 절감, 공격은
혁신이 뒤따르는 점포 개혁이다. 기대가 된다. 시간은 눈 깜짝할 만큼 빠르게
흐를 것이다.

작은 변화이지만, 사카이데 부장과 여직원에게 회사 자료를 부탁하면 선
뜻 공유해 주게 됐다. 또 어떤 날은 혼자 잔업하느라 컴퓨터를 보고 있는데, 안
도 씨가 따뜻한 차를 가져다주기도 했다. 퀸즈북스에 온 지 이 주가 넘었다. 나
는 함께 일하는 동료로서 인정받기 시작한 걸까? 벌써 벚꽃도 만발한 듯하다.
밤 벚꽃을 즐길 수 있는 것도 다음 주가 마지막이겠지. 지금쯤 꽃이 지기 시작
했을까? 이 시기는 늘 여전히 쌀쌀하다.

시간이 흘러 점장 회의가 잡힌 월요일 오후가 되었다. 점장들이 본사로 모
였다. 먼저 사장이 지난달 매출과 전년비를 발표한다. 준비된 자료에는 전체
여섯 점포의 매출과 전년비도 함께 적혀 있다. 회계사무소에서 만든 각 점포의

두 달 전 수익에 대한 자료도 배포된다. 점장들은 매출 부진에 대한 변명과 '앞으로 최선을 다하겠다'라는 다짐을 하며 회의가 흘러간다. 그저 시간이 흐르기만을 기다리는 회의란 이런 회의를 말하는 것이리라. 점장들은 그 누구도 발언하지 않은 채, 자료만 보고 있을 뿐이다. 이름이 불리면 필요 최소한의 발언을 한 후, 그렇게 끝이 난다. 회의 마지막에 사장이 나에게 말할 기회를 주었다.

"오늘은 가부라키 전무님이 여러분께 드릴 제안이 있다고 하니, 함께 들어 보겠습니다."

"제가 여러분께 몇 가지 제안 드릴 게 있습니다. 우선 비용 절감부터 말씀 드리겠습니다."

긴장된 마음으로 회사 재건을 향한 각오를 다지며, 이야기를 시작한다. 퀸즈북스의 경영 재건은 이제부터 시작일 것이다.

"먼저 전기세를 삭감하겠습니다. 전 매장의 조명을 LED로 교체합니다. 여기엔 네 가지 효과가 있습니다. 첫째, 조명 자체의 전기 요금 및 조명 기구 교체 비용이 격감합니다. 둘째, LED는 발열이 없기 때문에 여름철 에어컨 전기 요금을 절감할 수 있는 효과를 가집니다. 그리고 셋째, LED는 자외선을 방출하지 않아 책을 비롯한 기타 상품들의 품질 하락을 방지합니다. 그리고 마지막으로 이건 추가적인 효과인데요. 자외선이 나오지 않기 때문에 저녁 시간대 매장 조명에 해충이 꾀는 걸 줄일 수 있습니다. 우선 이렇게 제안을 드립니다."

경리 담당인 사카이데 부장이 먼저 입을 연다.

"물론 좋은 생각입니다. 저도 예전에 같은 생각을 해 봤지만, 그 설치비용을 은행에서 과연 빌려줄까요? 가나자와 은행에서." 부장은 그런 건 이미 다 검토해 봤으니, 가능할 리 없다고 생각하고 있었다.

"말씀하신 대로 보통 잘 빌려주지 않을 겁니다. 단 에너지절약 융자지원제 도라면 가능할지도 모릅니다. 보조금이 나오는 경우도 있습니다. 만약 그게 어렵더라도 렌털로 설치하는 방법도 있죠."

"렌털이요? 어디 생각해 둔 곳이 있나요? 그리고 보조금도 받을 수 있고요?"라고 사장은 흥미롭게 곧바로 질문을 던져온다.

"네, 보조금은 한번 알아보겠습니다. 물론 렌털 업체는 있습니다. 가나자와 은행에서의 인연으로 소개받은 LED 업체가 있어요."

"삭감 효과는 얼마나 있을까요?"

"업자의 비용 시산으로는 점포당 연간 80만 엔 남짓 삭감될 것으로 보입니다. 렌털 요금이 1년에 30만 엔 이하이니, 계산해 보면 전체 매장에서 도합 300만 엔 남짓을 삭감할 수 있죠. 그리고 사장님이 공유하신 에어컨 트는 방법을 바꾸기만 해도 기본요금을 낮출 수 있습니다. 거기다 전기를 호쿠리쿠 전력에서 신전력으로 변경하면 총 400만 엔가량의 비용 절감이 가능할 것으로 보입니다. 여러분, 어떠신가요?"

"음, 꽤 괜찮은 것 같은데요. 사장님, 저도 찬성입니다."라고 사카이데 부장이 곧바로 대답한다.

뭐지? 자신의 체면을 구겼을지도 모르는데, 재빨리 찬성해 줬다. 고마운 일이다.

"다른 점장님들의 의견은 어떤가요?" 사장이 모두의 의견을 구한다.

니시다 점장이 손을 든다. 또 니시다 점장이다. 무슨 트집을 잡을 생각이지?

"저도 찬성입니다."

이게 정말인가? 대결 상대에게 도움의 손길을? 혹시 동료라고 인정해 주고 있었던 걸까? 이 두 사람의 발언을 마지막으로 모두의 의견이 모아졌다.

"LED 도입 시기와 대상 매장 관련해서는 제게 맡겨주세요. 사장님, 괜찮을까요?"

"알겠어요. 전무님께 맡기겠습니다."

"다음으로, 파트타임 근무 스케줄에 대해 제안 드리겠습니다. 업무량을 기준으로 근무 인원을 배정해서 스케줄을 작성하겠습니다. 아침에 출근하는 파트타임 인원을 지금처럼 5시까지 근무하게 하지 않고, 3시에 2명을 퇴근시키면 어떨까요? 6시부터는 다시 저녁 아르바이트생을 투입해 매장을 운영하는 겁니다. 이런 식으로 파트타임 인원 2명의 시급 750엔을 2시간 삭감하면 750엔×2명×2시간×30일로 총 한 달에 9만 엔을 절감할 수 있습니다. 전체 여섯 매장 도합 54만 엔, 연간으로 따지면 650만 엔 가량의 인건비가 절감됩니다."

발언 도중에 니시다 점장이 손을 든다.

"잠깐만요. 이게 제안인가요? 아니면 현장 일도 모르는 전무님이 내리는 지시인가요?"

니시다 점장이 트집을 잡는다.

"니시다 점장님, 끝까지 발언하게 해주시죠." 역시 그리 쉽게 동료로 삼아주진 않을 모양이다.

"이렇듯 인건비와 아까 말씀드린 전기세 절감을 모두 합치면 연간 1천만 엔의 비용을 절감하는 효과가 있고, 그만큼 회사 이익이 늘어나게 됩니다. 매년 적자인 퀸즈북스에 큰 효과를 일으켜 흑자 전환도 가시화될 겁니다."

단호한 어투로 발언을 계속해 나간다.

"이 근무 스케줄 재검토는 물론 제안입니다. 그러나 점포 흑자 전환은 모든 점장님의 목표라고 생각합니다. 향후에는 '매출액 대비 인건비 비율'을 8.5퍼센트에서 10퍼센트 내로 유지해 주셔야 합니다. 그 방식은 점장이신 여러분께 맡기겠습니다. 인건비 전년비가 오른다고 따지지 않겠습니다. 단 이 '매출액 대비 인건비 비율'만큼은 책임지고 지켜주시겠습니까?"

"생각할 시간을 좀 주셔야죠. 매장에 가서 실현할 수 있을지 생각해 보겠습니다. 점포 흑자 전환이 점장의 목표 항목이라고요……." 확연히 불만스러운 눈치인 모리 점장이 모두에게 들리도록 대답한다.

"알겠습니다. 그럼 다들 검토해 주시죠." 다른 네 사람은 이 이야기가 나온 후부터 시종일관 근심 어린 얼굴이다. 좀처럼 결정을 내리지 못하는 것이 느껴진다. 이 안건은 추후 재검토하기로 한다.

"하나 더, 중요한 제안이 있습니다." 회의실에 약간의 긴장감이 감돈다.

"고마츠점에 대시일레븐을 유치해 공동점포를 출점하고자 합니다."

분위기가 눈에 띄게 술렁거린다. 사장이 말문을 연다.

"전무님, 그 건은 지난번에 말씀드린 것처럼 말도 안 되는 일이에요." 평소의 부드러운 표정은 사라지고, 이쪽을 노려본다.

"잘될 겁니다. 일본에서 최초로 대시일레븐과 공동점포를 출점하는 서점이 되는 거죠."

"무슨 근거로 잘될 거라고 말씀하시는 거죠?" 이렇게 화난 얼굴의 사장은 처음 본다.

"사장님, 고마츠점은 280평입니다. 그중 60평을 대시일레븐에 임대하는 겁니다. 이것만으로도 매달 임대료가 들어옵니다. 매장은 그만큼(약 20퍼센트) 좁아지겠지만, 집기를 재배치하더라도 상품량은 13퍼센트 정도 감소하는 걸로 그칠 겁니다. 게다가 대시일레븐은 매일 천 명이 넘는 사람들이 방문하는 곳입니다. 이들이 퀸즈북스의 새로운 고객이 되는 것이죠."

사장이 더 격하게 반응한다.

"잡지 매출 감소는 어쩔 거죠?"

어투가 날카롭다. 질문이 아니라 거의 심문이다.

"그 이상의 집객 효과가 있습니다."

"그걸 증명할 수 있나요? 전 반대예요. 대시일레븐이 이시카와현에 출점하게 되면서 가나자와 은행이 끼어들려고 필사적이라는 소문은 들었어요. 그렇다고 해서 우리가 그 속셈에 이용당하는 거라면 참을 수 없네요."

공격하듯 거칠고 날카로운 말로 칼을 겨눈다. 분명 서점의 수익원 중 하나인 잡지 매출을 편의점에 뺏겨, 원망스러운 마음에 선뜻 용서하기 어려운 심정도 이해한다. 하지만 호랑이 굴에 들어가야 호랑이 새끼를 잡는 법이다.

"사장님, 지금 하신 말씀은 그냥 넘어가기 어렵습니다. 저는 순수하게 퀸즈북스에 필요하다는 생각으로 제안한 것이지, 가나자와 은행의 의도 같은 건 일절 들은 바가 없습니다. 저도 프라이드를 가지고 제안하고 있어요."

"가라토 점장님은 어떻게 생각하시죠?" 짜증스러운 기색이 역력한 사장은 냉정한 가라토 점장에게 의견을 구했다. 오늘 회의에서 줄곧 침묵을 지키던 가라토 점장이 잠시 말을 고르고 입을 연다.

"사장님, 저도 무슨 심정인지 잘 압니다. 잡지 매출이 이렇게 부진한 가운데, 잡지를 판매하는 편의점에 서점 공간 일부를 임대하자는 전무님의 제안을 거절하시는 마음을요."

"그렇죠? 점장님도 반대하시는 거죠?"

"저는 지난번에 전무님과 오랜 시간 대화를 나누며, 이분이 퀸즈북스를 위하는 마음은 진심이라고 생각했어요. 우리 서점도 바뀌어야 합니다. 지금 이대로라면 퀸즈북스에도 서점 그 자체에도 미래는 없습니다."

핵심을 찌르는구만. 가라토 점장이 계속 발언을 이어나간다.

"들리는 말에 의하면 대시일레븐의 월 매출은 평균 1,800만 엔에서 2,000만 엔에 이른다고 합니다. 그중 잡지 매출 점유율은 2, 3퍼센트 내외라고 알고 있습니다. 고마츠점의 장기 침체를 타개하려면 이런 기폭제가 필요할 것 같습니다."

가라토 점장의 의외의 발언에 다른 점장들도 놀라워하며, 지금까지와 달리 모두가 흥미진진하게 이 대화에 귀를 기울이고 있었다.

"편의점은 사회 인프라거든요. 연중무휴 24시간 운영하는 지역의 주요 거점입니다. 저도 불안하긴 합니다. 하지만 이대로 가만히 있으면서 변하지 않는 것이 더 리스크가 된다고 봅니다. 구로키 사장님, 부탁드립니다."

사장이 놀란 듯 나와 가라토 점장을 쳐다본다.

"부디 저와 가부라키 전무님의 책임으로 이번 건을 진행하게 해주세요. 과감하게 도전해 보고 싶습니다. 항상 시대를 개척하고자 했던 선대 사장님도 분명 기뻐하실 겁니다."

한참 동안 입을 여는 사람이 없었다. 긴장감 있는 정적에 휩싸인다.

"가부라키 전무님, 이 개장에 드는 비용은 어느 정도인가요?" 사장이 냉정해진 어투로 비용을 물었다. 나는 미리 알아본 예상 금액을 즉시 대답한다.

"최대 약 2천만 엔입니다."

"2천만 엔? 아시다시피 퀸즈북스에는 그럴만한 자금이 없어요. 가나자와 은행도 빌려주지 않을 텐데요."

"사장님, 이런 긍정적인 자금이라면 정책금융공고의 대출제도를 통해 빌릴 수 있을지도 모릅니다. 대시일레븐의 임대료 수입과 이용객 증가에 의한 점포 수익 개선을 전망할 수 있거든요. 투입 자금은 5년 이내에 회수할 수 있을 겁니다. 사장님께서 승인해 주시면 계획서를 가지고 가나자와 은행과 정책금융공고에 대출 신청을 하러 가겠습니다."

나와 가라토 점장은 동시에 자리에서 일어나 함께 고개를 숙였다.

"사장님, 부탁드립니다."

"알겠어요. 두 분이 그렇게까지 말씀하시니 받아들이겠습니다. 꼭 성공해서 퀸즈북스의 미래를 개척해 주세요." 사장의 표정은 여전히 굳어 있었다. 지금 사장의 심정이 어떻든 반드시 결과를 내야 한다.

"감사합니다. 온 힘을 다해 노력하겠습니다."

줄곧 긴장감이 흐르던 회의는 그렇게 끝이 났다. 모두들 말없이 본인의 차로 돌아가 매장으로 복귀한다. 그대로 가라토 점장과 함께 술을 한잔하러 나가려는데, 니시다 점장이 다가와서 미소를 지으며 말을 걸어 온다.

"혹시 두 분이서 한잔하러 가시나요? 저도 같이 가도 될까요?"

"그럼요. 같이 가시죠."

셋이서 근처 이자카야로 향한다. 학생들이 주로 찾는 저렴한 주점이다. 기본 안주가 나오고, 생맥주와 닭꼬치 등의 안주를 주문한 후 건배를 나눈다.

"건배하시죠. 그나저나 오늘 두 분 정말 대단했습니다." 니시다 점장이 말문을 연다.

주문한 풋콩과 조림을 무뚝뚝한 점원이 곧장 가져다준다.

"그동안 했던 점장 회의는 이름만 회의인 셈이라, 사장님과 사카이데 부장이 전달 사항만 말하곤 끝이었거든요. 사장님은 매출 올려라, 사카이데 부장은 비용 낮춰라 하는 소리만 하고 딱히 구체적인 해결 방안 같은 건 없었죠. 늘 의지 타령만 하는 거예요. 선대 사장님 시절처럼 서적 매출이 좋았던 때는 그래도 괜찮았는데, 이런 하락세에도 지시 사항이 십 년 전과 다를 게 없으니, 진절머리가 난다니까요." 뭔가 스위치가 눌린 것처럼 니시다 점장이 다시 말을 시작한다.

"그런데 오늘은 달랐어요."

"점장님, 오늘은 지금까지와 어떤 점이 달랐죠?" 솔직하게 물어본다.

"완전히 달랐죠. 두 분이 용감하게 일어선 겁니다. 전 속으로 박수를 쳤어요. 대시일레븐은 잘 모르겠지만, 회사를 어떻게든 살려보려는 두 분의 강한 의지가 느껴졌습니다." 이것이 정녕 아침마다 청소 트집을 잡고 불평하던 '대결' 상대인 니시다 점장의 입에서 나온 말이란 말인가.

"그렇게 칭찬해 주시니 좋네요. 다들 아직은 저를 외부 사람으로 보지만, 회사를 위하는 마음은 누구에게도 지지 않을 겁니다. 잠시 있다 갈 생각도 없고, 내가 죽을 곳이라는 마음으로 일하고 있어요. 오늘은 그걸 조금이나마 인정받은 것 같아서 정말 기뻤습니다. 그건 그렇고, 가라토 점장님은 그 자리에서 용케 찬성해 주셨군요."

"뭐, 이대로라면 퀸즈북스는 가라앉을 수밖에 없을 테니까요. 저도 무조건 괜찮을 거라고 보진 않지만, 변하지 않는다면 퀸즈북스를 비롯한 전국 모든 서점에 미래가 없다는 것도 확실하죠. 그래서 변하기 위해 찬성했을 뿐이에요. 단, 하려고 시작했다면 정말 최선을 다할 겁니다."

열정적인 대화는 심야까지 이어졌고, 술잔도 계속 비워졌다.

이튿날인 화요일 오전, 사장은 시청에 들렀다가 조금 늦게 출근하는 모양이다. 나는 사무실에서 사카이데 부장에게 은행에 일정이 있음을 전한다.

"오늘 1시 반에 정책금융공사의 옛 지인인 융자과장과 약속이 잡혔는데, 같이 가주실 수 있을까요?"

"전무님이 혼자 가시는 것 아니었습니까?" 책상에서 서류를 보고 있던 사카이데 부장이 귀찮다는 듯 반응한다.

"오늘은 회사에서 오래 근무하신 부장님이 계셔야 하거든요."

"그렇군요. 어쩔 수 없네요······." 정말 싫은 눈치다.

이 소극적인 남자가 회사의 돈줄을 쥐고 있다니, 앞날이 막막하다. 볼일을 보고 늦게 출근한 사장이 사무실에 들어오자마자 곧장 묻는다.

"전무님 자금 조달 건으로 생각난 게 있어요. 잠깐 시간 좀 내주실래요?"

"네, 물론이죠." 무슨 일이지?

"퀸즈북스에는 서적 재고를 포함한 상품이 매입가로 3억 5천만 엔 있잖아요."

"뭐, 재무제표(43기 재무상태표 상품의 부 참조)를 봤을 때 상품의 부에 기재된 재고는 그렇죠."

"전무님이 말하는 '재무제표 경영에 활용하기'를 실천해 보려고요."

"어떻게 말이죠?"

좋았어, 아주 좋군. 내용이 어떻든 이 의식의 변화를 신에게 감사하고 싶을 정도였다.

"이 재고를 2천만 엔어치 반품하면 어제 이야기한 대시일레븐 병설 비용에 드는 현금은 바로 마련할 수 있을 것 같아요. 어때요, 좋은 생각이죠?"

구로키 사장은 마치 선생님이 칭찬하기를 기다리는 아이처럼 내 대답을 기다렸다.

"사장님, 그 생각은 반은 정답이고, 반은 틀렸습니다. 50점이라고 하죠."

"50점? 불합격이네요. 왜 이게 불합격이죠? 서점 경영자는 원래 이렇게 비용을 낮춰서 현금을 마련해요."

"그래서 50점입니다. 일시적으로는 현금이 생기지만, 재고를 줄인다고 비용이 줄진 않아요. 무엇보다 이익의 원천인 상품을 줄이면 매출이 떨어지게 됩니다. 투자는 비용입니다. 비용 회수는 오직 이익을 통해서만 가능하죠. '재고를 줄이고 현금을 마련했으니 비용 회수는 끝'이라는 생각이 조금이라도 들었다면 그 생각은 당장 버리세요. 계속 말씀드리지만, '자금 융통은 은행의 역할이고, 이익을 내는 건 경영자의 역할'입니다. 재고를 쉽게 줄여선 안 됩니다. 일반 소매업에선 잘 없는 일이지만 서점은 그런 경영자가 많은 모양인데 잘못된 생각이에요."

"어머, 그렇군요. 알겠어요. 그럼 은행 협상 잘 부탁드릴게요."

"네. 오늘 오후에 바로 사카이데 부장과 정책금융공고에 다녀오겠습니다."

점심 식사를 마치고 1시에 사카이데 부장과 함께 차를 타고 출발한다. 가나자와시 중심부에 있는 정책금융공고 주차장에 약속 시간 15분 전에 도착했다. 사카이데 부장이 차에서 내려 건물로 향하려고 한다.

"부장님, 어디 가세요?"

"어디라뇨. 정책금융공고에 가야죠."

"잠깐만요, 아직 약속 시간 15분 전이에요. 너무 이릅니다."

"너무 빠르다고요? 늦는 것도 아닌데 크게 상관없잖아요."

"그건 아니에요. 물론 약속 시간에 늦는 건 논외이지만, 약속 시간보다 5분 넘게 일찍 가는 것도 비즈니스 매너 위반이에요. 상대방도 앞선 일정이 있을 겁니다. 너무 빠르거나 너무 늦어도 상대방에겐 이렇게 전해질 겁니다. '당신

의 시간보다 우리의 시간이 더 소중하니 환대하라'. 여기서 5분 전까지 기다렸
다 들어가죠."

"아니, 뭘 또 은행이라고 그렇게 신경 써야 하나요? 먼저 가서 응접실에서
기다리면 되는걸."

"은행이라서가 아닙니다. 어떤 거래처든 마찬가지예요. 부장님도 납품업
체에서 약속 시간보다 10분이나 일찍 오면 어떤 기분이 드십니까?"

"뭐, 바쁜데 이렇게 빨리 오나, 그래도 일단 웃는 얼굴로 좋게 좋게 응대해
야지 싶죠." 본인 말처럼 정말 '웃는 얼굴'일까.

"그렇죠? 기다렸다가 가시죠. 거의 다 됐습니다."

주차장에서 5분 전까지 기다렸다가 엘리베이터를 타고 3층으로 올라가자
약속 시간 조금 전에 도착했다.

"안녕하세요. 퀸즈북스의 가부라키라고 합니다. 사이토 융자과장과 1시 반
에 만나 뵙기로 했습니다."

"기다리고 있었습니다. 응접실로 모시겠습니다. 이쪽으로 오세요."

접수 담당자가 안쪽으로 안내한다. 약속 시간이 되자 사이토 과장과 함께
지점장인 모리카와가 방으로 들어왔다.

"아, 모리카와 지점장님. 오랜만에 뵙네요. 놀랐습니다. 오늘 지점장님도
동석하시는 줄 몰랐네요."

가나자와 은행 시절부터 알고 지내던 모리카와 지점장도 함께 와주었다.
든든하다.

"사이토 과장이 가부라키 씨가 가나자와 은행에서 서점으로 파견돼 오늘 대출 상담을 하러 오신다길래 만나 뵙고 싶어서요."

"감사합니다. 이쪽은 오늘 함께 온 사카이데 경리부장입니다."

내 명함도 바뀌었으니 다시 명함을 교환한다.

"지점장님, 고향인 야마나시에 가본 지도 한참 되셨겠습니다. 이곳의 다테야마산은 어떤가요? 후지산에 비해서."

"후지산의 고고함과 우아한 자태, 다테야마산의 웅장함. 각자 매력이 있죠."

"그렇군요. 다름이 아니라 오늘은 설비 투자 자금을 부탁드리려고 합니다."

"오호, 설비 투자 자금이요? 흥미롭네요."

대시일레븐 병설 출점과 관련해 퀸즈북스의 경영개선계획서, 자금회수계획서와 더불어 함께 준비해 간 자료를 곁들여 꼼꼼히 설명한다. 몇몇 항목에 대해 구체적인 질문도 받는다. 설명이 끝나자 사이토 과장이 즉각 긍정적인 반응을 보인다.

"이 경우라면 대출제도 중 '경영혁신지원사업'이나 '기업활력강화자금'에 해당할지도 모르겠네요. 바로 검토해 보겠습니다."

"감사합니다."

"운전자금도 '안전망대출'에 해당할 것 같네요."

모리카와 지점장도 좋은 반응을 보인다.

"정말요?" 사카이데 부장이 놀란 듯이 되묻는다. 그동안 운전자금으로 얼마나 고생했던 것일까? 모리카와 지점장이 이야기를 계속한다.

"가부라키 씨도 알고 계시다시피 적자 탈피를 기대할 수 없는 기업에 대한 대출은 저희 입장에서도 신중해집니다. 하지만 이 경영개선계획에는 LED 도입 및 인건비 삭감 등 명확한 비용 삭감 방안이 제시돼 있고, 대시일레븐 병설 출점 등 경영개선자금 설명도 훌륭합니다. 역시 가나자와 은행의 자랑이던 가부라키 씨의 솜씨가 어디 안 갔네요. 대출에 대한 답변은 내부에서 충분히 검토한 후에 다시 연락드리겠습니다. 연락은 사이토 과장이 사카이데 부장님께 드리면 될까요?"

우리는 이렇게 흡족한 결과를 가지고 본사로 복귀했다.

"외근 다녀왔습니다."

"정책금융공고에서 반응은 어땠어요?"

"이제 아무 문제 없을 겁니다."

"정말요? 믿어도 돼요? 부장님, 정말이에요?"

사카이데 부장은 말이 없다. 영 껄끄러울 것이다. 굳은 표정으로, 사장이 말을 걸어도 돌아보지 않고 등을 보이고 있다.

"사장님, 사카이데 부장님이 자리를 딱 잡고 앉아서 팍팍 협상하셨습니다. 이제 전부 괜찮을 겁니다."

"사카이데 부장님, 대단하네요. 이전에 가나자와 은행에서도 그렇게 해주셨으면 이렇게 매번 자금 사정으로 고생하지 않았을 텐데요."

"이제 금융기관 협상은 사카이데 부장님과 제게 맡겨주세요."

"네, 엄청 든든하네요!"

그로부터 이 주일 후.

"부장님, 정책금융공사의 사이토 융자과장님께서 전화하셨습니다."

사카모토 씨가 사카이데 부장에게 걸려온 전화를 연결한다. 전원이 숨을 죽이고 귀를 기울이고 있다.

"네, 감사합니다. 정말 감사합니다. 퀸즈북스, 앞으로 열심히 하겠습니다." 마지막에는 격앙된 목소리로 크게 대답했다. 전화를 끊고 이쪽으로 오더니 부장이 이렇게 말했다.

"사장님, 전무님, 그리고 자금 조달에 그간 고생한 안도 씨, 사카모토 씨. 정책금융공고에서 대출 승인 전화를 받았습니다. 바로 절차를 밟도록 하겠습니다. 그동안 감사했습니다." 약간 울먹이는 듯 들렸던 건 기분 탓인가.

2층 사무실에서 때아닌 함성이 터져 나왔다. 다들 웃는 얼굴이다. 자, 지금부터 퀸즈북스의 반격이다.

8장

무엇으로
기억되고 싶은가?

5월로 접어들며 황금연휴도 끝이 났다. 신칸센이 들어선 후 관광객은 꾸준히 늘고 있다. 시장도 활기 넘치는 모습이었다. 시장에서 파는 해물 덮밥은 어느 가게든 일품이라 가나자와에 해물 덮밥만 먹으러 온다고 해도 가치가 있을 정도다. 이런 성황을 서점에서도 이어갈 수 없을까?

오늘은 하쿠이점을 방문하고, 돌아오는 길에 하쿠산점도 함께 들를 예정이라 이른 아침부터 서둘렀다. 이렇게 운전하며 지난 며칠간의 일을 떠올려 본다. 그 점장 회의가 계기가 된 것 같다. 정책금융공고에서 자금 조달이 성사된 후로 나를 보는 사람들의 눈빛이 확연히 달라지기 시작했다는 게 느껴진다. 사장도 매출예산과 당월 지급을 연동하는 무식한 방식은 고수하지 않도록 조치했다. 현장도 활기를 되찾아가고 있다. 가가점을 제외하고는 LED 도입도 끝낸 상태라 6월부터는 광열비 절감 효과가 나타나기 시작할 것이다.

인건비 삭감은 만만치 않은 일이다. 점장들 역시 필요성을 느끼곤 있지만,

곧장 손대지 못하고 있다. 근무 형태를 바꾸어 바쁜 시간대의 인력을 더 투입하고 한가해지면 퇴근하게 한다. 파트직 직원들도 3시 퇴근이 가능하면 아이들을 데리러 갈 수도 있고, 여유롭게 저녁 준비도 할 수 있다. 물론 매장의 살림을 도맡는 계약직 직원들은 기존 형태 그대로 근무 가능하다.

그런데도 좀처럼 달라지지 못하는 것은 점장들이 기존에 가지고 있던 인식 때문이다. 하지만 퀸즈북스의 경영개선을 위해 파트직의 2시간 조기 퇴근은 피할 길이 없다. 자동차 전용도로를 지나 바다를 왼편으로 보며 하쿠이로 향한다.

하쿠이점으로 향하는 길이다. 다카하시 점장은 이론은 빠삭한데, 과연 실무에서 잘 활용하고 있는 걸까? 이번에도 파트타임 직원이 그만두는 모양이다. 이내 하쿠이점에 다다른다. 주차장에 차를 세우고 매장으로 들어간다.

"안녕하세요." 직원들이 나를 알아차리곤 조용히 멀어진다. 점장을 직접 찾아봐도 찾을 수가 없다. 청소가 덜 된 매장 내부가 굉장히 신경 쓰였다. 겨우 한 직원에게 말을 건다.

"저기, 오늘 점장님은 휴무인가요?"

"아뇨, 오후 출근이에요."

무뚝뚝한 답변이 돌아온다.

"잠깐 이야기 좀 할 수 있을까요?" 무뚝뚝한 얼굴로 오늘 아침에 들어온 신간을 분류하며 진열하는 여직원과 대화를 시도한다.

"네, 잠깐이면……."

"얼마 전에 파트타임으로 오래 근무한 기무라 씨가 그만뒀다고 하더군요. 최근 몇 달 동안 계속 사람들이 그만두는 것 같은데, 무슨 일이 있었나요? 아, 저는 전무인 가부라키입니다. 혹시 성함이?"

다소 물어보기 조심스러운 내용이긴 했지만 여기서 주저해 봤자 소용없다. 나는 귀찮다는 얼굴로 응대하는 이 직원에게 매장의 이야기를 들어보리라 마음먹었다.

"파트타임으로 근무하는 미즈구치라고 합니다. 저도 그만두고 싶어요. 다음 일자리를 아직 구하지 못해서 계속 일하고 있지만, 이제 저도 더는 못 견디겠어요." 쥐어 짜내듯 말을 내뱉는다.

"무슨 일이 있었죠?"

미즈구치 씨는 굳은 표정으로 내게 말하기 시작했다.

"다카하시 점장님의 무시하는 말투 때문이에요. 얼마나 훌륭한 대학을 나오셨는지는 모르겠지만, 요즘은 특히 더해요. 맞아, 전무님이 다녀가셨을 즈음부터 더 심해졌어요. 항상 공손하게 말씀하셔도 어딘지 저희 직원들을 바보 취급하는 느낌이 들었거든요."

미즈구치 씨는 말문이 터진 듯 평소에 담아둔 불평불만을 쏟아내기 시작했다.

"점장님은 팀워크가 중요하네 어쩌네 하면서 뭐든 저희한테 맡겨 놓곤 나 몰라라 하거든요. 근무 스케줄까지 '다 같이 의논해서 정합시다'라고 하고요. 그러다 보면 오래 다녔거나 목소리가 크고 불만이 많은 사람을 최우선으로 하는 스케줄이 만들어져서, 전 항상 불공평한 스케줄로 배정받게 돼요. 이젠 지쳤어요. 더구나 전무님의 지시로 파트직은 근무 시간이 두 시간 일률 단축된다고 들었어요."

"그건 아니에요. 저는 점장님에게 파트타임 직원 개개인의 상황을 살피고 낭비를 줄여 최적의 스케줄을 짜도록 권했을 뿐입니다."

"그래서 이상하다는 거예요. 스케줄을 점장님이 짜는 게 아니라면 계속 불공평한 스케줄일 거란 말이에요."

나는 그녀의 말을 귀와 마음으로 열성을 다해 받아들이며 안타까운 심정으로 경청했다.

"그러면서 매대 진열이나 POP 작성법은 하나하나 너무 따져요. 정작 단체로 결정할 수 없는 근무 스케줄이나 운영 방침은 점장님이 정해야 하는 것 아닌가요? 그게 점장의 역할인데⋯⋯. 매장 일은 저희한테 맡겨주셨으면 좋겠어요. 전무님, 어떻게 안 될까요?"

갈등의 골이 제법 깊어 보였다.

"그렇군요⋯⋯. 마음고생이 많으셨겠네요."

"이렇게 본사에서 사람이 오는 것도 오랜만이에요. 사장님도 점장님은 조심스러우신지 별말씀이 없으시거든요. 사카이데 부장님은 여기 안 오신 지 한참 됐고요. 점장님도 의논할 상대가 없어 고독하시겠지만, 일하는 방식 좀 바꿔주셨으면 해요. 전무님께도 어느 정도 책임은 있다고 봅니다."

"근무 스케줄 외에도 저한테 책임이 있나요?"

"그럼요. 지난번에 매장에 오셨을 때 점장님을 대놓고 칭찬하셨잖아요? 그 후로 관리, 동기부여 이론이니 뭐니 하면서 점장님 잔소리가 이전보다 더 심해졌어요. 그러니 전무님께도 책임이 있죠."

나는 입을 다물 수밖에 없었다. 매니지먼트와 비즈니스 코칭을 표면적으로만 배운 사람이 빠지기 쉬운 이론 만능에 대한 오해인 것이다. 나오코도 거듭 경고하던 상황이었다.

"그렇군요……. 이렇게 솔직하게 말씀해 주셔서 감사합니다. 점장님과 한번 이야기 나눠보겠습니다."

그리고 매장 안을 잠시 둘러보고 있는데, 오후 근무인 다카하시 점장이 출근했다.

"전무님 오셨네요? 오실 줄 알았으면 더 일찍 출근할 걸 그랬어요. 예전에는 아침에 출근해서 잔업 후 폐점시간까지 있었는데, 지난번 점장 회의에서 새로운 스케줄 근무 방식을 설명하시길래 실천해 봤어요."

"그랬군요. 잘하셨네요. 그건 그렇고, 이번에 또 오래 근무한 직원이 그만둔다고 들었습니다. 무슨 일이 있었나요?"

"아뇨, 아무 일도 없었습니다. 예전부터 문제가 좀 있었던 직원인데 그만둬서 오히려 다행이죠."

"하쿠이는 인원 충원이 쉽지 않을 것 같은데 말이죠. 점장님, 오늘 천천히 이야기 좀 나눌 수 있을까요?"

우리는 매장 안쪽의 사무실로 들어가 대화를 나누기 시작했다.

"요즘 매장 실적도 부진한 것 같고, 오래 다닌 직원분도 그만둔다고 해서 다카하시 점장님께 도움 드릴 수 있는 게 없을까 하고 방문하게 됐습니다."

"요즘 매출이 부진한 건 죄송하게 생각해요. 퇴사자에 대한 부분은 불평분자가 그만둔 것뿐이니 문제될 건 없습니다."

"점장님, 어떤 식으로 매장 직원들을 대하시나요?"

"비즈니스 코칭 이론에 따라 '본인들이 앞으로 어떻게 되기를 바라나요?'라고 먼저 질문합니다. 그걸 서포트하고 실현시켜 줄 수 있는 점장이 되려고 노력하죠. 평소 업무를 할 때도 직원들이 알아서 관리해 나갈 수 있도록 근무 스케줄 작성까지 재량에 맡기고 있어요."

"점장님, 정말 그 방식이 괜찮다고 생각하세요?"

"네, 그럼요."

"그 방식으로 직원들의 마음을 사로잡고 있다고 확신하시나요?"

문제가 존재하면, 본인 스스로 발견하고 해결하는 수밖에 없다. 잠시 침묵이 흘렀다.

나는 그녀를 믿고 기다렸다. 잠시간의 무거운 침묵을 깬 그녀의 한마디는 "피곤하네요."였다. 무언가로부터 해방된 듯 입을 열더니, 먼 곳을 응시하듯 시선을 옮기는 다카하시 점장에게 나는 물었다.

"피곤하세요? 그럴 수 있죠. 점장님의 생각을 잠시 들려주시겠어요?"

천천히, 떠올려 가며 이야기를 시작한다. 굳은 표정에 목소리도 희미하다.

"저는 영어 선생님 일이 참 좋았어요. 하지만 지금은 서점 점장이죠. 이 일도 싫진 않지만, 배운 걸 실무에 활용하고 싶은 마음이에요. 그래서 매니지먼트나 비즈니스 코칭도 함께 배웠어요. 그걸 현장에서 실천해 보고 싶었지만 사실 쉽지가 않더라고요."

"그렇군요……. 배운 이론을 막상 실천하려고 하니 쉽지 않았던 거군요."

"이상하지 않나요?"

"점장님은 이 매장이 어떻길 바라시나요?"

나는 그녀를 굳게 믿었다. 그녀의 성실함과 뛰어난 능력을. 그리고 그녀는 반드시 지금 벌어지고 있는 이 사태를 해결할 수 있으며, 그 대답은 그녀 자신 안에 있으리라 믿었다. 길고도 깊은 침묵의 시간이 흘렀다.

마음속으론 '유도해서는 안 된다. 유도하면 안 돼. 유도하면 아무 의미도 없다'라고 몇 번이고 외쳤다. 나에게서도 미소가 사라졌다. 사람은 자신이 깨달아야 행동으로 옮긴다. 이 시간은 나에게도 진검승부를 하는 시간이었다.

"전무님…… 어떻게 해야 할까요? 퀸즈북스에 입사한 지도 이제 6년이에요. 그동안 경험도 많이 쌓였고 아는 것도 많아졌다고 생각해요. 그래서 직원들에게도 도움이 될 수 있게 알려주고 싶어요. 그게 당연히 좋은 결과로 이어질 거라고 생각했는데……."

"직원들에게도 알려주고 싶었던 거군요. 직원들은 점장님과 어떤 관계로 지내길 바라죠? 점장님이 어떻게 대하길 바라고 있나요?"

"저는 선대 사장님의 강력한 리더십을 오랫동안 지켜봤어요. 전 그 리더십을 따라잡기 위해 저만의 이론을 바탕으로 직원들을 대했습니다."

"리더십의 형태는 하나뿐인가요? 선대 사장님의 리더십을 바탕으로 하는 게 가장 좋은 방법일까요?" 다시 한번 똑같은 질문을 던졌다.

"직원들은 점장님과 어떤 관계로 지내길 바라죠? 점장님이 어떻게 대하길 바라고 있나요?"

지대한 신뢰감을 질문에 담아 건넨다.

"본인들의 말을 들어주길 바라는 건지도 모르겠네요." 점장은 내뱉듯 속에 있는 말을 꺼냈다.

"직원들 모두 점장님이 자신들의 말을 들어주길 바란다? 그런 뜻인가요?"

"맞아요. 그동안 일방적으로 지시만 했던 것 같아요. 교사가 학생을 대하는 것처럼……. 네, 맞아요. 그동안 계속 교사와 학생의 관계처럼 직원들을 대해온 것 같네요……."

"그렇군요……. 그럼 뭐부터 시작할까요?"

"오늘부터라도 직원들 모두의 생각을 들어보는 시간을 가지겠습니다."

"점장님, 여기서 한 가지 조언을 드려도 될까요?"

"네, 그럼요. 뭐죠?"

"코칭을 배운 점장님이라면 아실 겁니다. 경청, 수용, 인정이죠. 마지막까지 자신의 가치관을 내려놓고, 상대방의 이야기를 경청하실 수 있겠습니까?"

"네, 할 수 있어요. 그거야말로 코칭의 기본 자세인 걸요. 여태 이론만 따지고, 실천하지 못했다는 걸 알게 됐어요. 오늘 전무님의 코칭 마인드를 접하면서 이 감각이 오랜만에 되살아났어요. 감사합니다." 갑자기 그녀의 표정이 누그러지기 시작한다. 눈에 반짝임이 돌아왔다.

"잘됐네요. 다음은 전무로서 전달하는 지시 사항입니다."

"네, 뭐죠?"

"이 지역, 하쿠이점만이 할 수 있는 '파는 상품·파는 방법'으로 독자적인 점포를 만들기 위해 어떻게 하면 좋을지 고민해 주세요. 그리고 그걸 실현합시다."

"오늘 정말 속이 시원해졌어요. 알겠습니다. 그것도 직원들과 같이 의논해 볼게요. 꼭 기대에 부응하겠습니다."

그녀의 미소를 보고 하쿠이점을 나왔다. 다시 운전대를 잡고 달리며 그녀의 변화와 성장을 떠올렸다. 어쩌면 외곽에 자리한 매장이기에 점장 자신이 가장 힘들었는지도 모른다. 조직을 지킨다는 것은 사람을 지킨다는 것이다. 삼국지에도 '큰일을 이룬다는 것은 사람을 소중히 여기는 것'이라는 말이 나온다고, 예전에 나오코에게 들었다.

하쿠산시로 향하는 길, 가나자와시를 넘어 국도 8호선을 달린다. 이 근처를 들어서면 회전초밥집 간판을 많이 발견하게 된다. 그러고 보니 요즘 초밥을 안 먹은 지도 오래됐다. 점심때가 됐으니 가는 길에 잠시 들러보자. 하쿠산시의 회전초밥 컨베이어 생산량은 일본 내에서도 압도적으로 높다. 가나자와를 중심으로 하는 지역 사람들의 초밥 사랑에 기인하는 바가 크다고 생각한다. 실제로 가나자와의 회전초밥은 그 수준이 상당하다. 도쿄에서 온 지인들을 가나자와의 회전초밥집으로 데려가면 그 맛과 양, 신선함, 가격에 어김없이 놀라곤

한다. 어느 곳을 골라도 전국 어디에도 뒤지지 않는 맛집이다. 그래서 회전초밥 컨베이어도 이시카와현 하쿠산시에서 발명돼 전국으로 퍼진 것이라고 짐작하고 있다.

'모리모리초밥'이나 '폰타'가 괜찮은 편이지. 사실 둘 다 맛이 보장된 곳들이라 어디를 가도 대만족이다. 오늘 점심은 '모리모리초밥'으로 가야겠다. 점심시간이라 가게 안은 제법 혼잡했다. 신선한 식재료를 올린 컨베이어가 빙빙 돌아가며 입맛을 돋운다. 그간 퀸즈북스 직원들과 겪었던 변화를 생각하며 뱃속과 마음을 채워나갔다. 맛이 일품인 회전초밥으로 점심 식사를 마치고 하쿠산점으로 향한다.

시내를 벗어나 잠시 달리자, 하쿠산점이 보이기 시작했다.

"다마루 점장님, 안녕하세요." 마침 휴식 시간인 듯 밖에서 담배를 피우며 캔 커피를 마시던 다마루 점장과 눈을 마주치며 인사를 나눈다. 그를 따라서 자판기에서 캔 커피를 뽑아 함께 벤치에 앉았다.

"전무님, 언제 오시나 기다렸어요. 그 스왓 분석이란 걸 해 봤습니다. 그걸 계기로 우리 매장을 재검토할 수 있었어요. 좋은 경험이었습니다."

"그랬군요. 오늘은 지난번에 이어서 같이 이야기를 나눠보죠."

"좋습니다. 말씀하셨던 크로스 스왓 분석이란 걸 알려주시죠."

"알겠습니다. 우선 기본형부터 보죠."

가방에 들어 있던 크로스 스왓 분석표를 보여주며 설명을 시작했다.

"먼저 자신의 '강점'과 '기회'를 검토해, '강점'을 극대화하고 '기회'를 최대한 활용할 수 있도록 합니다. 다음으로 '강점'과 '위협'을 분석해, 나쁜 영향은 회피하도록 합니다. 이어서 자신의 '약점'과 '기회'를 분석해, '약점'으로 인해 소중하게 찾아온 '기회'를 놓치지 않도록 합니다. 끝으로 '약점'과 '위협'을 검토해, 최악의 결과를 회피합니다."

"으음, 어쩐지 감이 잘 안 오네요."

"그럴 수 있습니다. 그럼 경쟁 업체가 나타났을 때의 오리지널 스왓 분석을 알려드리죠."

"오, 그거 기대되네요. 실제로 활용하기 좋겠어요."

"먼저 자신의 강점과 상대의 약점을 비교합니다. 동시에 자신의 약점과 상대의 강점을 비교합니다. 자신의 기회와 상대의 위협도 비교합니다. 이런 식으로 상대와 자신을 비교해서 생각해 나가는 겁니다."

"그렇군요. 그럼 한번 해 볼게요. 우리의 강점은 문구에 빠삭한 것. 상대의 약점은 문구의 구성이 매장 규모에 비해 빈약하다는 것."

"좋습니다. 상품량도 그렇지만, 상대는 전국 규모 대형 체인점의 획일적인 상품 구성이라 상품 관련 지식으로만 이야기한다면 퀸즈북스가 압도적으로 우세합니다. 그럼 우리의 약점과 상대의 강점을 생각해 봅시다."

"매장이 오래됐고 서적 매대가 좁다는 것. 렌털 서비스도 없어요. 반대로 상대는 세련된 느낌의 큰 체인점이고, 책 재고량도 우리보다 많습니다. 렌털 서비스는 구성도 알찬 편이고요."

"다음으로 우리의 기회와 상대의 위협을 생각해 보죠."

SWOT 분석 : 퀸즈북스 하쿠산점

좋은 영향	나쁜 영향
강점(Strength)	**약점(Weakness)**
• 점장의 문구 관련 지식이 풍부하다. • 숙련된 직원의 상품 관련 지식 덕분에 고객 응대 기술이 뛰어나다. • 학습 참고서의 상품 구성이 다양하다. • 아이들을 대상으로 한 책 읽어주기를 오랫동안 실시하여 지역사회에 자리 잡았다. • 중고등학생용 만화책이 압도적인 주력 상품이다. • 아동서 코너의 장식이 인기를 끈다.	• 매장이 오래됐다. • 매대가 좁다. • 렌털 서비스를 시행하지 않는다. • 상품 구성과 매장 진열이 예전 그대로인 채 변화가 없다. • 주차장의 흰 선이 대부분 지워졌다. • 느긋하게 쉴 수 있는 공간이 없다.
기회(Opportunity)	**위협(Threat)**
• 중학교에서 가장 가깝다. • 명문 고등학교에서도 가깝다. • 연배 있는 고객에게 친숙한 분위기다. • 경쟁 업체의 상품 구성이 획일적이고 빈약하다. • 점포 뒤편으로 젊은 가족 단위가 많이 거주하는 주택지가 있다. • 중고등학생들은 대형 간선도로 반대편에 있는 점포에 가기가 어렵다.	• 경쟁 업체의 매장이 크다. • 경쟁 업체는 렌털 서비스와 책을 함께 제공한다. • 경쟁 업체는 현대적인 전국 규모의 체인이다. • 경쟁 업체는 책의 재고량도 많다.

내부환경

외부환경

"그야 학교가 바로 근처에 있다는 것이 우리의 가장 큰 기회겠죠. 학생들은 도보나 자전거로 다니니까 반대편 도로에 있는 매장까지 가기 어렵거든요." 다마루 점장이 설명에 점점 열을 올린다.

"점장님, 지금까지 지켜본 하쿠산점의 상품 구성은 어떻게 보시나요? 예전에는 지역에서 제일가는 매장이었을 텐데, 그때나 지금이나 기본적인 책 구성은 변함없지 않나요? 인근 대형 점포의 축소판이 되진 않았나요?"

"확실히 그런 느낌이 있어요. 그동안 아무런 변화가 없었네요."

"그럼 이제부터 하쿠산점의 강점과 기회를 살린 매장으로 완전히 바꿔보면 어떨까요?"

"재미있겠는데요? 개장 비용과 사장님의 설득은 전무님께 맡기겠습니다."

"알겠습니다. 그건 제 일이니 맡겨만 주세요."

"이거 열의가 불타오르네요. 지난번 점장 회의 때 가라토 점장처럼 저도 사장님 앞에서 시원하게 큰소리쳐 보고 싶어요. 이거 진짜 두근거리는데요."

"점장님, 그 설렘을 형태로 만들어 주세요. 저는 점장님의 열의를 있는 힘껏 응원하겠습니다. 지금 생각 중인 내용을 살짝 말씀해 주실 수 있을까요?"

"우선 메인 고객층을 인근 중고등학생과 최근 많이 들어서고 있는 주택가의 젊은 가족 단위 고객으로 좁힐 겁니다. 상품 구성은 문구, 잡화를 매장의 절반 정도로 가져가려고 생각 중이에요. 실용적인 문구용품부터 젊은이들이 좋아하는 세련된 문구, 다양한 잡화를 알차게 갖추는 거죠." 다마루 점장의 머릿속에선 생각 중인 매장의 모습이 정리되고 있는 듯했다.

"서적 구성은 어떻게 하실 생각인가요?"

"상대 업체에서 많이 들이지 않은 학습 참고서를 보다 알차게 구비할 생각입니다. 또 만화, 청년 문고, 그리고 아동서와 육아서가 있겠네요."

"점장님, 그럼 배제할 것은 무엇일까요?"

"전문서와 문예서, 비즈니스서도 있고……. 아, 인기가 많아서 가져다 둔 시대소설은 어떻게 해야 하나……."

"꽤 과감한 계획이네요."

"전무님, 그런 이야기를 하셨다면서요. '어리석음이란 같은 방식을 반복하며 다른 결과를 바라는 것이다'라고. 그동안의 저는 어리석었다고 생각해요. 하지만 이제 우리 하쿠산점의 가능성에 걸어보기로 했습니다."

"훌륭합니다. 말이 나온 김에 아들러의 명언을 하나 알려드리죠. '당신이 그리는 미래가 당신을 규정한다. 과거의 원인이 설명해 줄 수는 있어도 해결해 주진 않을 것이다.' 새로운 매장의 모습을 구체적으로 잘 그려보시기 바랍니다. 흑백이 아닌 풀컬러로 말이죠. 가능하면 냄새도 소리도 명확하게 그 이미지를 자세히 그려보세요. 그 생각은 분명 이루어질 겁니다."

"경쟁 업체가 들어온 뒤로 계속 불평만 늘어놨어요. 한심한 나날이었죠. 근데 전무님 덕분에 의욕이 생겼어요. 감사합니다."

이 사람이 이렇게 생기가 넘치는 사람이었던가? 누군가에게 '감사하다'는 말을 듣고 이렇게 벅찬 마음이 들 수 있다니…….

"그렇군요. 저도 점장님 말씀을 들으니 뿌듯해집니다. 같이 힘냅시다."

퀸즈북스에 와서 가장 뿌듯한 시간이었는지도 모르겠다.

자, 오늘 밤도 가는 길에 시라카 바에 들러야겠다.

"어서 와. 오늘 기분 좋아 보인다."

"많이 티 나?"

"딱 보면 알지. 켄이치 씨, 단순하니까."

"오늘은 그런 비아냥거림도 거슬리지 않네."

"웬일이야? 술은 뭘로 할래?"

"항상 마시던 걸로." 위즈키 미즈와리를 받아 들고 나는 다카하시 점장, 다마루 점장과 있었던 일을 간추려서 즐겁게 이야기했다.

"음, 그렇구나. 잘됐네. 대시일레븐 병설 출점도 잘 진행 중이고?"

"뭐, 그렇지. 그건 그렇고 대시일레븐 쪽 일 처리는 혀를 내두르게 된다니까. 속도가 엄청나. 지금까지 경험해 본 적 없을 정도야. 속전속결로 목표를 향해서 전진하는 느낌이 들어."

"그야 국내 제일 소매업과 설렁설렁한 서점인데 비교가 안 되겠지."

오늘은 나오코의 짓궂은 말도 왼쪽 귀에서 오른쪽 귀로 흘러나간다.

"켄이치 씨, 마츠다 미히로 씨의 '마법의 질문 공인 강사' 수강한 적 있지?"

"어, 그랬지. 14기생이야."

"어떤 걸 배워?" 나오코가 흥미진진하게 묻는다.

수강하며 배운 걸 말하려고 하자 오늘은 단체 손님 여섯 명이 우르르 밀려 들어와서 나오코가 분주해진다.

"나오코, 한 잔 더."

나오코가 미소로 응답한다. 여느 때는 조용한 이 가게도 오늘은 단체 손님으로 소란스럽다. 그렇게 생각에 잠기지도 못한 채, 이내 두 잔째 비우곤 오늘은 일찍 들어가기로 한다.

집에 가는 길에 생각이 났다. 내가 예전에 수강했던 세미나에 참가하며 얻게 된 배움 말이다. 현지에서 경험한 체험과 배움은 이루 말할 수 없었다. '마법의 질문'을 코칭의 일종이라고 설명하기에는 부족함이 있다. 질문이니 액티브 리스닝이긴 하지만, 내 마음속의 더 깊은 곳을 흔드는 느낌이었다. '눈앞의 사람을 행복하게 하기 위해 무엇을 할 수 있는가?' 이것은 세미나의 가장 중요한 질문이었다. 세미나 중 '어떻게 하면 상대방의 행동과 의식에 변화가 생길까요?'라는 자신의 질문에 마츠다 미히로 씨는 이렇게 대답했다.

"행동이 나타나지 않을 때, '왜 하는가?'라는 질문에 그 사람의 마음속에 명확한 이유가 떠오르지 않으면 힘들겠죠. 그 이유를 찾거나, 만들도록 당신이 도움을 주는 게 중요합니다. 행동이 나타나는 이유가 자신 안에서 생겨나지 않으면 행동은 오래가지 못합니다."

이 말이 코칭과 NLP를 어설프게 배워온 나를 붙잡고는 놓아주지 않는다. 이 깨달음을 점장들에게 전할 수 있다면, 퀸즈북스는 더 크게 발전할지도 모른다.

나는 드러커의 지언인 '당신은 무엇으로 기억되고 싶은가?'의 답을 계속 찾고 있었다. 나는 구로키 사장과 점장들, 또 퀸즈북스 사람들에게 무엇으로 기억되고 싶은 걸까? '끓는 물 속의 개구리'였던 퀸즈북스에서 우리는 변화하려하고 있었다. 그리고 그보다 먼저 나 자신이 변화하려 한다.

9장

손바닥을 뒤집다

설국 가나자와도 여름은 무덥다. 폭염이 2주 남짓 이어지는데 제법 견디기 힘든 불볕더위다. 그런 더위에도 좋은 점이 하나 있다면, 아침에 주차장에 물을 뿌리면 무지개가 보이는 날이 있다는 것이다. 그럴 때는 '오늘 하루 잘 보내겠어'라고 중얼거리며 하루를 시작하곤 한다. 그런 여름도 지나 정책금융공고의 측면 지원 덕분에 매달 안정적인 상환이 가능해졌다. 8월 결산은 6년 만에 소폭의 흑자결산을 이룰 것으로 보인다. 하쿠산점 개장은 다마루 점장의 아이디어가 성공적으로 반영될 예정이다. 11월에는 리뉴얼 오픈이 가능할 듯하다.

이전에 다짐했던 약속대로 정기 점장 회의에서 "이 리뉴얼을 꼭 성공시키겠습니다, 맡겨주세요!"라고 멋지게 큰소리치는 장면을 만들어 줬다. 사장도 사카이데 부장도 다른 점장들도 고마츠점 때와는 달리 모두 미소를 짓고 있었다. 대시일레븐과의 계약도 끝마쳐 내년 3월 오픈을 위한 준비가 시작됐다. 화장실 이전 설치를 취소해 수도관 공사를 생략하는 등 당초 예산이 2,000만 엔에서 대폭 절감되기도 했다. 1,200만 엔 정도면 가능할 것 같다. 더 삭감할 수 없을지 사카이데 부장이 검토 중이다. 그러던 어느 날 회사 다액 차입 계좌가 있는 가나자와 은행 노노이치 지점에서 다음 주에 지점으로 방문해 달라는 연락이 왔다. 무슨 일이지? 가슴이 술렁거린다.

그다음 주가 되어, 본사에서 차로 5분 거리인 가나자와 은행 노노이치 지점으로 향한다. 항상 사카이데 부장이 방문했기 때문에, 직접 방문은 은행에 하는 정기 보고를 제외하면 오랜만이다. 약속 시간 5분 전에 지점 입구로 향했다.

"어서 오십시오." ATM 코너에 서 있는 은행원이 힘찬 목소리로 인사를 건넨다. 익숙한 얼굴들도 있다. 그중 한 사람이 말을 걸어온다.

"어머, 어서 오세요. 요즘 퀸즈북스 잘 나간다면서요. 은행에서도 유명해요. 역시 가부라키 씨라고."

"아냐, 아직 멀었지. 오늘은 지점장 호출이라."

"그렇군요. 그럼 응접실로 안내해 드릴게요."

응접실에서 잠시 기다리자 통화를 나눴던 노노이치 지점장뿐만 아니라 지점을 총괄하는 본사 영업부장도 함께 들어온다.

"아니, 마츠모토 부장님도 오셨군요. 말씀 주셨으면 제가 찾아뵀을 텐데."

"아냐, 아냐. 오늘은 내가 부탁하는 자리니까. 퀸즈북스 실적이 좋아서 참 다행이네. 부탁이란 건 다른 게 아니라 대출 말이야." 부장은 나와 시선을 맞추지 않고 이야기를 시작했다.

"부장님, 저도 알죠. '담보도 없는 중소기업에는 못 빌려준다' 아닙니까."

되도록 부드럽게 이야기를 이어가려고 말하자 부장은 뜻밖의 말을 꺼냈다.

"아니, 그게 아닐세. 요즘 같은 금융완화 시기에 그런 소리만 할 순 없지. 자네는 우리 은행에서 파견 나간 사람이야. 알아줄 거라 믿어. 앞으로 대출은 우리 은행에서 해주게."

얼마간의 침묵이 흘렀다. 안절부절못하는 지점장의 숨소리까지 들려오는 듯하다. 내 얼굴에선 조금 전까지의 미소가 사라졌지만, 적어도 표정에 분노를 드러내지 않으려고 입술을 깨물고 있었다. 마츠모토 부장의 무표정한 얼굴을 보며 지난 몇 달 동안의 일이 떠올랐다. 퀸즈북스 차입금 회수가 자신의 사명 아니었던가. 파견 직후 그토록 자금 조달에 어려움을 겪을 때도 일절 응해주지 않으면서 이제 와서 무슨 말을 하는 거지. 퀸즈북스의 실적이 조금 회복되고, 정책금융공고가 대출에 응했다고 이렇게 손바닥 뒤집듯이……. 내가 무슨 소리를 하든, 그동안 내 노력도 모를 사람이 대략 어떤 말을 할지 상상이 간다.

"가부라키, 자네도 오랫동안 은행 생활을 했으니 그 정돈 알겠지. '비가 오면 우산을 거두고, 비가 그치면 우산을 내민다.' 그게 바로 은행 아닌가. 자네 마음도 짐작이 가니까 오늘 이렇게 노노이치 지점까지 와서 부탁하는 거야."

소파 깊숙이 몸을 묻고 앉아 있는 이 남자의 얼굴에서 눈을 돌렸다. 지금 느끼고 있는 분노를 상대가 알아채지 못하도록 시선을 아래로 향한 채 어금니를 꽉 깨물었다. 자금 조달도 못 하는 은행에서 파견을 나온 직원으로 '망나니 가부라키'라는 야유까지 들으며 손가락질 받았던 날들이 떠오른다. 나는 가능한 한 감정을 억누르고 이렇게 대답했다.

"부장님, 퀸즈북스를 높이 평가해 주셔서 감사합니다. 지점장에겐 정기적으로 보고하고 있는데, 덕분에 이번 분기는 오랜만에 흑자 결산일 전망입니다."

"그렇다고 들었네. 당기 중에 실시한 비용 절감책 덕분에 흑자로 전환한다면, 그 효과가 전반적으로 나타날 차기에도 당연히 흑자 전망이겠지. 거기다 대시일레븐 병설 점포 등 경영개선자금도 필요하다고 알고 있네. 앞으로는 다른 은행에 한눈팔지 않도록 해줘. 부탁하지."

나는 형식상 자리에서 일어나 고개를 숙이고 꾸벅 인사하며 혀를 내밀고 있었다.

그동안 나는 금융기관의 신뢰를 얻기 위해 세 가지를 꾸준히 실행하고 있었다. 분명 이 세 가지 덕분에 이런 제안도 받게 된 것이리라.

재건계획서 제출(3년분)

실제 수익 개선 결과(비용 절감과 매출 증가의 구체적 방안)

지속적인 기업정보 공개(경영 상태 공시)

이를 충실하게 실행한 것이 생각지도 못한 은행의 대출 제의로 이어진 게 분명하다. 본디 은행의 사명은 민간기업에게 돈을 빌려주는 것이다. 그들이 가장 걱정하는 것은 회수 리스크다. 이런 자료들이 그 우려를 완전히 불식시킬 수는 없을지라도 저감시킬 수는 있다. 그들도 조직의 인간이다. 정당한 구실이 필요한 법이다. 그 구실로서 이 3종 세트가 유효했던 것이다.

"경영개선계획서에 나오는 '세렌디피티 점포'가 무슨 뜻인지 알려주겠나?"

"그러죠. 갠지스를 비롯한 인터넷 서점이 크게 활성화되었다는 건 부장님도 잘 아실 겁니다. 클릭 한 번이면 바로 다음 날 아침에 원하는 책이 배송되는 시대니까요. 이러한 시대에 동네 서점의 역할에 대해 생각해 봤습니다. 이건 서점뿐만 아니라 모든 소매업에게 요구되는 부분이라고 생각합니다. 세렌디피티란 '우연한 행운을 발견하는 능력'을 말합니다. 누구나 지니고 있는 것이죠. 사람과 사람이 만나는 것도, 서점에서 사람과 책이 만나는 것도 이 세렌디피티 덕분입니다. 서점에 가면 관심 가는 책에 자연스럽게 눈이 돌아가지 않으셨나요?"

"응, 그렇지." 진짜 흥미가 있는지 없는지 모르겠지만 들어주고는 있다. 나는 계속했다.

"그 책이 어떤 책이냐는 사람마다 다르겠죠. 그런 '사람과 책의 만남의 장을 제공하는 것'이 인터넷 전성시대에 동네 서점에게 남겨진 중요한 역할입니다. 사람에게는 누구든 세렌디피티가 있고, 그 능력이 우리의 삶을 풍성하게 만들어 준다고 봅니다. 바쁘시겠지만 꼭 저희 서점도 한번 찾아주세요."

"흠, 그렇군. 덕분에 공부가 됐네. 시간이 나면 그러도록 하지." 절대 올 리가 없다.

"그나저나 퀸즈북스는 인터넷 서점은 없는 건가?" 의외의 질문을 던진다.

"자체 플랫폼은 아니지만 중개업체인 토류에서 만든 인터넷 서점 'i-hon'이 있습니다. 이 사이트에서 주문하면 자택으로 배송도 가능하고, 지정 매장에서 원하는 책을 직접 받아볼 수도 있죠."

"하지만 자택 배송이면 퀸즈북스 매출로 잡히지 않을 것 같은데?"

"아뇨, 회원 가입할 때 따로 서점을 설정하도록 되어 있습니다. 그때 퀸즈북스 매장을 선택해 가입하면 어느 곳이든 저희 매출로 잡힙니다."

"공급 속도는 어떻지?"

"저희가 직접 배송하는 게 아니라 도쿄에 있는 토류에서 배송하기 때문에 수도권의 경우 갠지스와 비교해도 전혀 뒤떨어지지 않습니다. 지방도 이삼일이면 도착합니다."

"알았네. 본사 총무부장에게 전달해서 행원은 퀸즈북스로 회원 가입을 하도록 전해두지." 과연 그 말이 진심일까?

"부장님, 감사합니다. 그럼 이렇게 이야기가 나온 김에 부탁을 하나 드리고 싶습니다."

"뭐지? 이번 기회에 말해보게." 긴한 부탁을 예감한 부장은 자세를 고쳐 앉고 사뭇 진지한 표정을 지어 보인다.

"은행 대기실에 비치되는 잡지 구입은 각 지점 예산으로 결제한다는 건 잘 알고 있습니다. 그 잡지를 연간 정기 구독 신청을 통해 퀸즈북스에서 구입하도록 본사 총무부장명으로 하달해 주실 수 있을까요? 연간 구독을 일시불로 진행하실 경우 할인이 들어가는 품목도 있습니다. 다음번에 일람표로 신청서를 만들어서 가져다드리겠습니다."

"알았네. 자네도 보통이 아니야. 여전해. 그 건도 함께 전달해 놓지. 다만 알다시피 각 지점 예산, 각 지점장 결제가 기본이 되어야 하는 일이니 자네 영업력에 달려 있을 거야."

"알겠습니다. 지점장님, 그럼 노노이치 지점은 부탁드릴 수 있겠군요."

그 후 한 달도 되지 않아 가나자와 은행 직원이 모두 인터넷 서점 'i-hon'의 회원이 되어 회원 수가 크게 늘었다. 은행 대기실 잡지도 전체 65개 지점 중 46개 지점에서 신청을 해주었다. 본사 총무부장명으로 하달했다고 해도 많은 이들이 나를 기억해 주고 응원해 줬구나. 고마운 일이다.

부장과의 면담이 끝나고 노노이치 지점에서 본사로 복귀한 나는 사장에게 가나자와 은행에서 대출 제의가 있었음을 전했지만, '그래요. 잘됐네요' 하는 무심한 대답만 돌아왔다. 사장의 입장을 돌아보면 선대 사장이 돌아가신 후, 회사를 물려받으며 거액의 차입금에 개인 보증을 서면서 영문도 모른 채 사장이 되었을 것이다. 자금 융통이 어려운 상황에 도움은커녕 불편한 파견자까지 받아들이게 됐으니 복잡한 심경이었을 것이다. 내가 오늘 마츠모토 부장에게 화가 났던 그 이상으로 구로키 사장 역시 마음속에는 가나자와 은행에 대한 원망이 자리하고 있는지도 모른다.

"사장님, 오늘도 시간 괜찮으신가요?"

"네. 지금도 가능해요." 밝게 대답한다.

"그럼 각 매장의 개선 방향과 향후 전개 방안을 다시 한번 설명해 드리겠습니다."

"다행이네요. 한 번 더 듣고 싶었거든요." 흥미를 느끼며 귀를 기울인다.

"먼저 고마츠점입니다. 회의에서 승인받았던 대로 대시일레븐 병설 점포

계획이 진행되고 있습니다. 내년 3월 1일을 리뉴얼 오픈 예정으로 잡으며 순조롭게 진행 중입니다. 다음으로 하쿠산점입니다. 다마루 점장의 계획에 따라 인근 경쟁 업체와의 차별화를 위해 문구 및 잡화를 강화하고 있으며, 서적 구성 역시 인근 학생과 가족 단위 고객을 집중적으로 겨냥하며 보강할 계획입니다. '크래프트 퀸즈북스 하쿠산점'으로서 가을에 거듭날 예정입니다."

"그거 괜찮은데요. 어느 매장이든 내외부 개장을 해야 하니 돈도 제법 들겠어요. 가나자와 은행에서도 확실히 빌려주는 거겠죠?"

"문제없습니다. 이런 경영개선자금이라면 꼭 빌려줄 겁니다."

"믿음직스럽네요. 기대하고 있을게요." 이 말에 약간의 빈정거림이 느껴지는 건 기분 탓이었을까?

"다음은 하쿠이점입니다. 다카하시 점장이 여러 개선안을 두고 직원들과 의논하며 결정 중입니다. 하쿠이시에는 유명 농가에서 운영하는 직판장인 '미코노사토'가 있습니다. 교황님이 드신 쌀인 '미코하라마이', 일본에서 가장 비싸고 맛있기로 소문난 정종 '마레비토' 등 다양한 지역 특산품이 있는 곳입니다. 이러한 지역성과 서점의 집객력, 정보제공 기능이 함께 어우러진 점포를 계획 중입니다."

"왠지 듣다 보니 저까지 설레기 시작했어요. 다른 매장들의 계획은 어떻게 돼가고 있나요?" 구로키 사장의 빛나는 눈에 그녀의 마음속 빛까지 내비치는 듯하다.

"염려 마세요. 어느 정도 형태가 갖춰지면 회의에서 제대로 말씀드리도록 하겠습니다. 그리고 사쿠라다점의 리뉴얼은 지금까지는 없었던 완전히 새로운 업태의 점포가 필요할 것 같습니다." 구체적인 계획이 잡힌 것은 아니지만 희미한 방향성은 내 안에서 생겨나고 있었다.

"그렇군요. 그 매장도 장차 가능성이 있을까요?"

"가능성은 있습니다. 물론 사쿠라다점은 대담한 계획이 필요한 곳입니다. 그래도 충분히 변화할 방법은 있어요. 그리고 가가점은 카피타 가가 이전 계획을 진행할 예정입니다."

"전에 말했던 거군요. 입점 교섭이 정말 가능할까요? 카피타 그룹과의 교섭, 은행과의 교섭, 그리고 전국 규모 체인과의 경쟁입찰…… 생각만 해도 에베레스트급 난항이 기다리고 있을 것 같은데요." 불안함을 감출 수 없는 모양이지만, 당연한 일이다.

"사장님, '하면 된다'라는 말이 있죠. 카피타 그룹도 퀸즈북스도 똑같은 지역 기업입니다. 은행이 대출 태도를 바꾼 것에 대해 방금 말씀드렸잖아요. 대형 체인과의 경쟁입찰도 지역 친화를 내세우는 프레젠테이션을 선보여서 무찔러보겠습니다."

"전무님은 정말 뭐든 긍정적이시군요."

"뭐, 그게 제 장점이죠." 그냥 태평한 건지도 모르지만.

"그럼 남은 게…… 본점은 어떻게 하나요?"

"본점도 당연히 리뉴얼을 진행해야 합니다. 세상이 진보하고 고객이 변화를 거듭하는 이상, 소매점은 어떤 업종이든 이에 부응하지 않으면 쇠퇴할 뿐이에요. 정체는 후퇴입니다. 단 현재로서는 큰 흑자를 내고 있는 매장이고, 당기 경비가 높아 당기 중의 리뉴얼은 보류하고, 외부 영업을 검토해 보려고 합니다. 도서관 납품 말이죠.”

“도서관 납품 말이군요. 쉽지 않을 거예요. 꽤 진입장벽이 높으니까요. 우선 검토해 보세요. 기존 매장의 개축 계획은 잘 알겠습니다. 계속 소통하면서 진행하죠.”

어느새 사장에게도 자신감이 붙기 시작했다. 그것이 태도나 말에서도 나타나고 있었다. 참 든든한 일이다.

“물론입니다. 사장님과 점장, 직원 모두와 소통하고 이해를 구하지 않으면 성공할 수 없죠.”

어느새 점심시간이 됐다.

“사장님, 어떠신가요? 오늘 괜찮으시면 점심 같이 하실까요? 근처에 괜찮은 이탈리안 레스토랑이 생겼다고 합니다.”

나의 갑작스러운 제안에 순간 당황한 듯 보였지만 이내 평소의 웃는 얼굴로 “맛있겠네요. 같이 가볼까요?” 하며 미소를 지어 보인다. 걸어서도 갈 수 있는 거리였지만, 밖은 아직 늦더위가 한창이라 차를 타고 레스토랑까지 이동했다.

레스토랑에 도착하자 시원한 에어컨 바람이 느껴졌다. 그날의 파스타와 샐러드, 커피가 포함된 세트를 두 개 주문했다. 사장과 둘이서 식사하는 것은 처음이다. 그동안 괜히 조심스러웠던 것 같다. 좀 더 편하게 다양한 이야기를 나눠보자. 언젠가 시라카 바에 함께 방문하는 것도 좋겠다. 나오코가 보면 분명 놀라워하겠지. 그런 생각을 하고 있는데 사장이 생각지도 못한 질문을 던져왔다.

"전무님한테 물어볼 게 있어요. 회계 관련해서 두 가지가 있는데, 하나는 손익분기점 매출액 계산법이에요." 깜짝 놀라 의자에서 떨어질 뻔했다.

"틀리면 말해줘요. '손익분기점 매출액'은 매출이 그 금액을 밑돌면 적자가 되고, 그 금액을 웃돌면 흑자가 되는 매출액이에요. 이 금액은 어떻게 계산하나요?" 나는 깜짝 놀랐다.

"사장님, 다른 하나는 또 무엇이죠?" 겨우 정신을 차리고 되물었다.

"다른 하나는 점포별 채산 계산을 할 때 세무사가 '이건 관리회계니까요'라고 설명하는 부분이 있거든요. 전무님한테 배운 건 '재무회계'잖아요? 이 '관리회계'와 '재무회계'의 차이점이 뭔지 궁금하고, 그 '관리회계'를 올바르게 보는 방법을 알고 싶어요."

이렇게나 달라졌다. 경영에 대해 적극적인 마음가짐을 갖게 된 것이다. 회계에도 관심을 가지기 시작했다. 구로키 사장의 직원을 위하는 마음과 성실한 업무 태도를 보고 있으면, 경영자로서의 지식이나 경험은 부족하더라도 그 자질은 충분히 갖추고 있다는 생각이 든다.

"알겠습니다. 되도록 쉽게 설명해 드릴게요. 이 두 가지를 알려드리면 제가 사장님께 해드릴 수 있는 회계 관련 강의는 끝이 날 것 같습니다. 우선 파스타를 먹고, 아이스커피를 마신 뒤에, 회사에 들어가서 설명해 드리도록 하죠. 괜찮으신가요?"

"어머, 죄송해요. 이런 데서 물어봤네요."

레스토랑의 실내 커튼 너머로 햇살이 은은하게 쏟아져 눈이 부실 정도다. 2인분의 런치 세트가 나왔다. 아주 맛있는 까르보나라 파스타다. 소소한 대화를 나누며 점심 식사를 마치고, 다시 차를 타고 사무실로 돌아왔다.

강의를 위해 사장실에 들어간다.

"전무님, 고마워요. 이걸로 강의가 마지막이라고 생각하니 왠지 아쉬우면서도 뿌듯한 것 같아요." 하고 미소 짓는다.

"감사합니다. 그럼 시작해 보죠. 재무제표는 세무사를 위한 것도 아니고, 경리부장이 독점하는 것도 아닙니다. 바로 경영에 활용해야 하는 거죠. 한마디로 '재무제표는 기업에 대한 고객이나 사회로부터의 평가가 담긴 성적표'라고 할 수 있습니다. 따라서 은행은 재무제표를 보고 그 기업의 성적이 우수한지, 지금은 부진해도 앞으로 개선을 통해 성장할 수 있을지 판단합니다. 여기엔 냉철한 자본의 논리가 존재할 뿐이에요. 퀸즈북스 대출에 대한 가나자와 은행의 태도 전환도 이 논리가 작용했을 뿐입니다."

"뭐, 그 사람들도 그게 일이니까요."라고 차가운 어투로 답하지만, 냉정하게 계속한다.

"먼저 '재무회계'와 '관리회계'에 대해 설명하도록 하겠습니다. 재무제표 그 자체인 '재무회계'는 은행 등 외부의 제삼자도 보는 자료이기 때문에 표기 및 평가 등의 기준이 엄격하게 정해져 있습니다. 그래서 누가 보더라도 똑같이 판단할 수 있어요. 반면 '관리회계'는 주로 내부 관계자가 경영 판단을 위해 보는 수치입니다. 수치의 원데이터는 물론 '재무회계'와 동일합니다."

"음, 그렇군요. 그러면 뭐가 다른 거죠?"

"'관리회계'는 동일한 수치를 바탕으로 다양하게 가공합니다. 가장 전형적인 것이 점포별 수익 산출입니다."

"맞아요. 세무사가 점포별 채산표를 정기적으로 보내주는데, 그동안은 그냥 보기만 했거든요."

"어떤 게 가장 이해하기 어려우셨나요?"

"글쎄요, 예를 들어 하쿠이점 수익을 보면 흑자인데, '본사 배부비' 비용이 더해지면 적자가 되거든요. 그럼 하쿠이는 적자니까 철수하는 게 나은 거죠?"

"사장님, 그건 아닙니다."

"아, 아니군요. 그럼 애초에 '본사 배부비'라는 건 뭐죠?"

"본사의 비용에는 사장님을 비롯한 본사 직원들의 인건비와 본사 서버비, 세무사 사무실 지급비, 은행에 내고 있는 이자 등이 모두 포함돼 있습니다. 본사에서는 매출이나 이익이 전혀 발생하지 않기 때문에, 편의적으로는 이 비용을 각 점포에서 분담하고 있는 거죠. 분담 기준은 매출액 점유율을 따르는 경우가 많다고 합니다."

"본사에 드는 비용을 단순히 편의적으로 분담하고 있는 거군요."

"그렇죠. 따라서 방금 말씀하신 하쿠이점은 흑자이지만, '본사 배부비'를 편의적으로 분담하면 적자가 되는 것뿐입니다. 이렇듯 편의적 비용 분담 전의 하쿠이점 자체로 보면 흑자에 이익을 내고 있는 점포이니 폐점해서는 안 되겠죠."

"실제 관리회계 자료를 봐야 이해할 수 있을 것 같아요." 걱정스러운 기색이 역력하다.

"네, 세무사가 '점포별 채산표'나 '부문별 채산표'를 만들어 줍니다. 거기서 '본사비'라는 항목을 찾아 편의적 비용을 제외하더라도 적자인 매장은 철수해야 할 대상이 되고, 흑자라면 운영을 지속해야 한다고 생각하시면 됩니다. 여기까진 이해되셨나요?"

"실은 아직 살짝 모르겠지만, 일단 감은 잡은 것 같아요."

뭐, 어쩔 수 없지. 구체적인 데이터를 보면 이해가 될 것이다.

"지금부터 살펴볼 '점포별 손익표'에는 점포별 매출 및 비용, 수익이 나옵니다. 그때 봐야 할 비용 관련 포인트를 함께 살펴보죠."

"네, 알려주세요. 그게 제일 중요한 것 같거든요."

"맞습니다. 우선 서점뿐만 아니라 어떤 업종이든 주목해야 할 부분은 '매출액 대비 인건비 비율'과 '매출액 대비 수도광열비 비율'입니다."

"그 비율이 뭐였죠?"

"매출액에 대한 인건비 비율이 '매출액 대비 인건비 비율'이고, 매출액에 대한 수도광열비 비율이 '매출액 대비 수도광열비 비율'입니다. 나중에 '비즈니스 기본 지식 6'을 다시 확인해 보세요."

"맞아, 그랬죠." 생각이 났는지 약간 안심한 모습이다.

"이 수치는 업종에 따라 달라지지만 설정한 목표에 미달하거나 이상치라면 개선해야 할 필요가 있습니다. 예를 들어 사쿠라다점의 수도광열비 비율이 예전에는 3.5퍼센트로 서점의 일반적 수치인 1.5퍼센트보다 높았습니다. 수치가 높았던 원인은 수도관 누수 때문이었죠."

"맞아요, 정말 더 빨리 발견했으면 좋았을 텐데……. 전무님이 오시고 그저 바라만 보던 '점포별 손익표'를 꼼꼼하게 살펴보다 이상치를 발견했고, 누수가 의심돼 수리한 덕분에 크게 개선할 수 있었어요."

"사장님, 이게 바로 '재무제표를 경영에 활용하기'의 한 사례입니다. 그리고 '매출액 대비 인건비 비율'을 제가 계속 점장 회의에서 언급하는 것도 이 수치가 일정 수준을 넘게 되면 매장 적자화를 피할 수 없기 때문입니다."

"맞아요. 그때부터 점장들이 인건비를 신경 쓰게 됐어요."

"그럼 이제 장차 입점을 검토하고 있는 카피타 가가점의 채산 계산을 살펴보겠습니다. 이게 가능하다면 '관리회계'는 이제 졸업입니다."

"어머, 왠지 무섭네요." 사장이 불안한 듯 미소 짓는다.

"우선 예상 매출을 내보겠습니다. 이 부분은 자신의 경험을 참고하거나 매입처에 물어보는 것이 좋습니다. 서점이니 토류나 니치류 측에 문의하면 합리적인 수치를 산출해 줄 겁니다. 다음으로 '판매원가'를 살펴볼 텐데, 이건 다른 매장의 수치를 참고하죠. 이제 매출에서 '판매원가'를 빼면 '영업총이익' 이 나옵니다. 이해되시나요?"

"어머, 지금까지 배운 게 하나둘씩 나오네요." 납득한 듯 사장이 대답한다.

"그리고 '점포별 손익표'에 적혀 있는 비용 내역에 따라 인건비와 광열비 등 예상 비용을 냅니다. 그중에는 예전에 배운 '감가상각비'도 포함돼 있습니다. '영업총이익'에서 이런 비용을 제외하면 '영업이익'을 낼 수 있습니다. 이걸로 해당 매장이 흑자를 내게 될지, 적자를 면하기 어려울지 판단하는 겁니다."

"어머, 정말이네요. 재무제표가 도움이 되는군요."

원래대로라면 여기에 초기 투자금액 회수 기간과 재고금액 회수 기간, 자금 조달 비용도 함께 따져야겠지만 지금 다 알려주려고 하면 헷갈릴 수 있다. 우선 이 정도의 이해로 만족하자.

"사장님, 이게 바로 '재무제표를 경영에 활용하기'입니다. 우선 카피타 가가에 입점하는 경우를 계산해 봤습니다."

"그래요? 결과가 어땠나요?"

"아직 임대료 등은 미정이기 때문에 확정적으로 말할 순 없지만, 현재의 가가점보다는 이익이 늘어날 것 같습니다."

"어머, 정말요? 그럼 들어가야겠네요." 반가워하며 얼굴이 밝아지는 소녀 같은 구로키 사장을 보며 꼭 입점에 성공시켜야겠다는 결의가 다져진다.

"맞습니다. 물론 매출 예측이 틀릴 수 있다는 리스크도 가지고 있지만, 카피타 가가 입점 시의 채산 분석에서 흑자를 보이기 때문에 입점해야 합니다."

"맞네요. 그럼 입점해야겠어요. 거기다 매출 예측은 가가점 이전을 전제로 하니 크게 빗나가진 않을 거예요."

"이 채산 분석은 사카이데 부장과 여러 차례 논의를 거쳐 만든 자료입니다. 카피타 가가는 회계 측면의 경영 판단으로도 꼭 입점을 성공시켜야 해요."

"전무님, 이게 바로 누차 말하던 '재무제표를 경영에 활용하기'의 진정한 의미이군요."

"사장님, 알아주셨군요? 감사합니다. 정말 뿌듯합니다."

"그럼 마지막으로 '손익분기점 매출액' 내는 법을 알려주세요."

"알겠습니다. 그전에 잠깐 커피 한잔하실까요?"

"그거 좋은 생각이네요. 예전에 남편이 애용했던 커피밀로 원두를 갈게요."

잠시 후에 테이블에 향긋한 커피가 준비됐다.

"사장님, 맛있네요." 매우 진한 풍미의 커피다. 아까 레스토랑에서는 아이스커피였는데, 역시 커피는 뜨겁게 마시는 것이 더 좋다.

"그럼 시작해 보죠. '손익분기점 매출액'은 정확하게 알려드리는 건 무리일 테니 개념만 이해하기 편하게 설명해 보겠습니다. 기업이 이 매출액을 넘으면 흑자가 되고, 이를 밑돌면 적자가 되는 그 경계선이 바로 손익분기점 매출액입니다."

"잘난 척이 심하네요."

"그런 게 아닙니다. 이걸 이해하기 위해선 '변동비'와 '고정비'에 대해 이해하셔야 합니다. '변동비'라는 건 매출액에 따라 변동되는 비용을 말합니다. 이 부분은 이해되실 거예요."

"네, 전형적인 변동비라면 재료비겠죠? 서점이면 매입원가 비용, 거기에 잡지용 봉투나 북커버 비용 같은 거요."

"맞습니다. 바로 그거예요. '고정비'는 매출액과 상관없이 발생하는 비용을 말합니다. 어떤 게 있을까요?"

"서점이니까 월세, 수도광열비…… 인건비도 여기에 해당되나요?"

"정확하게 알려드리기 어렵다고 한 건 이 때문입니다. 예를 들어 외부 영업 활동으로 판매한 만큼의 마진을 해당 직원에게 성과금으로 지급했다면 인건 비는 '변동비'가 됩니다. 극단적인 예를 들자면, 택시회사의 인건비나 생명보험 회사의 보험설계사 인건비는 매출에 따라 변동되기 때문에 '변동비'입니다."

"아하, 그래서 '변동비'와 '고정비'로 손익분기점 매출액을 알 수 있군요."

"네, 그렇게 알 수 있는 거죠. '변동비'에서 '변동비 비율'을 냅니다. 즉 매출 액 대비 변동비 비율이에요. 구체적으로 계산해 보겠습니다. 만약 매출액 100 만 엔에 변동비가 80만 엔이라고 한다면, 변동비 비율은 '0.8'입니다. 이해되시 나요?"

"네, 괜찮아요." 진지한 눈빛으로 경청한다.

"이 '0.8'을 '1'에서 뺀 숫자를 '한계이익률'이라고 합니다. 이 경우에는 '0.2'가 되겠죠. 고정비가 예를 들어 30만 엔이라고 가정하고 이 30만 엔을 '0.2'로 나눕 니다. 30만 엔 ÷ 0.2 = 150만 엔이 나오는데, 이게 손익분기점 매출액입니다."

"왠지 엄청 간단해 보이면서도 어려운 것 같아요. 그럼 적자 매장을 흑자화 하려면 어떻게 해야 하죠?" 사장이 이 손익분기점의 개념을 경영에 활용하고 자 하는 것이 그 진지한 눈빛에서 느껴진다.

이런 경우(매출 100만 엔, 한계이익률 0.2)라면 매출을 150만 엔까지 올리거나 고정비를 20만 엔까지 낮추는 것이 손익분기점에 이르는 방법입니다. (20만 엔 ÷ 0.2 = 100만 엔) 어때요? 이해되시나요?"

"아하, 그래서 전무님이 고정비인 인건비와 수도광열비를 낮추도록 강조

했던 거군요. 맞죠?"

"그렇습니다. 알아주셔서 진심으로 기쁘네요."

"그동안 재무제표에 대해 아무것도 몰랐던 저에게 몇 번이고 열심히 알려주셨는데, 그 진정한 의미를 이제 알겠네요. 자꾸 툴툴거려서 미안해요."

어쩐지 진짜 울 것 같은 기분이 들었다.

"사장님, 마지막으로 알려드릴 게 있습니다. 매입원가 내는 방법을 알려드렸는데, 향후 퀸즈북스가 서적뿐만 아니라 다양한 상품을 함께 취급하게 된다면 그 계산법만으론 사실 부족합니다. 원가율을 내는 계산법을 정리해 뒀으니 한번 확인해 보세요. 이것까지 이해하신다면 졸업 시험은 합격입니다. 그리고 '점포의 매출방정식'도 같이 나와 있습니다."

"어머, 지금까지 배운 내용에 비해 복잡하네요. 열심히 도전해 볼게요."

오늘로 사장을 위한 기업회계 강의도 마지막이다. 장족의 발전이 있었다. 이해가 깊어짐에 따라 회사의 경영도 회복세에 올랐다. 이렇게 기쁜 일이 또 있을까. 오늘 밤도 시라카 바를 가야겠다.

"어서 와. 오늘도 기분 좋아 보이네." 웃는 얼굴로 나오코가 반겨준다.

"오늘은 말이야. 나오코랑 건배하려고."

"어머, 좋지." 지금 시간에는 평소처럼 가게에 손님이 없다.

"건배!" 함께 차가운 맥주를 들이켠다.

"맛있다. 아직 날씨도 더우니, 생맥주가 최고라니까."

"맞아. 첫 잔은 맥주가 제일이야."

"요즘 경영개선이 순조롭다며? 지난번에 왔던 가나자와 은행 사람도 역시 가부라키라고 감탄하던데. 켄이치 씨는 왜 은행에서 승승장구 안 했나 몰라."

"난 지금 내 업무나 포지션에 만족하고 있고, 가나자와 은행에도 감사하고 있어. 이렇게 멋모르고 말썽만 일으키던 가부라키 켄이치를 퀸즈북스로 파견 보내준 덕에 자유롭게 일하고 있거든. 월급쟁이 인생에 후회는 없어."

빗소리가 들린다. 이 비가 시원하게 내려 약간이나마 선선해지면 좋겠다.

"멋있는데? 그럼 오늘도 재밌는 이야기 하나 해줄게. 성공하면 꼭 등장하는 사람이 있어."

"그 전에 한 잔 더 마실게. 오늘은 부쉬밀을 스트레이트로, 체이서도 같이."

"10년, 16년, 21년 있어. 어떤 걸로 할래?"

"10년으로 줘." 21년도 있구나. 꽤 비싸겠지…….

카운터에 부쉬밀과 입가심을 위한 체이서가 나온다.

"아무튼 그래서 어떤 사람이 등장한다는 거야?"

"나는 처음부터 성공할 줄 알았어, 라고 말하는 사람."

"있을 법하지. 어느 업계든."

"가장 못 믿을 사람이야. 그래 놓고 정작 힘들 때는 안 도와주거든."

"맞아, 알 것 같아." 여러 사람이 떠오른다.

"그리고 켄이치 씨와 달리 그런 사람은 절대 힘든 일에 뛰어들지 않아. 결과가 나오면 그때서야 평론가가 되지. 그런 늦게 내는 가위바위보 같은 소릴

하는 사람의 심리를 '하인드사이트 바이어스Hindsight Bias'라고 불러. 도박할 때 꼭 있잖아. 걸지도 않으면서 터질 줄 알았다고 하는 사람. 뭐, 그런 사람은 신용하지 말아야겠지."

"괜찮아. 퀸즈북스는 아직 갈 길이 머니까 그런 사람이 나타나면 성공의 증표나 훈장이라고 생각할게. 퀸즈북스는 장차 서점의 미래를 만들어 갈 거야. 유행을 만드는 거지."

"변함이 없다니까. 유행 이야기가 나온 김에 하나 더 알려줄게. 패션잡지에 종종 등장하는 '올해의 유행 컬러는 ○○입니다'라는 기사 있잖아. 그런 유행 컬러는 어떻게 정할 것 같아?"

"그야 트렌드 워처 같이 예리한 감수성을 지닌 전문가가 사람들의 일상을 관찰해서 예측하는 거 아닐까?"

위스키 한 모금을 머금자 그 향기가 입안에 퍼진다.

"역시 사람이 순진하다니까."

"뭐야, 그 찝찝한 반응은."

"생각을 해 봐. 그런 예측만으로 온갖 브랜드에서 해당 컬러의 실을 만들고 천을 짜고 옷을 만든 다음, 변덕스러운 고객들이 딱 원할 법한 타이밍에 맞춰 상품을 시장에 내놓을 수 있겠어?"

"하긴 그렇겠네, 알겠어. 내가 졌다. 항복이야. 정답이 뭔지 알려줘."

"실은 프랑스에 본부를 둔 인터컬러라는 기관에서 유행할 컬러를 정하는 거야. '올가을 유행 컬러는 노란색입니다' 이런 식으로. 정해진 색깔들은 꽤 이른 시기에 각 브랜드에 전달되기 때문에 그 시기에 맞춰 실도 만들고 천도 짜 두는 거지. 계절에 맞춰 제품화할 수 있게 말이야."

"그렇구나? 몰랐어. 굉장한 구조네. 합리적이야."

"놀라기는 아직 일러. 유행 컬러를 정하는 거니까 그다음 해에는 또 다른 색이 뽑히거든. 그러면 새로운 구매 수요도 촉진 가능하잖아."

"왠지 무서운 세계야."

"드러커는 '기업의 목적은 고객 창조에 있다'라고 하잖아. 이런 인터컬러의 방식이 드러커의 말에 부합하는 건지, 소비자를 속이고 있는 건지는 잘 모르겠어. 하지만 생각해 볼 가치는 있다고 보거든. 어떻게 생각해?"

입을 다물고 말았다. 나오코의 그 질문에 답할 수가 없었다. 단 퀸즈북스의 새로운 매장은 고객만을 생각해서 만들어 가자고 새삼 다짐하게 된다.

가게 문을 열고 들어왔을 때보다 무거워진 발걸음으로 귀갓길에 올랐다. 가을이 깊어지면 단숨에 가나자와의 산들은 단풍으로 물들어 그 아름다움을 겨룬다. 그 시기가 되면 겨울의 발소리가 재빨라진다. 다음 달은 하쿠산점 리뉴얼, 그다음은 하쿠이점 업태 변경, 내년 3월은 고마츠점 대시일레븐 병설 점포 입점이 예정돼 있다. 사쿠라다점은 새로운 콘셉트숍을 만들자. 그리고 내후년 1월에는 카피타 가가 입점이다.

10장

세렌디피티

계절은 가을에서 겨울을 지나, 어느덧 새해 2월로 접어들었다. 여전히 혹한이다. 전국 최초의 서점, 대시일레븐 병설 점포인 고마츠점 리뉴얼 공사도 순조롭게 진행되고 있어 예정대로 다음 달 3월 1일에 오픈할 수 있을 듯하다.

오늘은 고마츠점에 들를 예정이다. 2월의 이시카와현의 추위는 외지 사람이라면 견디기 힘들 테지만, 우리는 그 설경 속에서 고사리와 머위꽃을 발견하며 봄기운을 만끽하는 것이 즐거움이다. 아직 눈이 다 녹지 않은 산을 바라보며 가나자와에서 고마츠점으로 향했다. 곧이어 순조롭게 공사가 진행 중인 매장이 보이기 시작한다. 국도변인 이곳은 편의점만 놓고 보더라도 괜찮은 입지라고 한다.

"가라토 점장님, 안녕하세요."
"전무님, 잘 오셨습니다."
가라토 점장이 웃는 얼굴로 반겨준다. 공사 현장을 걸으며 대화를 시작한다.

"드디어 시작이네요. 공사도 순조로워 보이는데, 매장 레이아웃 변경도 구상하신 이미지와 잘 맞나요?"

"음, 어려움이 있긴 하지만, 대시일레븐과 우리 매장 사이에 있는 취식 공간은 양쪽 고객이 모두 이용 가능한 형태라 이 공간을 어떻게 활용하는지가 중요 포인트가 될 것 같아요. 그리고 전무님 덕분에 밝기 조절이 가능한 LED 조명을 설치했으니 논의해 보고, 매장 앞에서 안쪽으로 들어가면서 조도가 높아지게끔 조절하려고요."

"그건 어떤 효과가 있죠?"

"그렇게 하면 매장 안쪽의 시인성이 높아져서 고객 동선이 연장될 가능성이 있어요. 그리고 잡지 서가도 대시일레븐 쪽으로 이어진 출입구 부근에 설치하여 두 점포의 융합성을 높였어요. 대시일레븐도 잡지를 판매하긴 하지만, 책은 서점에서 더 많이 다루니까요. 취급 아이템 수는 우리 쪽이 압도적으로 많죠." 자신만만하게 이야기한다.

"말만 들어도 설레네요. 그나저나 예전에 이야기하다 말았던 '점장에게 필요한 자질'에 대해 슬슬 들려주시죠. 제가 질문한 '서점은 무엇을 파는가'의 답도요."

가라토 점장은 잠시 고민하더니 말을 시작했다.

"글쎄요. 전무님은 점장에게 가장 필요한 자질이 뭐라고 생각하시나요?" 가라토 점장은 멈춰 서서 내 쪽으로 시선을 옮기며 물었다.

"음, 상품 관련 지식, 고객 응대 능력, 그리고 매니지먼트 능력 아닐까요?"

"그야 그렇지만, 가장 중요한 자질은 뭐니 뭐니 해도 커뮤니케이션 능력이에요. 그중에서도 가장 중요한 능력은 '남의 말을 진지하게 듣는 능력'입니다."

"'남의 말을 진지하게 듣는 것'도 능력인가요?"

나는 뜻밖의 대답에 당황했다.

"꽤 갖추기 어려운 매우 중요한 능력이죠. 미하엘 엔데의 《모모》를 읽어보신 적 있나요?" 또 예상하지 못한 책의 이름을 꺼낸다.

"예, 아주 오래되긴 했지만."

"거기에 나오는 주인공 모모는 그저 누군가의 이야기를 들어주는데, 이야기한 사람은 말만 했을 뿐인데 신기하게도 기운이 샘솟아요. 그 밖에도 심리학자인 가와이 하야오는 저서 《카운슬링의 실제カウンセリングの実際》에서 '문제에 직면한 자만이 그걸 극복해 나갈 수 있다'며, '클라이언트의 말을 곧이곧대로 듣는 것은 마치 그걸 긍정하는 것처럼 보인다. 하지만 실제로는 그렇지 않고, 이렇게 듣는다는 것은 먼저 현상을 명확히 인식함을 의미한다. 대화 속에서 현상을 명확하게 인식해야만 새로운 가능성을 발견해 나갈 수 있는 것이다. 단 클라이언트가 어떻게 가능성을 발견해 나갈지는 클라이언트 본인에게 달려 있다(이하 생략)'라고 이야기하죠. 어때요? 전무님이 배운 코칭과 일맥상통하죠? 직원들과 고객, 그리고 중개업체인 토류와 제조사인 출판사 영업에서도 이런 경청이 가능한지 여부에 따라 매장의 품질이 결정된다고 해도 과언이 아닙니다."

"심오한 이야기네요. 인간의 가능성에 절대적인 신뢰를 보내는 아들러 심리학도 코칭이나 카운슬링과 일맥상통하죠."

가라토 점장이 도중에 끼어들었다.

"물론 맞는 말씀입니다. 코칭은 사회 내에서도 외국처럼 더 확산될 거라고 봅니다. 하지만, 겉으로만 배우면 안 되거든요. 하쿠이의 다카하시 점장님이 고생한 것도 그게 원인이었죠. 다른 사람의 말을 진지한 태도로 듣는 건 관리직에게는 아주 중요한 필수 능력이에요. 누구나 갖출 수 있는 능력이기도 하고요. 그리고 그 능력에 따라 조직의 퍼포먼스도 결정되는 겁니다."

"일단 이해했습니다. 그럼 조직의 리더가 갖추어야 할 역할은 무엇이죠? 조직에는 목표가 있고, 매니지먼트가 있습니다. 외부인인 카운슬러와 코치 그리고 한 조직의 책임자인 리더에게 요구되는 역할은 다르잖아요."

계속 물고 늘어지며, 의문이 해소되지 않는 나에게 가라토 점장은 이어 말했다.

"도산 직전인 닛산을 부활시킨 카를로스 곤의 말을 예로 들어볼게요. '다른 사람의 말을 주의해서 들으면 90퍼센트 이상의 해결책이 보인다. 리더의 역할은 비전을 제시해 계획을 세우고, 우선순위를 정하는 것. 나머지는 실행이다'. 현장 일은 현장이 제일 잘 압니다. 문제점도 느끼고 있어요. 거기에 더해 점장은 매장이 어떻길 바라는지 생각하며 비전을 가져야 해요. 사장은 회사가 어떻길 바라는지에 대한 비전을 가지고 직원에게 제시해야 합니다. 그것이 바로 각자의 입장에서 갖는 리더의 역할입니다."

감탄이 나왔다. 여기에 이토록 우수한 점장이 있었단 말인가. 나는 또 하나, 질문을 던졌다.

"점장님, 예전에 어묵집에서 여쭤본 '동네 서점은 무엇을 파는가?'의 대답을 들려주시죠."

"꽤 어려운 질문이죠. 당연히 사람마다 다를 테니까요. 제 대답은 '동네 서점은 더 나은 내일을 팔고 있다'로 하겠습니다."

"그 의미는요?" 나는 격앙되는 기분을 억누를 수 없었다.

"책은 모든 일상생활의 입구가 될 수 있어요. 그 증거로 인터넷 서점 갠지스에선 책을 시작으로 각종 생활잡화를 갖춰놓고 판매하고 있습니다."

가라토 점장의 '책을 입구로 삼아 관련된 상품을 판매한다'는 말에 내 마음 속 어딘가가 격렬하게 반응했다. 어쩌면 지금 눈앞에서 공사 중인 대시일레븐 병설 서점도 그중 하나가 될지도 모른다. 그리고 이 콘셉트는 다른 곳에서도 활용 가능하다.

"가라토 점장님, 감사합니다. 이제 사쿠라다점에 가보겠습니다."

"네? 갑자기요?"

나는 차에 올라타 사쿠라다점으로 향했다. 점심은 아직이다. 오늘은 카레를 먹어야지. 이시카와현에는 맛있는 카레 체인이 두 군데 있다. '카레의 챔피언'과 '고고카레'다. 두 곳 모두 맛있지만, 평소에는 본사 앞 '카레의 챔피언'에서 가츠카레를 자주 먹으니 오늘은 가는 길에 '고고카레'를 들러야겠다. 등심가츠카레는 양도 푸짐하다. 이걸 먹으면 이 지역 사람들은 금방 기운을 차린다. 사쿠라다점에 들르기 전에, 생각난 아이디어를 정리하기 위해 찻집에서 커피를 마시며 시간을 보낸다. 떠오르는 아이디어를 확실한 이미지로 그리며 메모를 한다.

사쿠라다점에 도착했다. 매장에 들어서자 한가해 보이는 직원이 서 있다.

안쪽에서는 점장이 느긋하게 서가를 정리하고 있다. 나를 발견하고는 반가운 기색으로 다가온다.

"전무님, 여기저기 바쁘시다면서요. 슬슬 우리 매장에도 아이디어를 들고 오시지 않을까 하고 기다렸습니다."

한층 달라진 모습이다. 할증퇴직금밖에 모르던 모리 점장도 다른 매장들의 변화와 점장들의 활약을 지켜보며 덩달아 의욕이 불타올랐는지 모른다.

"아이디어를 들고 왔어요. 세렌딥 퀸즈북스 사쿠라다점입니다."

"뭐죠? 그 혀를 깨물 것 같은 이름은?"

"점장 회의에서 '사람이 우연한 행운을 발견하는 능력'을 세렌디피티라고 부른다는 건 벌써 여러 번 말씀드렸을 겁니다. 이거야말로 인터넷 서점에 대항하는 동네 서점의 역할이란 것도 기억하실 거예요."

"뭐, 점장 회의에서 몇 번이고 말씀하셨으니 기억하죠." 당연하다는 얼굴이지만, 정말 기억하고 있을지 사실 의심스럽다.

"사쿠라다점은 바로 그 세렌디피티를 전면에 내세우는 '생활제안형 서점'으로 만들어 보죠."

"생활제안형 서점이라면 구체적으로 어떤 매장인 거죠? 서적 판매가 저조하기 때문에 문구, 잡화를 함께 취급하는 건 어느 서점이든 마찬가지예요. 게다가 전 하쿠산점의 다마루 점장처럼 지식도 없고요." 약간 걱정스러운 얼굴로 내게 물어온다.

"괜찮습니다. 안심하세요. 이 매장은 기본적인 세 가지 특징이 있습니다.

우선 첫 번째, 세련된 디자인의 서가와 조명으로 내외장 인테리어를 새롭게 단장해 누구나 들어오고 싶어지는 매장으로 만드는 겁니다."

"그거 좋네요. 아시다시피 노후한 건물 때문에 손님들께 미안할 정도였거든요." 모리 점장이 반갑다는 듯 반응한다.

"두 번째로 모든 서적을 고객 관점에 맞춰 다시 진열하려고 합니다. 판매자의 편의는 일절 반영하지 않을 겁니다. 예를 들어 아동서 코너가 아닌 '양육' 코너를 만들고, 거기에 그림책이나 아동용 완구, 해외 그림책, 육아서, 육아잡지까지 양육에 대한 모든 제품을 한 곳에서 접할 수 있도록 하나의 코너로 만드는 겁니다. '마음과 몸' 코너에는 여성 대상 에세이와 스피리추얼, 다이어트, 미용 관련 서적을 비치합니다. 그 외에 '살다', '먹다', '여행하다' 등을 주요 키워드로 삼아 기존 서점의 상식을 벗어난 매장으로 만드는 거죠. 고객과 책의 우연한 만남의 장을 제공하는 서점이 되는 겁니다."

"도서 선정이 보통 일이 아니겠네요. 할 수 있으려나⋯⋯." 불안한 기색이 역력하다.

"세 번째, 책은 일상생활의 입구임을 재인식하고, 책과 관련된 상품을 폭넓게 취급합니다. 예를 들어 '먹다' 코너에서는 술안주를, '마음과 몸'의 코너 옆에는 화장품도 취급하는 겁니다. 다른 곳에서는 취급하지 않는 유기농 화장품도 함께 판매하죠." 이로써 대략 설명을 마친다.

"어떻게 보십니까?"

"음, 솔직히 아직 감이 잘 안 오네요. 기존에 없던 서점이라 이미지가 잘 그려지지 않지만, 재미있을 것 같아요. 직원들과 한번 이야기 나눠보겠습니다."

이렇듯 직원과의 커뮤니케이션을 가장 우선하는 '남의 말을 진지하게 듣는 능력'이 있는 모리 점장이라면 점장으로서의 자질은 충분한 것 같다. 어쩐지 벌써 성공할 것 같은 예감이 든다.

"네, 직원들과 잘 논의해 보세요. 좋은 의견이 모이면 새 매장에 반영할 수 있도록 하고요. 다 같이 고민해서 완전히 새로운 서점을 만드는 겁니다. '판매자의 편의를 위하지 않고, 고객 관점에서 서점을 만드는 것'이 중요합니다."

"알겠습니다. 시간을 주시죠." 힘차게 대답하는 모리 점장이 믿음직스럽다.

"퀸즈북스가 소중하게 여기는 세 가지를 기억하십니까?"

"전무님이 파견 나온 후로 강조한 말이군요."라고 모리 점장은 말했지만, 아마 이것도 정확히 기억하고 있진 않으리라.

"직원을 소중히 여긴다, 고객 관점을 소중히 여긴다, 지역공헌을 소중히 여긴다, 이 세 가지였죠."

"그렇죠." 곧장 대답한다.

"점장님, 새로운 사쿠라다점은 이 중에서도 특히 두 번째인 '고객 관점을 소중히 여긴다'를 철저하게 실현하는 매장으로 만들어 보시죠. 잘 부탁드립니다."

"그래요, 알겠습니다. 제 나름대로 한번 고민해 보겠습니다. '고객 관점'에 대해서."

"그럼 다음에 또 뵙겠습니다."

"벌써 가시게요?"

"네, 이제 하쿠이점에 다녀오려 합니다."

노토반도 쪽을 향해 자동차 전용도로로 운전을 시작한다. 왼쪽으로 커브를 돌자 바다가 보인다. 아름다운 풍경이다. 선셋브릿지도 보인다. 바람은 아직 차다. 치리하마를 곁눈질하며 하쿠이점에 도착해 차는 입구에서 떨어진 곳에 주차한다.

"안녕하세요." 매장에 들어서자 잡지 서가에서 책을 정리하고 있는 미즈구치 씨를 발견한다.

"아, 오셨어요? 전무님, 감사해요. 덕분에 점장님이 완전히 달라지셨어요. 정말 일하기 편해졌어요. 점장님한테 어떤 마술을 부리셨는지 궁금하네요."

아주 싱글벙글하며 이야기한다. 지난번과는 아예 다른 사람 같다.

"어떤 식으로 바뀌었죠?"

"일단 가장 큰 변화는 저희 직원들의 말을 끝까지 들어주기 시작했어요. 중간중간 질문도 하면서요. 그럼 말하면서 신이 나요. 저희도 서점을 좋게 만들고 싶거든요. 지금 다 같이 구상 중인 아이디어를 들으면 놀라실 거예요. 예전에 렌털 서비스를 하던 공간인데 지금은 비워둔 곳이 있어요. 거기에 새로운 코너를 만들 거예요. 자세한 건 점장님에게 들어보세요."

정말 같은 사람이 맞나?

"안 그만둬서 다행이에요." 예전에 퇴직 이야기를 하던 그녀에게 이렇게 말하자 "네, 정말 다행이죠."라고 웃는 얼굴로 답했다. 대화가 활기를 띠자 부드러운 미소를 지으며 다카하시 점장이 다가왔다.

"전무님, 어서 오세요. 언제 오시나 기다리고 있었습니다. 지난번에는 정말 감사했어요. 그 후의 본사 점장 회의에서 뵀을 땐 직접 감사 인사를 전할 타이밍이 없어서 실례가 많았어요."

"무슨 감사 인사를요. 그보다 매장이 전보다 환해졌네요. 게다가 리뉴얼 계획도 완성되어가고 있다고 들었습니다. 자세히 들려주시죠." 기대감으로 다카하시 점장의 이야기를 듣기 시작한다.

"우선 지역성을 고려해 농업서와 원예서를 두루 갖춰둘 생각입니다. 그리고 지역성을 활용하기 위해 여유 공간에 인근 농가의 농작물을 들여와 상설 직판장을 개설할 생각이에요. 미야자키현의 다나카 서점에서 실시하는 방식을 그대로 참고했는데, 크게 성공했다고 들었거든요."

"대단하네요. 별다른 비용을 들이지 않고도 매장의 특징을 극대화할 수 있겠군요."

"실은 하나 더 있어요. 들어보실래요?" 남몰래 구상하던 무언가를 전하고 싶은 모양이다.

"네, 물론이죠." 흥미를 느끼며 귀를 기울이자 놀라운 이야기가 이어졌다.

"인근에 장애인들이 운영하는 보호작업장이 있어요. 도예 및 천 제품, 시집, 생활용품 등 고품질의 제품이 생산되고 있어요. 시설에 문의해 보니 훌륭한 물건을 만들어도 마땅히 판매할 공간이 없다고 해요. 기껏해야 학교 바자회 정도고, 전시나 판매를 하려해도 비싼 자릿세가 든다더군요."

"그렇군요. 몰랐네요."

"그래서 하쿠이점 매장 일부를 무료로 대여해서 팔린 만큼 정산하면 저희도 무리 없는 범위에서 공헌할 수 있고, 시설에도 보탬이 될 것 같아요. 전시용 글귀도 만들었는데 한번 보시겠어요?

하쿠이 공방 이오리의 작품 세계에 초대합니다

이곳에 있는 작품은 제작자 한 명, 한 명이 정성껏 마음을 담아 만들었습니다.
좋은 품질, 저렴한 가격, 놀라울 만큼 귀중한 상품만 있다고 자부합니다.
다양한 핸디캡이 있는 분들이 정성을 담아 만든 상품을 즐겁게 감상해 주세요.

혹시 마음에 드는 작품이 있다면 구매도 가능합니다.
물론 사지 않고 구경만 하셔도 좋습니다.

구매하신 작품의 수익은 제작자에게도 환원됩니다.
고객님의 구입과 작품 감상은 다음 작품 제작의 원동력이 됩니다.
오늘, 공방 이오리와 저희 매장을 방문해 주셔서 감사합니다.

하쿠이 공방 이오리 점주 드림

그녀가 내놓은 이 멋진 아이디어에 나는 놀라움과 적잖은 감동을 감출 수 가 없었다.

"다카하시 점장님, 아주 멋진 시도네요. 앞으로 거듭날 퀸즈북스 하쿠이점 의 상징 같기도 합니다." 역시 다카하시 점장은 대단한 사람이었다. 점장이라 는 관리직으로서도, 누군가의 아픔을 아는 사람으로서도.

"네, 전무님이 다녀가신 뒤에 곧바로 직원들과 이야기를 나눴거든요. 그러다가 지역 장애인들이 시설에서 고생이 많다는 이야기를 듣고 해 보기로 했어요."

"그렇군요. 좋은 생각인 것 같아요. 응원하겠습니다. 오늘은 몇 가지 질문을 더 드릴게요. 혹시 샴페인 타워를 아시나요? 샴페인을 쌓아서 타워처럼 만든 것이죠."

"네, 사진으로 본 적이 있어요."

"그렇군요. 이건 마츠다 미히로 씨의 '마법의 질문 공인 강사' 세미나에서 배운 내용인데요. 타워 꼭대기에 있는 샴페인 잔은 자신입니다. 2단이 가족, 3단이 주변 지인과 직장 동료죠." 다카하시 점장이 신기하다는 듯 흥미롭게 듣는다. 나는 설명을 계속했다.

"이 샴페인 타워에는 중요한 법칙이 있습니다. 바로 '꼭대기에 있는 자신의 잔을 채워야 그 아래 잔이 채워진다'라는 법칙이죠. 자, 질문입니다. 다카하시 점장님의 잔은 채워졌나요?"

"음……. 지금은 일에 보람도 많이 느끼고 있어서, 제 잔은 채워졌다고 생각해요. 하지만 아직 부족한 것 같기도 하고요."

"왜 그렇게 생각하시죠?"

"글쎄요. 제 마음을 돌아보며 지금 아주 만족스럽냐고 묻는다면 아직 그렇진 않은 것 같아서요."

"우선 자신을 완전히 채워야 합니다. 노토의 계단식 논이 아름다운 것도 평소 제초 작업을 정성스럽게 하기 때문이거든요. 자신을 먼저 채우는 건 결코 나쁜 일이 아닙니다. 부모님 간호와 자녀 챙기기, 점장으로서 갖고 계신 책임

감까지 정말 매일이 고단하실 거예요. 얼마나 피곤하시겠어요."

나는 애쓰는 그녀에게 공감하는 마음을 전하려고 한다.

"전무님, 감사합니다. 확실히 피곤하긴 하지만, 예전과 꽤 달라졌어요. 예전에는 피로의 원인을 몰랐거든요. 하지만 지금은 목표를 향하고 있고, 힘든 것도 정신적인 게 아니라 육체적인 피로라서 좋아하는 온천에 들어가 느긋하게 쉬다 보면 곧 회복이 된답니다." 다카하시 점장의 긍정적인 마음가짐이 전해졌다.

"그렇군요, 다행입니다. 그럼 몇 가지 질문드릴 테니 준비해 온 문제지에 적으며 답해 주세요. 먼저 주제는 '고객은 누구?'입니다. 여덟 항목의 질문이 있습니다. 고객을 구체적으로 머리에 떠올려 보세요."

· 고객은 어떤 사람인가요?
· 고객의 취미는 무엇인가요?
· 고객의 가족 구성은?
· 고객은 쉬는 날에 무엇을 할까요?
· 고객은 어디서 정보를 얻을까요?
· 고객이 돈을 지불해서라도 해결하고 싶은 것은 무엇인가요?
· 고객이 관심을 가지는 키워드는 무엇인가요?
· 고객은 구매할 때 무엇을 바탕으로 결정하나요?

"이 질문들은 마츠다 미히로의 '마법의 질문 만다라 차트'에 나오는 내용입니다. 하나 더 해 보겠습니다. 주제는 '직원의 의욕 이끌어 내기'입니다."

· 어떤 때에 직원의 웃는 얼굴을 볼 수 있나요?

· 어떤 때에 의욕을 잃게 되나요?
· 그 원인은 무엇인가요?
· 당신의 상사가 어떤 상사라면 의욕이 날까요?
· 어떤 점을 인정해 줄 수 있나요?
· 어떤 점을 칭찬하고 싶은가요?
· 직원으로부터 배울 수 있는 점은 무엇인가요?
· 당신이 변할 수 있는 부분은 어떤 부분인가요?

"자, 이것도 문제지에 적으며 답해 보세요. 물론 정답은 없습니다. 지금 적은 것들이 모두 정답입니다. 어때요, 재미있지 않나요?"

"전무님, 감사합니다. 직원들과도 같이 해 볼게요. 자신을 채우고, 가족을 채우고, 직원들을 채워나가도록 하겠습니다."

"서두르지 말고, 한 걸음씩 나아가면 됩니다."

"퀸즈북스 점장들은 저마다 개성이 뚜렷하잖아요. 열정적인 본점의 니시다 점장, 쿨하고 이지적인 고마츠점의 가라토 점장, 책을 좋아하는 가가점의 데츠카와 점장, 문구와 잡화에 빠삭한 하쿠산점의 다마루 점장, 그동안 의욕이 없었지만, 실은 아이디어가 풍부한 사쿠라다점의 모리 점장……. 그중에서도 저는 직원들의 동기부여를 최고로 높여줄 수 있는 점장이 될 거예요. 그리고 한 가지 말씀드리고 싶은 게 있어요. 눈치 못 채셨겠지만, 실은 사내에서 초반부터 전무님을 뒤에서 열심히 응원한 사람은 사카이데 부장님이세요."

사카이데 부장의 이름이 나오자 나는 숨이 탁 막히는 기분이었다. 다카하시 점장은 계속했다.

"그분은 성격도 그 모양인 데다 풍기는 분위기도 우중충하잖아요. 그렇지만 회사를 누구보다 진심으로 위하는 분이거든요. 점장 회의가 끝나면 꼭 한 명씩 불러서 전무님의 생각을 저희에게 알기 쉽게 설명해 주고, '전무님 말에 화가 날 수도 있지만, 그분의 열의와 진지함은 진심이니까 우리 모두 협력하자'라고 계속 설득하셨어요. 물론 전무님께는 비밀이라고 했지만, 이젠 괜찮을 것 같아서 오늘 말씀드려요."

어안이 벙벙했다. 도대체 나는 지금까지 무엇을 보고 무엇을 들었던 걸까? 바로 그 사카이데 부장이 처음부터 나를 가장 이해해 준 사람이고, 줄곧 뒤에서 응원해 줬다니…….

"점장님, 알려주셔서 감사합니다. 중요한 걸 모르고 있었네요. 오늘은 이만 가보겠습니다. 점장님의 아이디어, 꼭 실현해 내죠. 올해 안에 시작합시다."

돌아가는 길에 나는 사카이데 부장에 관한 이야기를 되새기고 있었다.

전혀 몰랐다. 어쩌면 당연한 일이다. 외부에서 온 내가 혼자 이렇게 단기간에 많은 사람의 이해를 얻고, 사업을 실행에 옮길 수 있을 리가 없었다. 구멍이 있다면 들어가고 싶을 지경이다……. 스스로 얼마나 오만했던가. 자신을 과신하고 있었다. 중소기업진단사 자격증을 따고 나서 은사인 고 노무라 히로시 선생님도 늘 말씀하셨다. '가부라키 선생, 하나의 교만이 모든 것을 망치는 법이죠. 꼭 잊지 마세요.' 나는 언제까지나 선생님의 못난 제자이다. 선생님은 이런 나를 보며 분명 웃음을 짓고 계시겠지. 아직 사무실에 사카이데 부장이 남아 있을까? 오늘은 곧장 집으로 가자.

11장
내일의 일상을
파는 공간

본사 | **사카이데** 경리부장

3월 1일에 오픈한 대시일레븐 병설점인 고마츠점은 지역에서 큰 화제를 모아 오픈 당일 대성황을 이루었다. 고마츠점의 객단가는 1,400엔에서 1,500엔이다. 대시일레븐의 객단가는 670엔 정도다. 개점 후 고마츠점의 객단가가 약 10퍼센트 정도 감소하긴 했지만, 이용객 수는 10퍼센트 이상 증가했다. 새로운 고객을 확보하는 데 성공했다고 볼 수 있을 듯하다. 대시일레븐에 매장을 대여한 만큼 기존 매장은 더 좁아졌지만, 매출액은 전년을 넘어섰다. 사장이 염려했던 잡지 판매에 미치는 영향도 미미했다. 거기다 별도의 임대료 수입이 들어온다. 일단 성공적인 출점이었다. 구로키 사장의 걱정은 기우에 그쳤다.

　하쿠산점은 다마루 점장의 초인적인 에너지로 새로운 매장으로 거듭나는 데 성공했다. 문구, 잡화 코너가 3분의 1, 나머지는 중고등학생과 가족 단위 고객을 겨냥한 서적으로 갖추었다. 문구와 잡화도 기본적인 제품부터 세련된 최신 제품까지 구비하고 있으며 차를 마실 수 있는 별도의 공간도 마련되어 있다. 인근 대형 서점에 비해 책으로는 뒤처져도 문구와 잡화로는 지역에서 으뜸인 매장이 됐다. 그리고 학습 참고서 역시 인근 서점보다 훨씬 다양한 상품 구성으로 준비하여 카테고리 킬러로서의 입지를 확립했다. 아동서 코너도 알차게 마련하여 지역 주민 자원봉사자를 모집해 '그림책 읽어주기'를 매주 실시하고 있다. 차를 마시는 공간은 엄마들의 쉼터로 사용되고 있는 중이다. 이렇게 하쿠산점은 '크래프트 퀸즈북스 하쿠산점'으로서 지역사회에 없어서는 안 될 매장으로 변신했다.

자, 다음은 가가점이다. 카피타 본부의 입점 희망 프레젠테이션 일정이 아직 정해지지 않고 있다. 내가 퀸즈북스에 온 지도 일 년이 지나, 두 번째 봄으로 접어들었다. 내게는 부임 직후였던 작년과 올봄의 풍경이 달리 보인다. 벚꽃은 아직 이르지만, 매화는 만개한 지 오래였다. 산자락엔 아직 녹지 않은 눈이 많이 쌓여 있고, 바람도 차다.

정면으로 도전한다 해도 전국적인 대형 체인점과 경쟁입찰에서 이기긴 힘들 것이다. 무언가 이길 수 있는 한 방이 필요하다. 가나자와 은행의 소개로 어떻게든 발표 자리를 간신히 만들었다. 나는 이번 프레젠테이션에서 이길 방법을 계속 고민하고 있었다.

준비를 진행하면서도 좀처럼 프레젠테이션 일정이 확정되지 않았다. 어쩌면 경쟁 상대인 전국 체인으로 이미 결정이 나서 한발 늦었을지도 모른다고 생각하니 마음이 초조해지기도 했다. 가나자와 은행의 마츠모토 부장에게 자리를 부탁한 지도 어느새 한 달이 흘렀다. 그 어느 때보다 메일과 휴대전화로 오는 연락에 신경을 세우고 있다.

오늘 아침에도 사장이 '카피타에서 연락이 왔나요?'라고 물었다. 사장도 궁금해서 견딜 수가 없을 것이다. 물론 사카이데 부장도 마찬가지다. 가나자와 은행 노노이치 지점에 정기 월간 보고를 하러 갔을 때는 지점장도 신경을 쓰고 있었다. 아직 더 기다려야 하는 걸까?

'행운은 드러누워서 기다려라'였는지, 아니면 '행운은 대비하며 기다려라'였는지 아이디어를 다시 짜는데, 드디어 마츠모토 부장으로부터 메일이 도착했다. 프레젠테이션 날짜는 다음 주로 정해졌지만 아무리 준비해도 시간이 부족한 느낌이다. 그렇게 눈 깜짝할 사이에 발표 당일이 됐다.

"사장님, 부장님, 가시죠. 결전의 날입니다."

구로키 사장, 사카이데 부장과 셋이서 가가 시내의 카피타 입점 준비실이 있는 사무소 빌딩으로 향한다.

가나자와 은행 쪽에 물어보니 사실 카피타는 가나자와 은행의 소개이니 어쩔 수 없이 형식적으로나마 퀸즈북스의 설명을 듣겠다는 입장이라고 한다. 사실상 기존의 전국 체인 서점이 입점하기로 거의 결정된 상태라는 것이었다. 차 안에서 마지막으로 회의를 한다.

"전무님이 만든 프레젠테이션 자료를 보고 놀랐어요. 그런 식으로 나가면 상대방이 화내지 않을까요? 부장님은 어떻게 생각하세요?" 불안함을 떨칠 수 없는 기색이다.

"사장님, 여기까지 올 수 있었던 건 모두 전무님 덕분입니다. 밑져야 본전이죠. 용기를 갖고 프레젠테이션에 도전해 보죠." 부장은 침착했다.

"전무님, 이제야 묻는 거지만 하나 알려줄래요?"

"뭐죠?" 나는 핸들을 잡은 채 물었다.

"설명과 프레젠테이션의 차이가 뭔가요?"

"비슷하게 보이긴 할 겁니다. 하지만 결정적으로 다른 점이 있어요. 설명은 '사실 중심의 해설'입니다. 프레젠테이션은 '사실+감정'입니다. 상대에 대한 진심이 없으면 프레젠테이션은 성립되지 않아요."

"그렇군요. 그럼 오늘은 확실히 프레젠테이션이네요." 사장이 혼자 납득한 듯 대답하는 사이에 목적지에 가까워졌다.

인근 주차장에 차를 주차하고 약속 시간 5분 전까지 차 안에서 기다리기로 한다. 약속 시간이 되자 준비실이 자리한 빌딩 3층으로 올라가 지정된 회의실 앞에 다다랐다. 문을 노크한다.

"실례합니다."

카피타 측은 다섯 명이 나와 기다리고 있었다. 형식대로 명함을 교환하고 양측이 자리에 앉았다. 구로키 사장이 먼저 말문을 연다.

"내년 1월 오픈 예정인 '카피타 가가점' 입점 희망 건으로 제안드릴 수 있는 시간을 마련해 주셔서 진심으로 감사드립니다. 그럼 바로 설명을 시작하겠습니다. 설명은 전무인 가부라키 씨가 진행하겠습니다."

나는 자리에서 일어나 각오를 다지고, 자료를 나눠줬다. 표지에는 이렇게 적혀 있었다.

'퀸즈북스 가가점 USP 리뉴얼 계획'

카피타 측의 리싱부장 다무라가 날카롭게 질문을 던졌다.

"전무님, 자료가 잘못된 것 같은데요. 표지 제목이 틀렸습니다. '카피타 가가점 입점 계획'을 잘못 적으신 거 아닙니까?"

그리고 옅은 웃음을 띠며 비아냥거리듯 말을 잇는다.

"표지 제목도 틀릴 정도면 오늘 발표는 기대할 수 없겠네요." 오른손으로 은색 안경테를 만지작거리며 말을 내뱉는다.

"다무라 부장님, 지적해 주셔서 감사합니다. 하지만 제목은 이게 맞습니다. 그럼 바로 설명을 시작하도록 하겠습니다."

의심스럽다는 표정으로 앉아 있는 사람들, 특히 다무라 부장은 언짢은 기색이다. 아니나 다를까 정신이 없는 듯한 구로키 사장과 침착한 사카이데 부장의 얼굴도 보인다.

"당사 가가점은 차로 10분 거리 위치에 들어설 예정인 귀사 카피타의 대형 쇼핑센터에 전국 체인 서점 도입을 검토 중이라는 소식을 듣고, 퀸즈북스 가가점의 전면 개장 계획을 세웠습니다. 그 개요를 말씀드리겠습니다."

"도대체 무슨 소립니까? 우리도 바쁜 시간을 쪼개서 왔는데, 그런 이야기를 들어서 어쩌란 거예요?" 또 다무라 부장이 물고 늘어진다.

"다무라 부장, 일단 들어봅시다." 본 회의의 상석에 앉은 이사직인 입점 준비실 세타 실장이 차분하게 주의를 준다.

"감사합니다. 끝까지 들어보시면 절대 시간 낭비가 되지 않을 테니 부디 자리를 지켜주시기 바랍니다."라고 말하자 옆에서 각오를 다진 얼굴로 앉아 있는 구로키 사장이 말을 받는다.

"여러분, 부디 저희가 준비한 계획을 한 번만 들어보시지 않겠습니까?"

차분하지만 자신감이 넘치는 말투다. 다시 한번 내가 이야기를 시작한다.

"그럼 리뉴얼 개요를 설명하도록 하겠습니다. 먼저 당사 사쿠라다점을 알고 계십니까? 가나자와 시내에 지난달 리뉴얼 오픈한 사쿠라다점은 기존 서점과는 완전히 다른 스타일의 서점입니다. 개점 이래 꾸준한 고객의 지지를 받으며 인근 대형 경쟁 업체와의 차별화에 성공해 순조롭게 매출을 늘려 나가고 있습니다. 매장 상세 정보는 별지를 참고해 주시기 바랍니다."

카피타 측 참석자들이 자료를 넘겨 사쿠라다점의 사진을 보기 시작한다.

"이봐요! 이런 도로변에 있는 매장 자료가 우리와 무슨 상관이 있단 말입니까?" 또 저 사람이다.

"다무라 부장님이 지적하시는 부분은 충분히 잘 알고 있습니다. 조금 더 설명하겠습니다."

아마도 리싱부장인 다무라가 전국 체인과의 협의도 진행해 왔을 테니, 그에게 퀸즈북스는 자신의 업무를 방해하는 적인지도 모른다.

"이어서 계속 설명하자면, 사쿠라다점의 매장 코너는 '여행하다', '취미와 스포츠', '이야기와 문화', '교양과 예술', '일과 놀이', '즐기다', '양육', '몸과 마음', '살다', '먹다' 등으로 구분돼 있습니다." 몇몇의 참석자가 열심히 자료를 살펴보는 한편 다무라 부장은 자료를 넘기지도 않는다.

"서적 및 문구, 잡화를 융합하고 제휴해 배치함으로써 서점을 찾은 고객에게 생활방식을 제안합니다. 이제 서점이 책만 파는 시대는 지났습니다. 저희는 고객에게 '더 나은 내일의 생활'을 판매하겠습니다."

내 이야기를 듣는 그들의 자세가 조금씩 변화하는 게 느껴진다. 바쁜 인력들이 사쿠라다점을 찾아봤을 리는 없을 것이라고 짐작했다.

"이 사쿠라다점의 콘셉트를 축으로 하여 가가점 리뉴얼을 실시하겠습니다. 구체적으로는 해당 조닝을 그대로 가져가 입구 부근에 넓게 잡지 진열 공간을 확보합니다. 더불어 자유롭게 사용 가능한 이벤트 매대도 마련해 계절감을 연출합니다. 또 문구, 잡화는 기본 제품부터 세련된 최신 제품까지 고객의 생활방식에 맞춰 다양하게 구성해, 방문하는 고객이 우연한 행운을 발견하는 '세렌디피티'를 실감할 수 있도록 합니다. 잡화는 지역 특산품과 같은 쌀, 칠기, 화과자, 다양한 공예품, 지역친화적 요소를 중시하여 배치합니다." 아직 다무라 부장은 내 프레젠테이션을 들으며 팔짱을 끼고 있다.

"'세렌디피티'에 대해 좀 더 설명해 주실래요?"라고 세타 실장이 질문한다.

"이사님, 질문해 주셔서 감사합니다. 뜻을 설명하자면 누구나 지니고 있는 '우연한 행운을 발견하는 능력'을 말합니다. 사람과 사람이 만나는 것도, 매장을 찾은 손님이 생각지도 못한 좋은 상품을 발견하는 것도 이것 덕분입니다.

요즘처럼 인터넷이 발달한 시대에 필요한 단품을 구매하는 건 인터넷에 넘길 생각입니다. 일부러 매장을 찾아주신 고객을 위해서는 좋은 물건을 더 저렴하게 판매하는 것 이상으로 상품 구성과 진열을 효과적으로 궁리해야 합니다. 저희는 이 '세렌디피티'의 장을 고객에게 제공하는 것이야말로 장차 소매점에 요구되는 가장 중요한 사명이라고 생각합니다." 카피타 측 사람들이 메모하기 시작한다.

"전무님, 잘 들었습니다. 계속 이어서 말씀해 주세요." 세타 실장이 부드럽게 대답한다.

"감사합니다. 그걸 완성하는 게 바로 조명입니다. 당연히 LED를 도입할 예정이고, 조도 조절이 가능한 조광 타입을 사용해 각 코너에서 조명 연출 효과를 줄 생각입니다."

"요즘은 어디서든 LED 정도는 도입합니다. 그런 게 대단하기라도 하다는 겁니까? 어이가 없네요. 그리고 뭔지 모르겠는 그 외국어는 뭡니까? 이런 프레젠테이션은 솔직히 말해서 시간 낭비가 아닐까 싶은데요."

"다무라 부장님, 조금만 더 들어주시죠. 도서 선정을 설명하겠습니다. 뭐니 뭐니 해도 서점이니 도서 선정을 앞세우겠습니다. 전국 체인도 마찬가지지만, 서점은 일반적으로 출판사의 권유로 일차적인 도서 선정을 시행하고, 서점이 만들어 둔 기존 분류에 따라 책이 진열됩니다. 가가점 점장인 데츠카와 씨는 업계는 물론 이시카와현뿐만 아니라 호쿠리쿠 3현에서 책을 가장 많이 알고 있다는 평가를 받는 분입니다. 본 매장의 도서 선정은 이분이 직접 모든 재고를 코너 특성에 맞게 단품으로 발주하려 합니다."

"구체적으로 어떻게 이루어지죠?" 상품 개발과장이 질문한다.

"한 가지 예를 들면 '여행하다' 코너는 여행 가이드북뿐 아니라 여행 에세이와 세계 관광지 사진집, 여행 관련 소설도 함께 비치합니다. '마음과 몸' 코너는 건강서와 에세이, 점술, 미용 서적, 건강 잡지를 모두 한곳에 비치합니다. '이야기와 문화' 코너는 다양한 장르의 문학 도서를 단행본이든 문고든 저자별로 나열해 고객이 책을 쉽게 고를 수 있도록 매대를 구성합니다." 카피타 측은 한 사람을 제외한 전원이 메모하기 시작했다.

"그 외에는 어떤 서비스와 특징이 있죠?" 점포 설계과장이 질문한다.

"방문 고객의 요구 사항에 최선의 서비스로 응대합니다. 매장 내 검색 시스템 설치는 물론이고, 안내데스크에서 대면으로 고객 응대를 제공할 겁니다. 재고가 없는 상품의 주문은 현내 매장에서 찾거나, 없을 경우 24시간 운영되는 매입처 토류의 인터넷 발주 시스템을 활용하여 최선의 방법으로 대처하겠습니다." 여기서 나는 마무리에 들어가 오늘의 또 다른 키워드를 마음을 담아 전했다.

"'고객 기대치 1% 넘기기'를 목표로 2,000엔 이상 주문 시 현내 무료 배송을 실시합니다. 이렇듯 가가점을 찾는 모든 고객이 반드시 만족할 수 있는 서비스를 제공할 것입니다. 그 밖에도 잡지 연간 정기구독 계약 시 자택 배송 서비스를 실시할 예정입니다."

"잘 들었습니다. 표지의 USP도 참고하고 싶은데 알려주시죠." 세타 실장이 묻는다.

"네, Unique Selling Proposition입니다. 고유한 판매 제안을 말합니다."

"그렇군요. 무슨 말씀이신지 잘 알겠지만, 오늘 카피타 그룹에 시비를 걸기 위해 오신 건 아닐 겁니다. 보여주신 프레젠테이션의 진의가 뭔가요?"

"저희는 지금 제안한 이 계획을 그대로 카피타 가가점에서 실행하고 싶습니다. 만약 퀸즈북스의 입점을 승인해 주신다면, 신규 매장에서 차로 10분 거리에 위치한 월 매출 2,000만 엔인 퀸즈북스 가가점을 폐점하고 옮기겠습니다."

우리는 일제히 고개를 숙이며 부탁했다.

"부디 퀸즈북스를 카피타 가가점에 입점할 수 있게 해주십시오"

"어처구니가 없네요. 이렇게 무례한 프레젠테이션을 해놓고 무슨 생각인 겁니까?" 다무라 부장이 크게 소리쳤다.

잠시 양측에 침묵이 흘렀다. 세타 실장이 입을 연다.

"이미 알고 계시겠지만, 꽤 오래전부터 다무라 부장을 중심으로 모 전국 체인 서점에 입점 의뢰를 진행하고 있었습니다. 가나자와 은행에서도 제안이 있었지만, 진행 중인 곳이 있기에 퀸즈북스의 프레젠테이션도 거절했던 거고요."

우리 세 사람은 얼굴을 마주 보며 그제야 상황을 이해하게 됐다.

"오늘 프레젠테이션에 응한 건 여기 계신 사카이데 부장님의 아버님께서 사실 저희 카피타 창업 이래 함께하신 대선배이고, 선배로부터 '아들이 목숨을 걸고 부탁하러 왔는데 이야기라도 들어주지 않겠느냐'라는 전화를 받았기 때문입니다. 처음에는 선배님의 체면을 봐서 이야기라도 들으려고 했습니다. 근데 이렇게 들어보니 나름대로 흥미로운 내용이 많았습니다. 하지만 그것만으로 결정을 내리기엔 힘들 거라고 봅니다. 생각을 좀 해 보죠. 다른 분들은 질문 없습니까?"

서기를 맡았던 카피타 측의 가장 어린 직원이 손을 들었다.

"스마트폰 전성시대인 요즘, 전자책 시장이 크게 성장하고 있는 가운데 서점 자체의 미래는 어떻게 될 거라고 보십니까? 먼저 전자책 시장의 영향력에 대해 여쭤보고 싶습니다." 이 질문은 반드시 들어오리라 예상하고 준비했기에 나는 곧바로 답할 수 있었다.

"전자책의 본고장인 미국에서도 전자책의 점유율은 20퍼센트대에 머물며, 한계에 이른 분위기를 보이고 있습니다. 게다가 이 수요는 기존 인터넷 서점 사용자들이 전자책도 함께 사용하고 있다고 볼 수 있으므로 앞으로도 실제 서점에 미치는 영향은 크지 않을 거라고 생각합니다." 여기서 한 번 끊고, 상대의 반응을 확인하며 계속했다.

"또 서점의 미래에 대한 질문에 답하자면, 서점이 사회에서의 역할을 스스로 규정하지 못한 채 책만 파는 '서점'으로 남게 된다면 정육점이나 채소 가게, 약국 등 소위 '동네 ○○는 망한다' 법칙에 따라 사회에서 더는 필요로 하지 않는 공간이 될 겁니다. 하지만 서점이 스스로 '고객의 더 나은 내일의 일상을 파는 공간'이 된다면 반드시 새로운 형태로 자리 잡으며 계속 살아남게 될 겁니다."

사장이 자리에서 일어나 자신의 마음을 말로 전했다.

"그 첫걸음을 부디 카피타 가가점에서 시작할 수 있게 도와주세요." 우리는 나란히 서서 깊게 고개를 숙였다. 상대의 표정은 제각각이다.

"오늘 프레젠테이션의 결과는 이 주 안에 연락드리겠습니다. 기다려주세요."

이렇게 프레젠테이션을 끝마쳤다. 복귀할 때도 직접 운전대를 잡았다.

"어떤 것 같아요? 그나저나 사카이데 부장님은 아버님께 따로 부탁까지 드렸군요. 예전에 말했잖아요. '원수 같은 완고한 아버지와 더는 말도 섞고 싶지 않다'라고. 그런데도 이렇게까지 부탁을 해준 거네요. 고마워요."

사카이데 부장은 아무 말 없이 창밖을 바라보고 있다.

"사장님, 준비에 준비를 거듭한 프레젠테이션은 전부 끝났습니다. 골프 선수 아놀드 파머가 한 말 중에 '공이 어디로 날아갈지는 클럽헤드가 공을 치기 전에 정해진다'라는 말이 있습니다. 우리는 확실하게 준비했고 오늘의 프레젠테이션을 무사히 마쳤어요. 괜찮은 샷이었던 것 같습니다. 공이 떨어질 곳은 상대에게 달려 있습니다. 답변을 기다려 보죠."

차가 본사에 도착하자 아무래도 궁금했는지 니시다 점장이 차가 들어서는 쪽으로 달려왔다.

"사장님, 어떠셨어요? 프레젠테이션 잘하셨어요? 전무님, 반응이 어땠어요?"

나는 간단히 상황을 설명하며 니시다 점장과 함께 2층 사무실로 이동했다.

"점장님, 그보다 조사를 부탁드렸던 도서관 납품에 대해 뭔가 알아내셨어요?"

"예, 토류 측 협조를 구해 이것저것 알아봤는데요. 결론부터 말하자면, 좀 어렵게 됐습니다……." 약간 난처한 듯한 모습이다.

"왜죠? 늘 자신감 넘치는 점장님답지 않네요." 나는 그 진의를 묻는다.

"우선 이시카와현립도서관과 가나자와시립도서관은 도쿄 라이브러리 서포트라는 회사가 꽉 잡고 있답니다. 납품은 물론 도서관 납품에 빠지지 않는 서지 데이터, 책 표지의 견고한 비닐 코팅 양식까지 모두 도맡고 있어서 파고들 틈이 없습니다." 속수무책이라는 느낌이 고스란히 전해진다.

"그렇군요……. 최근에는 전국 렌털 체인점이 공공도서관 납품은 물론 운영까지 맡는다고 들었어요. 공공도서관에서 점점 지역 서점이 배제되고 있다는 게 사실이군요."

"오이타현과 기타큐슈시처럼 지역 서점이 어떻게든 파고들어 납품하는 곳도 있지만, 전국적으론 열세라는 게 사실입니다."

"그럼 학교 도서관은 어떤가요?" 아직 납득할 수 없는 나는 의문을 제기했다.

"이시카와현은 학교 도서관 대부분도 방금 말한 회사가 장악하고 있습니다."

"네? 학교 도서관까지요?" 이런 일이 가능한 건가?

"네, 전부요."

"근데 공공도서관이든 학교 도서관이든 전부 지방세가 들어가는 곳이잖아요. 그 돈이 지역에 유입되지 않고 도쿄로 빠진다니 저로선 납득하기 어렵네요. 사장님은 어떻게 생각하세요?"

"글쎄요. 다음 주에 서점 모임이 있으니까 한번 물어볼게요. 그리고 아는 분 중에 현의원도 계시니 한번 여쭤볼게요."

어쩐지 꺼림칙한 느낌이지만 지금은 기다릴 수밖에 없겠군.

그다음 주가 되어 서점 모임에서 돌아온 사장으로부터 새로운 소식을 듣게 됐다.

"모임에서 도서관 납품 이야기를 꺼냈더니 난리였어요. '퀸즈북스만 선수치는 거냐!'라고 다들 엄청 열을 내더라고요."

"그래요? 고생하셨네요. 새로운 일을 시작하는 건 험난한 일투성이군요."

"맞아요. 전 이제 현청에 가려고요. 거기서 지인인 현의원을 만나는데 함께 가주실래요?"

"네, 물론이죠."

둘이서 차를 타고 현청으로 향했다. 크고 위풍당당한 건물이다. 정면 현관으로 들어가 의원실로 향한다.

"선생님, 오랜만에 뵙습니다. 구로키예요."

초로의 신사가 웃는 얼굴로 우리를 맞이한다. 반백의 머리에 곧은 자세를 보니 무슨 스포츠를 했을지도 모르겠다는 생각이 들었다.

"어서 와요. 당신이 그 소문이 자자한 가부라키 전무군요. 현의원인 후쿠시마입니다. 하고 싶은 이야기가 도서관 납품 건이라고 했죠? 알아봤는데 당분간은 방도가 없을 것 같더군요. 다음 계약 갱신을 노려 승부수를 띄워야 할 것 같아요. 그런데 퀸즈북스가 도서관 납품을 맡는 게 정말 가능한 건가요? 납품할 때 필요한 여러 특수한 업무가 있는 것 같더군요." 후쿠시마 의원도 바쁠 텐데, 사전에 이만큼 조사해 준 것이 감격스러웠다.

"특수한 업무라는 건 세 가지입니다. 우선 서지 데이터입니다. 이건 저희 매입처 토류에 대응 가능한 시스템이 있습니다. 다음으로 도서관용으로 표지를 비닐 코팅하는 작업인데 이건 실버 인력을 활용하여 노령자 고용으로도 이어질 겁니다. 그리고 마지막은 주문한 책을 납기에 맞춰 책등 라벨과 함께 납품하는 일입니다. 이것도 충분히 대응할 수 있습니다." 니시다 점장과 토류의 쇼바야시 지점장에게 들은 정보를 가지고 대답한다.

"그렇군요. 그렇다면 안심이네요. 최근엔 도서관 운영부터 납품까지 전부 특정 업체에 모두 맡기는 '지정관리제도'를 도입해 비용 절감으로 연결하려는 움직임도 있어요. 그렇지만 저는 그게 '지방의 지성을 통째로 내던지는 것'이란 생각이 들거든요. 조사해 보니 야마나시현립도서관은 작가 아토다 타카시 씨가 관장을 역임하고 있고, 책은 지역 내에서 구매해요. 더욱 흥미로운 점은 이 도서관은 베스트셀러라도 재고를 다량으로 두지 않고, 이런 식으로 운영하더군요. '읽고 싶은 책이 있으면 돈을 쓰거나 시간을 쓰거나', 쉽게 말해서 당장 읽고 싶은 책이라면 서점에서 사고, 기다릴 수 있다면 도서관에서 읽으라는 말이겠죠. 지성에 대한 훌륭한 견해예요."

그러자 사장이 말문이 터진 듯 이야기를 시작한다.

"후쿠시마 의원님, 이해해 주셔서 감사합니다. 맞는 말씀이에요. 도서관에 베스트셀러를 몇 권씩 가져다 놓는 건 서점에 대한 영업 방해예요. 더구나 그 책을 지역 서점에서 구매하지 않는다면 더더욱이요. 현재 서점이 한 곳도 없는 지자체는 330개나 된다고 합니다."

"전국에 그렇게나 많습니까?" 후쿠시마 의원이 놀라워한다.

"네, 한편으로 지자체는 아쉬움을 느껴도 지역 서점에서 책을 구매하지 않아요. 서점이 없는 동네가 있다는 게 말이 되나요? 지역사회를 위해, 나라의 미래를 위해, 동네에는 서점이 필요하다고 생각합니다. 저희가 최선을 다하겠습니다."

"훌륭한 말씀을 들었네요. 도서관 업무는 효율화만 추구해서는 안 된다고 생각합니다. 수치로 평가하면 대출 권수를 따지게 되겠죠. 저렴한 매입가만 따져 평가한다면 고서점에서 불필요한 도서만 구입하게 될 겁니다. 이런 시대이니 더더욱 느긋한 독서 공간이 필요한 거예요. 우리 의원들도 열심히 하겠습니다." 정치인의 힘찬 다짐을 들을 수 있었다.

"선생님, 감사합니다."

"혹시 오늘 시간이 되시면 현청 직원과 만나보셨으면 하는데 시간 괜찮으십니까?" 후쿠시마 의원의 말에 옆방에서 대기하고 있던 직원이 부르자마자 곧장 방으로 들어왔다.

"저는 아동복지과의 기무라라고 합니다. 실은 긴히 드릴 말씀이 있어서 이렇게 시간을 내주십사 부탁드렸습니다."

명함을 교환하고 본론으로 들어갔다.

"이시카와현에는 여덟 개의 보육원이 있고, 약 300명의 아이들이 입소해 생활하고 있습니다. 시설에 마련된 서가는 굉장히 부실합니다. 서점은 책이 남거나 오래 팔리지 않을 경우 반품할 수 있다고 들었습니다. 그 반품 도서의 일부를 저희에게 양도해 주실 수 없을까요?" 간절한 부탁인 듯하다.

"기무라 씨, 이렇게 제안해 주셔서 감사합니다. 보육원의 도서 상황은 잘 알았습니다. 다만 저희가 반품하는 책은 폐기하는 것이 아니라 매입처에서 원가로 다시 가져가는 것이라 무상으로 양도하는 일은 곤란합니다. 도움이 되지 못해 죄송합니다."

"그렇군요. 서점의 상황을 모르고 실례되는 말씀을 드렸습니다."

그는 정중하게 인사한 후 자리를 떴다.

현청에서 본사로 돌아오자, 사장에게 전언이 있었다.

−긴급, 전화 부탁드립니다. 카피타 세타−

다급히 연락하자, 카피타 가가점 입점에 대한 최종 결과를 전달하고자 하니 내일 2시에 사무실로 와달라는 내용이었다. 우리는 그 후로 숨을 죽인 채 고요한 시간을 보냈고, 다음 날 다시 셋이서 가가 시내의 사무소로 향했다.

회의실 문을 열고 들어서자, 세타 실장과 문제의 리싱부 다무라 부장, 상품개발과장, 세 사람이 기다리고 있었다.

"기다리고 있었습니다. 앉으시죠."

세타 실장이 자리를 권한다. 그리고 천천히 이야기를 시작했다.

"이번 입점 서점의 경우, 오랜 기간 협의해 온 전국 유명 체인 서점과 계약 합의 직전까지 이야기가 진행되었던 상태였습니다. 타 지역 카피타의 입점도 협조를 얻는 방향으로 의논 중이었죠."

우리는 가만히 듣고만 있었다.

"지난번 프레젠테이션은 아주 훌륭했습니다. 서점의 새로운 형태뿐만 아니라, 장차 소매업의 미래를 준비하는 힌트가 되기도 했습니다. 많이 망설였지만, 여러분의 열의와 사업에 임하는 마음가짐에 크게 공감했습니다. 내년 1월에 오픈 예정인 카피타 가가점에 퀸즈북스가 입점해 주길 바랍니다. 조건 등이 합의되면 계약을 진행하죠. 어떻습니까?" 다무라 부장만은 망연자실한 모습이다.

"감사합니다." 사장의 환한 웃음과 나의 득의양양한 얼굴, 그리고 사카이데 부장의 평온한 얼굴에 모두 기쁨이 흘러넘치고 있었다.

"구로키 사장님, 가부라키 전무님. 이것도 여러분과 우리의 세렌디피티일지도 모르겠네요. 그리고 사카이데 부장님, 사카이데 선배에게 부디 안부 전해 주십시오. 제가 지금의 자리에 있는 것도 모두 선배 덕분이에요. 지금 생각해 보면 그것도 우리의 세렌디피티였을지도 모르겠네요."

이렇게 보면 이 세상은 행복을 부르는 세렌디피티로 가득 차 있을지도 모른다. 나는 그런 생각을 했다. 자, 입점 준비를 서둘러야겠다.

에필로그

사직서

카피타 가가 입점이 결정되고, 계절은 무더운 여름을 지나 어느덧 가을도 깊어지고 있었다. 올해도 붉게 물들었던 산자락이 다시 하얗게 변해간다. 혹독한 겨울도 머지않았다.

"켄이치 씨, 이야기 들었어. 내년 1월에 오픈하는 카피타 가가에 입점한다며? 대단한걸. 고생했어. 새로운 매장이라니……. 퀸즈북스에선 몇 년 만인 거야?"

시라카 바에서 보내는 축배의 밤이다.

"나오코, 여기 이분이 내가 말한 가가점의 데츠카와 점장님이야. 옆에 계신 분이 유명한 대시일레븐 병설 점포 고마츠점의 가라토 점장님, 그리고 이분이 카피타 가가 입점의 숨은 주역인 사카이데 부장님."

사카이데 부장은 카운터 끝에 앉아 혼자서 생각에 잠긴 채 미즈와리를 마시고 있었다.

"켄이치 씨가 퀸즈북스 동료분들을 데리고 온 건 처음이네."

"그렇지. 다른 점장님 네 분까지 합하면 7인의 사무라이야. 데츠카와 점장님, 여기 제법 괜찮은 가게죠?"

오늘은 줄곧 싱글벙글한 얼굴인 데츠카와 점장이 대답한다.

"가게도 훌륭하고 바텐더 분도 미인이고, 근처에 있었다면 매일 오겠어요."

"어머, 데츠카와 점장님은 솔직하신 분이네요. 감사합니다."라고 나오코도 웃으며 답한다.

"축하드려요, 오늘 다들 즐거우시겠어요. 퀸즈북스는 어떻게 여기까지 올 수 있었을까요?"

"우수한 직원들 덕분이고, 무엇보다 고객 우선을 실천해 왔기 때문이지." 연거푸 마신 나는 화장실로 향했다.

"여러분, 오늘 잘 오셨어요. 저 사람은 항상 혼자 마시거든요. 가나자와 은행에 다닐 때부터 늘 변함이 없어요. 입행 이래 어느 파벌에도 속하지 않고, 은행에서도 사람들과 어울리지 않던 항상 고독한 인간이었거든요. 근데 지금은 다르네요. 퀸즈북스에 근무하게 되면서 지금까지 본 적 없던 활기찬 모습으로 일하고 있어요. 직장 동료를 데리고 여기 온 게 정말 얼마 만이더라?"

"오늘은 개점을 미리 축하하는 자리예요. 카피타 가가 입점 회의 후에 시간이 되는 사람들끼리 왔습니다."라고 가라토 점장이 대답한다.

"데츠카와 점장님, 전무님의 카피타 가가 입점 프레젠테이션은 정말 소름 돋기까지 했어요. 어땠는지 아십니까?" 사카이데 부장이 말한다.

"아, 들었어요. 처음에는 무슨 잠꼬대 같은 소리만 하는 양반인 줄 알았는데 정말 진지했던 거죠."

화장실에서 나온 내가 "뭐예요? 또 제 욕을 하시나 보네."라고 끼어든다.

"네,네. 정답이에요. 화장실에 쭉 들어가 있으면 좋겠는데." 하고 사카이데 부장이 훼방을 놓는다.

"나오코, 이러니까 내가 화장실도 천천히 못 가는 거야."

"카피타 가가 프레젠테이션 때 어떤 심정이었는지 들려주세요." 신이 난 가라토 점장이 내게 묻는다.

"가장 큰 건 위기감이었죠."

"위기감이요?" 가라토 점장이 거듭 물어온다.

"카피타 가가에 대형 경쟁 서점이 들어오면 가가점에 미칠 영향은 피해갈 수 없어요. 경쟁 업체에게 영향을 주기는커녕 적자 점포로 전락할 수도 있으니까요. 그런 상황만큼은 경영 면에서도 반드시 피해야만 했죠."

"그렇긴 해도 전국 규모의 체인점과의 경쟁에서 이길 자신이 있었던 건가요? 전 그게 가장 걱정이었어요." 데츠카와 점장이 초반부터 가지고 있던 의문을 건넨다.

"정면으로 붙었다면 승산이 없었을 겁니다. 파고들 틈이 있다고 한다면, 카피타를 비롯한 대형 상업시설이 서점에 대해 품기 시작한 우려를 해소하는 것이라고 생각했죠."

"그 우려가 뭔데?" 나오코가 끼어든다.

"대형 상업시설이 서점을 유치하는 목적은 오직 두 가지야. 하나는 서점 입점을 통해 고객에게 원스톱 쇼핑을 제공할 수 있다는 것. 또 하나는 서점이 가진 집객력. 이 두 가지 때문에 다른 업종에 비해 저렴한 임대료로 이익도 적은 서점을 유치하는 거지." 나는 프레젠테이션을 위해 열심히 준비했던 그날을 떠올리고 있었다.

"젊은 사람들의 경우, 인터넷으로 책을 구매하는 비중이 늘고 있어서 상업 시설에 서점이 꼭 필요한 요소는 아닐 가능성이 있어. 또 서점의 집객력도 예전과는 달라졌거든. 그렇기 때문에 기존 서점과 다른 가치관을 제공하는 세렌딥 타입이라면 경쟁해 볼 만할 것 같았어. 그리고 현재 가가점을 폐점하고 이전한다는 비장의 카드를 꺼냈기 때문에 경쟁에서 이길 가능성은 충분하다고 본 거지."

"전무님, 인터넷 서점에 대해 생각해 본 게 있어요." 가라토 점장이 이야기를 시작한다.

"인터넷 서점이 강세라는 건 분명 부정할 수 없는 현실이에요. 어느 대형 출판사에 물어봤는데, 그 출판사에서 갠지스의 매출은 전체의 10퍼센트에서 15퍼센트로 법인별 매출로는 최고라고 하더군요. 하지만 이걸 거꾸로 생각하면 80퍼센트 이상의 사람들이 아직은 오프라인 서점에서 책을 산다는 말이기도 해요. 미국에서는 갠지스가 각 지역에 서점을 내기 시작했어요. 아동서 출판사에 물어보니 갠지스의 매출은 그리 높지 않았고, 점유율은 1퍼센트에서 3퍼센트 정도밖에 되지 않는다고 해요. 역시 서점은 지역에서는 빼놓을 수 없는 필수 불가결한 존재라는 생각이 새삼 들었죠."

끝을 모르는 열띤 대화로 점점 무르익어가는 시라카 바에서의 밤은 그렇게 깊어갔다. 이튿날 아침, 사무실에 출근하자 사장이 자신의 책상에 앉아 재무제표를 열심히 쳐다보고 있다.

"사장님, 좋은 아침입니다. 무슨 일 있었나요?"

"전무님, 좋은 아침이에요. 이번 가가점 입점 비용에 대해 궁금한 게 있어서요."

"뭐죠? 뭐든 알려드리겠습니다."

돈은 경리부장에게, 라고 말하던 사장에게서 변화의 기미가 엿보인다.

"출근하자마자 미안해요. 궁금한 게 두 개 있어요. 카피타에 지불하는 보증금과 매입처에 지불하는 초기 재고금액에 대한 거예요. 이 두 개는 '투자회수 계획'에 포함되지 않는데, 왜 그렇죠?"

"사장님, 점점 예리해지시네요. 우선 '투자회수'라는 건 비용이 들어간 '투자'를 회수하기 위한 계획입니다. 하지만 보증금은 시설 측인 카피타에 단순히 맡겨둔 상태이니 비용이 아니죠. 돈이 나가긴 했지만, 반드시 돌아오는 돈입니다. 이 금액은 재무상태표의 고정자산의 부의 차입보증금으로 계상됩니다. 보증금은 비용이 아니기 때문에 손익계산서엔 영향을 주지 않아서 '투자회수' 대상이 되지 않는 것이죠."

"하지만 실제로는 돈이 필요하잖아요? 조달하는 돈은 어떻게 나타내죠?"

"맞습니다. 퀸즈북스의 경우 해당 보증금은 은행 차입으로 마련했기 때문에 고정자산으로 계상한 보증금과 동일한 금액을 고정부채의 장기차입금으로 계상합니다."

"그렇군요, 보증금은 비용이 아니니 손익계산서와 관련이 없고, 재무상태표에만 영향을 주는 거네요."

"맞습니다. 엄밀히 말하면 장기차입금이기 때문에 그 금리가 손익계산서 비용에 영향을 주지만, 보증금 자체는 말씀하신 대로죠."

"그럼 초기 재고상품 지출은 어떻게 봐야 하는 거죠? 초기 재고금액이 9천만 엔이나 돼요."

"개념은 보증금과 똑같습니다. 재무제표 강의 초반에 배운 판매원가 내는 법을 기억하시나요? 그 계산법을 떠올려 보세요. 재고는 물건이 팔린 시점에 원가의 비용으로 영향을 미치죠. 초기 재고는 그전까지 손익계산서에 영향을 미치지 않습니다. 이것도 보증금과 마찬가지로 재무상태표에만 영향을 미칩니다. 재무상태표 유동자산의 '상품의 부'가 늘어나게 됩니다. 그리고 이것도 차입으로 마련하면, 고정부채의 장기차입금이 동액 계상됩니다. 단 카피타 가가점의 경우, 기존 점포를 이전하는 것이기 때문에 상품 증가는 많지 않습니다."

"그렇군요……. 카피타에 맡기는 '보증금'은 단순히 맡겼을 뿐이고 언젠가 돌려받기 때문에, 비용이 아니라서 '손익계산서'에는 영향을 주지 않는 거네요. '재무상태표'상 '장기차입금'으로 표현되기만 하죠. 마찬가지로 매입한 상품은 팔릴 때까지 '판매원가'가 되지 않으니 '초기 재고'도 '손익계산서'에 영향을 주지 않고, '재무상태표'상 '상품'으로 표현되는군요. 따라서 둘 다 비용이 아니기 때문에 '투자회수' 계획에는 포함되지 않는 거고요."

"그렇죠. 잘 이해하셨습니다."

나는 사장의 성장에 놀라고 있었다. 사실 현금흐름에 대해서도 다뤄야겠지만, 그것까지 지금 설명하면 헷갈릴 테니 그만두자. 그래도 큰 발전이다.

"아, 그리고 '구 가가점 특별손실 계상'도 알려줄래요?"

"또 중요한 포인트를 찾아내셨군요. 현 가가점의 폐점으로 인해 올해에만 들어가는 경비가 있습니다. 구체적으로는 서가 철거 비용과 폐기 품목 등입니다. 폐기 품목 중에 아직 자산가치가 남아 있는 물품이 있다면 그것도 '특별손실'로 계상해야 합니다."

"맞아요. 그해에만 발생한 비용을 '특별손실'로 계상하는 거였죠."

"그렇습니다. 바로 그거예요." 이제 사장은 손익계산서를 전반적으로 이해한 것 같다.

"은행과는 재무제표를 가지고 협상하게 되니 재무제표를 알면 은행 담당자를 만날 때도 당당하게 협상할 수 있겠어요." 어딘지 자신감마저 느껴진다. 이어서 또 질문한다.

"하나 더 알려줄 수 있나요? 퀸즈북스의 전기(43기) 재무상태표 내 유동자산의 부에 계상된 3천 엔 상당의 저장품이 뭔가요?"

"그건 사실 저도 궁금했는데 잘 모르겠네요. 부장님은 아십니까?" 우리 옆에 앉아 대화를 듣고 있던 사카이데 부장에게 물어본다. 부장이 세부 자료를 책상 서랍에서 꺼낸다.

"그건 말이죠, 선대 사장님의 '직원들이 출판사에게 받은 도서카드는 직원

개인이 받은 것이 아니라 직원 모두가 받은 것'이란 방침에 따라 전부 회사 자산으로 일단 계상하고 있는 겁니다."

"사장님, 저는 이해가 가지 않는데요."

"그렇겠네요. 설명해 드릴게요. 출판사에서는 잡지나 유명 서적 홍보를 위해 '매대 꾸미기 콩쿠르'를 매년 실시하고 있어요. 그 콩쿠르에서 높은 순위에 오르면 여행권이나 간식, 도서카드를 받게 되거든요. 그걸 죽은 남편은 개인이 아닌 회사의 자산으로 봤던 거예요. 악용할 생각도 자신이 가질 생각도 없었겠지만, 그대로 계속 유지되고 있었나 봐요."

잠깐 고민하던 사장의 얼굴이 갑자기 환해진다.

"좋은 아이디어가 떠올랐어요. 한번 괜찮은지 들어주실래요? 두 분이 동의하시면 내일 점장 회의에서 발표할게요."

정기 점장 회의가 시작되자 사장의 입에서 깜짝 놀랄 아이디어가 나왔다.

"여러분, 오늘은 여러분께 드릴 말씀이 있어요. 얼마 전에 현청에 방문했을 때 아동복지과 직원분이 지역 보육원에는 '사정이 있어 부모와 함께 살지 못하는 아이들이 약 300명에 이르는데 시설의 서가가 부실하니 도와달라'라는 말씀을 하셨어요. 저는 책을 받는 것보다 '스스로 고르는 것'에 그 즐거움이 있다고 생각해요. 그러니까 아이들이 현내 퀸즈북스를 방문해 자유롭게 읽고 싶은 책을 고르면 그 책을 크리스마스에 우리가 전달하는 건 어떨까요?"

니시다 점장이 웃는 얼굴로 곧장 반응한다.

"사장님, 정말 좋은 생각 같아요. 평소에 서점에 가서 읽고 싶은 책을 자유롭게 고르고 구매할 기회가 부족했을 아이들이 매장에 와서 책을 고르는 모습을 상상만 해도 뿌듯하네요."

다카하시 점장이 다소 흥분한 듯 말을 받는다.

"저희 매장에도 자녀가 있는 직원들이 많아요. 다들 회사의 이런 노력을 반가워할 거예요."

여섯 점장 모두가 아이들에게 보탬이 될 수 있음에 기뻐하고 있다.

"하나 물어보고 싶은데요." 항상 냉정함을 잃지 않는 가라토 점장이 손을 들어 질문한다.

"저도 아주 좋은 생각이라고 보는데, 염려되는 부분이 있어요. 하나는 이런 활동은 시작한 이상 계속해야 한다는 점입니다. 그러기 위해선 반드시 짚고 넘어갈 예산 문제가 있죠. 또 하나는 아이들이 원하는 책을 완전히 자유롭게 골라도 괜찮을까 하는 점입니다."

"질문 감사합니다. 제가 답변할게요. 예산 자금은 그동안 콩쿠르 등으로 출판사에서 받았던 도서카드가 있어요. 이건 매년 받고 있어요. 또 이제 서점이 어느 정도 안정적인 수익을 내기 시작했으니 지역에 보답하는 의미에서 실시하는 '사회공헌 활동'이기도 합니다. 일인당 구매 한도는 1,200엔으로 정하겠습니다. 이 조건이라면 지속적인 자금은 마련 가능할 거예요. 그리고 구매 대상이 되는 서적 중 잡지, 만화책, 게임공략집은 제외하겠습니다."

그렇게 12월 초에 아이들이 서점을 방문해 책을 고르기로 정해졌다.

"그리고 오늘은 공지 사항이 하나 더 있습니다. 여러분도 아시다시피 1월이면 카피타 가가점에 입점하게 됩니다. 매장명은 '세렌딥 퀸즈북스 가가점'입니다. 사쿠라다점에 이은 두 번째 세렌딥 매장이에요. 그래서 신년회를 겸해 개점일 전날 야마나카 온천에서 숙박 포함으로 점장 연수회를 개최하려고 합니다. 다 같이 오랜만에 회포를 풀어봐요." 모두가 쾌재를 불렀다.

"사장님, 저도 드릴 말씀이 있습니다."

니시다 점장이 이야기를 시작한다. 사장과 사카이데 부장만 말하던 이전 회의와는 확연히 달라진 분위기다. 회사의 변화는 회의 풍경에서도 드러났다.

"지난번에 실시한 '요양원 어르신의 인근 유치원, 어린이집 책 읽어주기 활동'에 대해 보고드릴 게 있습니다. 이번 활동은 고치의 아동서 전문점 꼬꼬선의 모리모토 사장님의 실천 사례를 참고해 실시했습니다."

니시다 점장의 말에 모두가 주목한다.

"약 서른 명의 유치원, 어린이집 아이들이 인근 요양원에 계신 약 스무 명의 어르신들께 방문했습니다. 그림책을 200권 정도 준비해 찾아갔고, 아이들이 자유롭게 책을 골라서 어르신들에게 가져가 함께 읽었습니다. 이게 그때의 사진입니다. 여길 보시죠."

"대단하네요." 책을 좋아하는 데츠카와 점장이 즉시 반응한다.

"이런 활동을 한다는 건 운영 면에서 어려운 점도 있겠지만, 실제로 큰 효과가 있을 것 같네요. 어떤 점이 힘들었나요?"

"아이들과 어르신들은 초면에도 금방 친해졌습니다. 아이들이 그림책을 읽어줬으면 하는 어르신을 자유롭게 선택했기 때문에 인기가 있는 분과 그렇지 않은 분이 나뉠 수밖에 없었습니다. 그럴 땐 저희가 골고루 선택받도록 유도해야 했죠."

"이 활동의 효과는 알려진 게 있습니까?"

모리 점장으로부터 질문이 들어온다.

"네, 이 활동의 효과는 책 읽어주기 발안자인 도쿄의과치과대 다이라 교수가 저서인 《책 읽어주기는 마음의 뇌에 전달된다読み聞かせは心の脳に届く》를 통해 뇌과학의 관점에서 두 가지 효과를 언급했습니다. 첫 번째로 읽는 사람의 전두엽 활동이 활발해지고, 두 번째로 듣는 사람의 구피질의 감정 뇌가 활성화됩니다. 그 결과 어르신들의 치매를 예방할 수 있는 동시에 삶의 보람을 얻을 수 있어요. 아이들은 마음이 성장하고, 사람과 마주하는 즐거움을 통해 자존감이 자란다고 합니다." 자신만만하게 이야기를 이어나가는 니시다 점장이 믿음직스럽다.

"엄청나군요. 일본이 떠안고 있는 요양과 보육 문제를 해결하는 방안으로 그림책이 큰 역할을 할 수 있다면, 서점에서도 참 뿌듯한 일이죠. 사쿠라다점에서도 당장 검토해 보겠습니다."

퀸즈북스는 크게 변화하고 있었다. 정말 많은 일이 있었는데, 침몰 직전에서 어떻게 부활해 여기까지 올 수 있었는지 돌이켜본다. 서점의 미래를 절망하며 희망을 잃었던 모두의 마음가짐이 크게 달라졌다. 역시 서점은 어떻게 바뀌느냐에 따라 무한한 가능성이 있는 소매점이라고 재차 확신했다. 책이 가진 훌륭함을, 서점에서 열심히 그리고 진심으로 전해 나가자. 그나저나 야마나카 온천이 참 기대된다.

새해가 밝아 분주했던 입점 준비도 마무리되며, 카피타 가가점 그랜드 오픈 전날이 되었다. 신년회 숙소는 구로키 사장의 추천으로 '오하나미큐베'로 정해졌다. 음식이 맛있고, 노천탕과 연회장도 있는 데다 요금도 적당한 숙소였다. 나는 먼저 숙소에 도착해 방에서 느긋하게 휴식을 취하며, 입점 확정부터 지금까지 있었던 일을 떠올리고 있었다. 분명 고단한 날도 많았지만 직원들과 매입처 토류의 협력으로 이겨낼 수 있었다. 특히 도서 선정은 토류의 판매 데이터와 데츠카와 점장의 센스로 단품 발주를 하여 최적의 구성이 가능했다. 그리고 출판사들의 협력도 컸다. 출판업계에서는 출판사, 중개업체, 서점을 삼위일체라고 부른다. 출판계라는 배가 언제 가라앉을지 모르는 위기의 시대에 처한 지금이야말로 다시 한번 이 삼위일체로 책의 매력을 독자들에게 전달해 나가고 싶다.

이 객실에서 보이는 새하얀 눈으로 덮인 마당이 근사하다. 오늘 밤은 눈을 바라보며 노천탕을 즐겨야지. 모든 점장과 참여 가능한 직원들이 3시에 집합 장소에 모이기로 했다. 4시부터 회의, 6시부터는 연회가 열린다. 모두가 웃는 얼굴로 자리에 모여 앉았다.

"사카이데 부장님, 드디어 시작이네요. 오늘 행사 자금도 어떻게 잘 마련하셨네요." 로비에서 점장들과 직원들을 맞이하던 우리는 어느새 완전히 마음을 터놓는 사이가 됐다.

"뭐, 오랫동안 적절한 복리후생비를 계상하지 않았거든요. 더구나 전무님도 아시다시피 퀸즈북스는 그동안의 적자로 인한 '이월결손금'이 있으니 올해는 이익이 나더라도 소득법인세를 납부할 필요가 없습니다. 세금이라고 생각하면 얼마 안 됩니다."

"역시 모든 것은 재무제표에 있군요……."

"바로 그거죠. '재무제표를 모르는 사람은 경영해선 안 된다'. 은행과의 협상도 올바른 투자도 수익 개선도, 모두 재무제표를 보면 판단 근거가 나옵니다. 전무님이 우리 서점에 와서 사장님에게 재무제표 보는 법을 가르치기 시작했을 때, 저는 회사 재건의 진심을 믿었습니다."

"그렇군요……. 이야기 들었습니다. 점장님들의 반발을 부장님이 설득해 주셨다는 것도요."

"아, 그랬던가요? 이제 곧 회의 시간이네요. 노천탕은 들어가 보셨습니까?"

"아직이요, 회의 후에 온천에 들어갔다가 유카타로 갈아입고 연회에 참석하려고요."

예정된 시간이 다가오자 함께 회의실로 향한다. 이미 사장과 점장들이 모두 모였다. 사회는 사카이데 부장이 맡았다. 어울리지 않게 약간은 긴장한 모습이다.

"시간이 됐으니 퀸즈북스 이동 간부회의를 시작하겠습니다. 그럼 사장님, 부탁드립니다."

"여러분, 야마나카 온천에 오신 걸 환영합니다. 숙소가 참 좋죠? 저는 이곳을 정말 좋아해요. 사실 남편과 예전에 몇 번 와본 적이 있어요. 남편도 퀸즈북스의 경영에 대해 계속 걱정이 많았을 거예요. 힘든 시기가 이어졌습니다. 하지만 지금 이렇게 여러분과 이 숙소에 묵으며 간부회의를 할 수 있을 정도가 되어 대단히 기쁩니다. 그리고 내일은 드디어 우리가 총력을 기울인 세렌딥 퀸즈북스 가가점의 그랜드 오픈입니다. 여러분 정말 감사합니다."

나도 사장님과 함께 이날의 기쁨을 되새기고 있었다. 여기 있는 모두가 평온하고 흡족한 얼굴을 하고 있다. 사장의 연설은 계속된다.

"이로써 본점을 제외한 기존 모든 매장의 리뉴얼이 종료됐습니다. 모두의 노력으로 전기는 5년 만에 흑자로 돌아섰고, 당기도 증수증익일 전망입니다. 동네 서점, 그리고 퀸즈북스에는 아직 지역사회와 나라를 위해 완수해야 할 역할이 많습니다. 사람이 사는 곳에는 서점이 꼭 필요하다고 믿어 의심치 않아요."

사장의 감정이 고조되는 것이 느껴진다.

"가부라키 전무님, 지금까지 정말 감사했습니다. 다시 한번 감사하다고 말씀드리고 싶어요. 지금 생각해 보면 저는 사장 자격 실격이었어요. 그걸 알려주신 게 바로 전무님입니다."

나까지 눈가가 촉촉해진다.

"그리고 사카이데 부장님 이하 모든 점장님들, 매장에서 손님을 맞이하며 매장을 지켜주고 계신 직원 여러분, 정말 감사합니다. 여기서 제가 말씀드릴 두 가지 소식이 있습니다."

잠시 회의실이 조용해진다. 모두 사장의 말에 귀를 기울인다.

"지난달 초 퀸즈북스 매장에 지역 아동복지시설 아이들이 방문해 자유롭게 읽고 싶은 책을 골랐습니다. 그 사진은 정면 스크린을 봐주세요. 제가 듣기로는 아이들이 한 권을 고르는 데 한 시간이나 걸렸다고 합니다. 아이들이 직접 고른 책을 크리스마스에 점장님들이 산타로 분장해 시설에 전달했는데 얼마 전에 감사 편지가 도착했습니다. 그중 두 통만 소개할게요."

퀸즈북스 여러분에게

저희를 위해 책을 보내주셔서 감사합니다. 저는 책을 좋아하기 때문에 좋은 기회가 됐습니다. 책을 읽으면 안 좋았던 기분도 좋아지곤 합니다. 책은 마법 같습니다. 시간이 나면 항상 책을 읽습니다. 만화보다 소설을 더 좋아합니다. 책을 고를 때는 어떤 책이 나에게 맞을까 고민하게 됩니다.

5학년 자이젠 초토무

퀸즈북스 여러분에게

저는 보내 주신 《정기시험 기초부터 쭉쭉 중학교 지리》라는 책으로 바로 공부를 시작했습니다. 저는 수험생이고 내년에 입학시험을 봅니다. 이 책의 힘을 빌려 열심히 지리를 공부해서 원하는 학교에 합격하고 싶습니다. 이 책을 앞으로도 소중하게 간직하겠습니다. 제 목표는 사회 시험에서 80점을 받는 것입니다. 이 목표를 달성하기 위해 오늘부터 이 책으로 꾸준히 공부하겠습니다. 책을 받아서 정말 기쁩니다. 감사합니다. 꼭 지망하는 학교에 합격하겠습니다!

중학교 3학년 오자키 토모히로

편지를 읽을 때 사장은 거의 울먹이는 목소리였다. 다카하시 점장은 손수건으로 눈물을 훔쳤고, 다른 점장들도 눈가에 눈물이 글썽거렸다.

"여러분, 어떻습니까? '책은 마법'이에요. 한 권의 참고서로 인생을 개척하려는 중학생을 도울 수 있는 것도 책이죠. 우리는 지역사회에서 정말 자랑스러운 일을 하고 있습니다. 앞으로도 책이 가진 힘을 믿고, 지역에 보탬이 될 수 있는 퀸즈북스로서 힘을 합쳐 열심히 노력합시다."

우렁찬 박수 소리가 그치지 않는다. 모두가 동감하는 마음을 큰 박수로 나타내려 하고 있었다. 다시 잠시 말을 고르고, 사장이 말을 이었다.

"다음은 가부라키 전무님이 결단을 내리셨는데, 그와 관련해서 드릴 말씀이 있다고 합니다. 전무님, 단상에서 말씀 부탁드립니다."

지명되어 단상으로 향하는 길에 모두의 시선이 꽂힌다. 가나자와 은행에서 퀸즈북스로 파견을 나온 지도 곧 있으면 3년이 된다. 퀸즈북스의 경영도 어느 정도 궤도에 올랐다. '결단이라니, 설마?' 하는 생각들이 분위기로 전해진다. 나는 단상의 마이크로 향했다.

"여러분, 내일 개점은 만반의 태세로 임합시다. 다른 매장에선 볼 수 없는 서가, 조명으로 인테리어가 잘 완성됐습니다. 하지만 세렌딥 퀸즈북스 매장의 본질은 단순히 인테리어의 멋에 있는 게 아닙니다. 책의 장르 분류와 도서 선정, 그리고 책과 문구 등 잡화의 융합에 있습니다. 전국 지방 서점들의 상품 구성은 서점의 작업 편의성과 금융 사정이 우선시되어 있었습니다. 유통 공급망의 상류인 판매 대리점이었던 우리는 앞으로 독자와 소비자를 위한 매입 대리인이 될 겁니다. 그것만이 곤경에 빠진 서점을 구할 수 있는 유일한 길이라고 믿기 때문입니다."

나 자신의 신념을 다시 한번 전하고 말을 이었다.

"세렌딥 퀸즈북스 가가점의 모든 책은 토류의 협력을 얻어 데츠카와 점장 이하, 우리 직원들이 서점원의 자존심을 걸고 선정한 책들로 서가를 재구성했습니다. 하나같이 방문해 주실 고객을 위한 구성입니다. 이것이 '책을 기조로 한, 고객의 앞으로의 관심사와 일상까지 커버하는 서점' 아닐까요?"

진지한 눈빛으로 경청하는 얼굴들을 보며 다시 말을 이어간다.

"이미 몇 번 말씀드린 적이 있는 아인슈타인의 말을 소개하겠습니다. '어리석음이란 같은 방식을 반복하면서 다른 결과를 바라는 것이다'. 출판업계의 매출은 근 20년간 하락세였습니다. 이 시대 서점에는 무언가 과감한 혁신이 필요합니다. 지금 이대로라면 사회가 더 이상 서점을 필요로 하지 않게 되는 날이 올겁니다. 우리에게는 지금까지와 같은 방식을 반복할 시간은 남아 있지 않습니다. 어리석은 채로 사는 건 그만두겠습니다."

모두 열심히 듣고 있다.

"하쿠이점은 산지 직송을 비롯한 지역 특산물까지 취급하는 매장이 됐습니다. 하쿠산점은 '크래프트 퀸즈북스 하쿠산점'으로서 문구, 잡화라는 강점을 갖추게 됐습니다. 고마츠점은 전국 최초의 대시일레븐 병설 점포가 됐습니다. 사쿠라다점은 선행하는 세렌딥 타입 서점으로 가나자와 시내의 대형 경쟁 업체와 공존하고 있습니다. 본점은 장차 도서관 납품 경쟁에 도전할 것입니다."

새로운 소식에 모두 적잖이 놀라움을 느끼는 듯하다.

"2년 전 봄, 제가 퀸즈북스의 일원이 되어 처음 맞는 환영회에서 '비즈니스 기본 지식' 소책자를 나눠드렸습니다. 아주 혹평이었던 기억이 납니다."

앉아 있는 사람들 사이에서 웃음소리가 들려온다.

"'실천 없는 경영이론은 무의미하지만 이론 없는 실천 또한 무력'합니다. 현장 일에 능통한 여러분은 이미 필요한 이론을 익혔습니다. 이깁시다. 꼭 이 깁시다. 세렌딥 퀸즈북스 가가점은 그 관점이 정확히 독자를 향하고 있습니다. 서점 구성뿐만 아니라 고객 응대, 제품 포장 등 전국 지방 서점의 새로운 기준 이 되길 바랍니다. 배우고 실천하는 우리 서점의 미래는 밝습니다."

내 말에 깊이 고개를 끄덕이는 모습에 진심으로 기분이 좋아졌다.

잠깐 말을 고르고, 나는 마지막으로 중요한 소식을 모두에게 전한다.

"정말 감사합니다. 여러분과 여기까지 함께할 수 있었지만, 아직 제 목표는 이루어지지 않았습니다. 경영 재건은 이제 막 시작됐을 뿐입니다. 퀸즈북스에 서 제 인생의 과업을 만났습니다. 바로 지방 서점의 재건입니다. 얼마 전 가나 자와 은행 인사부에 사직서를 제출했습니다. 앞으로도 여러분과 함께 일할 수 있게 해주시면 좋겠습니다. 잘 부탁드립니다."

모두 우레와 같은 박수로 화답했다. 모두의 따뜻한 박수를 받으며 나는 단 상을 내려왔다. 회의를 끝마치고, 연회 전까지 노천탕에 몸을 담갔다. 역시 설 경이다. 큰 욕조에서 휴식을 취하고 있자 다마루 점장과 모리 점장이 들어왔다.

"전무님, 은행을 그만두셨군요. 후회는 없으십니까?" 모락모락 피어나는 연기 속에서 묻는다.

"글쎄요. 솔직히 잘 모르겠습니다. 하지만 이렇게 저를 필요로 하는 곳에서 일하는 게 가장 즐겁다는 건 확실합니다."

몸을 푹 담근 나는 노천탕에서 나와 연회 자리로 향했다.

연회 자리에는 평소 즐기는 지역 토속주와 맛 좋은 요리가 준비돼 있었다. 니시다 점장의 구호로 건배하며 큰 함성이 울려 퍼졌다. 사람들의 웃는 얼굴이 보인다. 사장의 유카타 차림이 제법 잘 어울린다. 긴 머리를 묶고 유카타를 입은 다카하시 점장이 와서 맥주를 따라준다.

"전무님, 이번에 큰 신세를 졌습니다. 그때 와주시지 않았다면, 매장도 그리고 저도 무너졌을지 몰라요. 덕분에 하쿠이점은 이렇게 거듭나서 활기찬 매장이 됐습니다. 정말 감사했습니다."

"아뇨, 전 아무것도 한 게 없습니다. 다카하시 점장님을 믿고 그렇게 대했을 뿐입니다. 점장님이라면 반드시 해결할 거라고 믿었어요."

"그게 바로 코칭 마인드군요." 다카하시 점장이 미소로 화답한다.

"전무님, 얼굴이 헤실헤실 풀어졌어요." 니시다 점장이 옆에 앉는다.

"전 처음부터 전무님을 괴롭히기만 했죠." 약간 취한 말투다.

"괴롭혔다고 생각하지 않아요. 단련시켜 줬다고 생각합니다. 그렇게 단련한 덕분에 서점 일에 대한 마음가짐과 긍지를 갖추게 된 것 같아요. 고마워요."

"무슨 소리예요. 저야말로 많이 배웠죠. 몰랐던 마케팅에 대해서도 큰 공부가 됐어요."

나는 그동안 사람들에게 도움이 됐을까? 차례차례 내 잔을 채워주는 동료들과 술잔을 나눈다. 연회석의 밤이 깊어가고 있다. 마무리할 시간이 되자 나도 자리에서 일어섰다. 휘청거리는 걸음을 조심하며 다시 한번 명품 온천수인 노천탕을 느긋하게 즐기려고 했지만, 과음한 것 같다. 아침에 가도록 하자. 그러고는 방으로 돌아와서, 이불 속에 들어가 코를 골며 잠이 들었다.

이튿날 아침의 하늘은 이시카와현의 겨울 날씨치고 드물게 쾌청했다. 카피타 가가점의 그랜드 오픈일이다. 오픈 행사로 지역 고등학교 브라스밴드의 연주에 배턴 트월러가 퍼포먼스를 선보인다. 가가 시장을 비롯한 내빈들의 인사를 시작으로 빠지지 않는 테이프 커팅식 후에 손님들이 매장 안으로 물밀듯이 입장한다. 매장 곳곳에서 점원들이 오픈 세일 상품을 열심히 판매하고 있다. 가족 단위 손님이 많은 듯하지만, 연배가 있는 손님도 꽤 보인다. 지역 최대 상업시설에 주민들의 기대도 큰 모양이다.

서점은 세일 행사가 없지만, 개점과 동시에 많은 손님이 서점이 있는 2층까지 방문했다. 감사한 일이다. 신종 업태인 세렌딥 퀸즈북스 가가점이 이 지역의 고객에게 어떻게 받아들여질지 그 여부는 앞으로 지켜봐야 한다. 오늘은 오픈 첫날부터 대성황이었다. 계산대에 대기 줄이 생길 정도였으니 말이다. 데츠카와 점장도 뛰어다니고 있다. 지원을 나온 다른 점장들도 계산대에 들어가 고객을 응대하고 있다. 그림책 캐릭터 인형탈 주변을 아이들이 둘러싸듯 모였다. 안에는 모리 점장이 들어가 있는데 몸동작이 왜 귀여운 걸까?

"사장님, 다행이네요. 정말 많은 손님이 오셨어요."

"첫날이고, 가가점의 폐점 기간도 있었으니 이 정도는 당연하죠. 승부는 지금부터예요. 이런 형태의 서점을 고객들이 지지해 줄지 그 여부는 모두 매출이 말해줄 테니까요. 매상이라는 냉철한 숫자로 말이죠."

　나는 든든함과 동시에 등골이 서늘해짐을 느꼈다. 결과가 요구되는 것이다. 나는 은행으로 돌아갈 편도 티켓을 이미 내던진 상태다. 매장 안은 따뜻했지만, 겨울인 가가의 찬바람이 피부에 파고드는 듯하다. 퀸즈북스의 본격적인 기업 재건은 지금부터다. 경영의 본질을 이해한 사장. 회사의 근간을 이루는 총무와 경리. 업무를 과묵하고 성실하게 해내는 경리부장. 마케팅과 코칭 마인드를 배워 진지한 자세로 현장을 소중하게 여기고 있는 점장들. 그리고 날마다 매장에 서서 웃는 얼굴로 고객을 응대하는 직원들. 나는 이 사람들과 함께 몸과 마음을 다해, 지역 서점 살리기에 평생을 바칠 것이다.

　퇴근길에는 1층 식품매장에 들러 세일하는 반찬을 3인분 사야겠다. 아직 다 안 팔렸으면 좋겠는데…….

마치며

이시카와현에는 지역 주민에게 사랑받은 '임금님의 책王様の本'이라는 서점이 있었습니다. 파견 발령을 받았던 저는 그 서점에서 2년간 경영기획실장으로 근무했습니다. 당시에 경영지식과 경험이 부족했던 제가 할 수 있었던 일이라곤 어쩌면 주차장 청소 정도였는지도 모릅니다.

기존에 경영 부실 상태였던 '임금님의 책'은 재무제표를 보지 않는 회사 경영과 경쟁 업체의 근접 출점으로 인해 속수무책으로 2007년 봄 도산하고 말았습니다. 서점인으로서 매우 훌륭했던 '임금님의 책' 직원들은 매장을 떠나갈 수밖에 없었습니다. 경영을 공부하지 않았던 당시 저의 부족함을 떠올리며, 벚꽃이 피는 계절이 되면 아직도 미안함에 가슴이 미어질 때가 있습니다.

지금도 매년 전국 각지에서 많은 서점이 안타깝게 문을 닫고 있는 실정입니다. 이 책은 '임금님의 책'을 비롯해 사라져간 수많은 동네 서점에게 바치는 제 레퀴엠입니다.

이야기할 필요도 없이, 이 책의 스토리는 완전한 픽션입니다. 그러나 몇 가지 '허虛'와 함께 서점의 미래를 맡길 만한 서광이 되어줄 '실實'도 적혀 있습니다. 본문에 나오는 단체와 인물은 실제로 존재하는 경우도 있고, 소설을 위해 만들어 낸 가상의 산물이기도 합니다. 무엇이 허고, 무엇이 실인지는 독자 여러분이 재밌게 고민해 주시길 바랍니다. 예를 들어 '○○특급 살인사건' 같은 미스터리 작품에서 특급열차의 이름과 관광지는 실재해도, 살인사건과 등장인물은 픽션인 것과 같은 구성입니다.

드디어 첫 책을 내게 됐습니다. 지금까지 저를 응원해 주신 여러분께 진심으로 감사의 마음을 전합니다. 지방 서점을 비롯한 중소 소매업의 재건은 제 일생의 과업이 됐습니다. 이 재건이야말로 사회의 '지역 상생'으로 연결된다고 믿습니다. 졸저가 조금이나마 그 보탬이 된다면 좋겠습니다. 이 책은 오랜 지인인 WAVE출판의 대표이사 사장 다마코시 나오토 씨와 영업부장 이모토 세츠타카 씨가 기업 재건에 대한 대화를 나누며 제안해 주셨습니다. 고사했습니다만, 다마코시 사장의 끈질긴 설득으로 책을 출판하게 되는 행운을 누렸습니다.

다마코시 씨가 이 책을 낳아준 부모라면, 길러준 부모는 WAVE출판 편집부의 시타라 사치오 씨입니다. 집필 작업은 처음이라 부족한 부분이 많았는데 프로 편집자로서 많은 부분을 채워주었습니다. 재무제표에 대한 설명은 되도록 독자들이 이해하기 쉬운 표현으로 다듬어 주기도 했습니다. 제가 초고부터 지금까지 퇴고를 거듭할 수 있었던 건 편집자님 덕분입니다. 만약 이 책이 독자들로부터 어떠한 평가를 받게 된다면 그 기쁨을 함께 나누고 싶습니다.

반년이나 걸린 이 책의 집필 과정 중에 하루야 서점이 전국 중소기업 300만 개 중 주간 다이아몬드지의 '2016 지방 건강 기업 랭킹' 1위에 선정되는 영예도 누릴 수 있었습니다. 미력한 저를 하루야 서점에서 일할 수 있도록 해주시고, 이렇게 경영을 맡겨주신 (주)토한 대표이사 사장 후지이 타케히코 씨, 평소 영업 면에서 지지를 아끼지 않는 대표이사 부사장 곤도 토시타카 씨께는 감사한 마음뿐입니다. 주간 다이아몬드지의 좋은 평가와 이 책이 조금이나마 그간의 보답이 되기를 바랍니다.

하루야 서점을 이렇게 재건할 수 있었던 것은 모두 직원들 덕분입니다. 하루야 서점 상무이사 쇼지마 하야토 씨와는 토한 근무 이래 4번째로 상사와 부하로 함께하고 있습니다. 제가 깊이 신뢰하는 현장 통솔력과 수치 분석력에 경의를 표합니다. 마찬가지로 토한에서 하루야 서점으로 파견을 나가 전반적인 관리를 맡고 있는 이사 겸 관리 본부장 모리타 켄 씨 덕분에 기존 시스템을 쇄신할 수 있었고, 사내외 정보 공시가 진행돼 금융기관의 신뢰 관계를 구축할 수 있었습니다. 풍부한 경험과 온화한 인품으로 이사 겸 총무 인사부장을 담당해 주고 있는 세가와 사다노부 씨, 서점 현장 일에 정통한 영업부 본부장 후쿠다 하코네 씨, 항상 성실하게 근무하는 본사 직원 여러분 그리고 무엇보다 항상 매장을 지키는 각 지역의 블록장, 점장, 스태프 여러분께 다시 한번 감사의 마음을 전합니다.

다음은 본문의 사례를 소개해 준 분들입니다. 서점 일을 대하는 마음가짐을 가르쳐 주신 미야와키 서점 오사카 가시와라점의 대표이사 하기와라 히로시 씨. '서점은 모든 일상생활의 입구'라는 커다란 힌트를 주신 총상 사토의 대표이사 사토 토모노리 씨. 서점에서 농가의 산지 직송을 시작한 미야자키 다나카 서점의 다나카 요시토모 씨.

제가 무료함을 푸념하던 밤마다 늘 웃는 얼굴로 맞이해 주는 마쓰야마 '산토리 바 츠유구치'의 츠유구치 사장님 부부. 하루야 서점을 지원해 주시고, 지금까지 세 번이나 점장 연수를 해주신 본문에 저서를 소개한 쇼난 스토리 브랜딩 연구소의 가와카미 데쓰야 씨. 집객 관련 아이디어를 제공하고 게재를 허락해 주신 집객 질문가 가와다 신세이 씨.

이전부터 마인드에 대해 많은 배움을 얻고 있으며, 이 책에서도 수차례 소개한 '마법의 질문' 세미나를 주재하는 질문가 마츠다 미히로 씨. 중소기업진단사로서의 마음가짐을 가르쳐 주시고, 저를 이끌어 주신 은사 고 노무라 히로시 씨. 그밖에 여러 인연이 된 분들께 감사할 따름입니다.

또, 현(주)토한 전무이사 시미즈 요시나리 씨에게는 재차 감사의 말씀을 전합니다. 토한 지사장 시절부터 지금까지의 따뜻한 배려가 없었다면 하루야 서점에서 일할 기회도, 이 책이 만들어질 수도 없었을 겁니다.

그리고 일과 회사밖에 몰라, 아버지로서는 실격인 나의 딸 시오리와 아들 테츠야에게 고맙고 미안한 마음을 전합니다. 두 사람의 소중한 사춘기 시절에 가나자와, 오사카, 후쿠오카 그리고 마쓰야마에서 지내느라 십 년이나 떨어져 살며 함께 보낸 시간은 얼마 되지 않았습니다. 아버지다운 일도 못 했습니다. 그럼에도 두 사람이 잘 성장해 열심히 일하며 훌륭하게 사회에 보탬이 되고 있음에 아버지인 저는 참 자랑스럽습니다.

마지막으로 이 졸저를 끝까지 읽어주신 독자 여러분께. 이 책을 읽기 위해 들인 시간이 아깝지 않도록 그 이상의 도움이 되었으면 좋겠습니다. 읽어주셔서 정말 감사합니다. 진심으로 감사의 말씀을 전합니다. 올해도 또다시 희망과 후회가 뒤섞이는 봄이 찾아오겠죠. 우리 모두의 건투를 빕니다.

마쓰야마 도고에서 **고지마 슌이치**

망한 서점 되살리기 프로젝트

서점을 살려라!

발행일 | 2024년 04월 15일

펴낸곳 | 현익출판

발행인 | 현호영

지은이 | 고지마 슌이치

옮긴이 | 이수은

편 집 | 황현아, 송희영

디자인 | 김혜진

주 소 | 서울특별시 마포구 백범로 35, 서강대학교 곤자가홀 1층

팩 스 | 070.8224.4322

ISBN   979-11-93217-47-4(03830)

GAKEPPUCHI SHAINTACHI NO GYAKUSHU :
OKANE TO KYAKU WO HIKIYOSERU KAKUMEI "SERENDIP SHIKO"
by Syunichi Kojima

* 현익출판은 유엑스리뷰 출판그룹의 일반 단행본 브랜드입니다.

* 저작권법에 의해 한국 내에서 보호를 받는 저작물이므로
  무단 전재 및 무단 복제를 금합니다.

* 잘못 만든 책은 구입하신 서점에서 바꿔 드립니다.

* 현익출판에 투고를 희망하실 경우 아래 메일을 이용해 주십시오.
  전문서적부터 실용서적까지 다양한 분야의 도서를 출간하고 있습니다.
  uxreviewkorea@gmail.com